靈魂餘溫：

兩岸現當代文學批評集

黃文倩 著

臺灣學生書局印行

帶有生命體溫之作（序）

楊慶祥

在中國當代文學的版圖中，「台灣文學」長期以來都是比較曖昧的存在。地緣政治、歷史因果和意識形態的複雜糾纏，構成了一個難以清晰言說的「台灣文學」。就我個人的教育和閱讀經驗來看，在早期大學中文系的教育中，「台灣文學」一直是空白的一塊，文學史裡面既沒有相關的論述，教授們在課堂上也鮮有提及。

回憶起來，我最早接觸到「台灣文學」是在我讀研究生階段，第一次讀到的台灣作家作品，是吳濁流的《亞細亞的孤兒》，這部作品因為跟羅大佑的流行歌曲同名，因此給我留下了極為深刻的印象，以至於後來對台灣的想像，長期停留在這樣一個「孤兒」的意象中。

再次對「台灣文學」產生興趣，是在二〇一〇年左右。當時我博士畢業留校任教不久，要給研究生開一門選修課，我雄心勃勃地以「東亞的主體」為研究課題，試圖以中國大陸、台灣、香港、日本、琉球等地的當代文學為原點，從中反思「東亞主體的建構」這樣一個歷史性的文化命題。

我的研究計畫雜亂，當時列入的作家作品有胡淑雯、駱以軍、魏德聖、董啟章、村上春樹、青山七惠等等。當時我的認知是，這些作家的書寫和「當代史」有著密切的關聯，通過他們的作品，可以發現書寫的意識形態，以及這一意識形態背後的政治歷史架構，並能從「精神美學」的角度來闡釋「主體」的問題。對這一問題的關切，與我當時的困惑相關，當年我深陷於虛無主義和存在主義，又在一種無力卻不甘心的小資產階級矯情中掙扎。我在村上春樹的小說中讀到了這種無力感，同時又在竹內好對岡本庸子的回應中，意識到了對這種小資產階級習氣進行克服和超越的必要性。非常遺憾的是，因為種種的原因，這一研究計畫最終流產，僅僅是完成了幾篇長短不一的論文。

二〇一〇年前後，因為新舊千年的交替，對歷史的反思和對未來的期待，成為一種看起來很正當的心態，無論是在「菁英」文化的層面還是在流行文化的層面，都有一種假想的大和解氛圍。我之所以稱這種大和解氛圍為「假想」的，是因為我其實有一種隱約的不安，覺得二十世紀的歷史並不會如此簡單地消逝，而千禧年以來的政治經濟走向，也並沒有如自由主義所宣稱的那麼理所當然。個人主義的溫情固然有其歷史的合理性，但僅僅是個人主義的溫情，並不能冰釋歷史的創傷和罪惡，對歷史的反思，也不能停留在個人療癒的層面。我在二〇〇九年看到了魏德聖導演的電影《海角七號》，後來又在台灣看到了他導演的《賽德克・巴萊》，據說魏德聖是想先拍《賽德克・巴萊》再拍《海角七號》，以實現其「大和解」的文化訴求，但現實顛倒過來的順序恰好證明了我的判斷，在政治經濟結構未曾改變之前，大和解是虛妄的。而對於書寫來說，如果未曾深入到對政治經濟結構進行歷史性的描述和剖析，藝術也將失去力量。

以上是我閱讀台灣青年學者黃文倩的《靈魂餘溫》時想到的一些題外話，雖然是題外之言，但細想起來，似乎總有某種內在關聯。我認識文倩已近十年，以前在會議上聽過她發言，也在私下裡曾和她長談，這一次系統地閱讀《靈魂餘溫》中的近二十餘篇論文後，對她的研究旨趣和學術造詣，才有了較全面深入地體察，這時候也更加明白，雖然在兩岸不同的語境之中，有完全不同的經驗史，但借助文學和書寫的媒介，我們居然在很多時候心意相通，並在精神和歷史的層面上，找到了互相印證的地方。一個小小的明證就是，當年在我「東亞的主體」研究計畫裡面的一些作家作品，同樣出現在了文倩的這部論文集中。這讓我覺得欣喜且親切。

具體來說，《靈魂餘溫》在以下幾個方面體現了文倩的個人研究特質與風格。

其一是開闊的政治社會學視野。開篇長文〈新世紀台灣現代小說中的「被侮辱與被損害的」——以胡淑雯、黃麗群、徐譽誠的代表作為例〉，分析三位台灣作家小說中的底層書寫，雖然有大陸新世紀以來的底層書寫作為參照系，但文倩顯然不滿足於作一種簡單的比對式的分析。她敏感地意識到，台灣作家的底層書寫有其獨特的歷史樣貌，那就是在資本主義邏輯已經內化為一種審美經驗的前提下，這些對於底層的書寫往往被女性主義之類後現代的理論名詞所遮蔽，而無法直指問題的本質。文倩所關心的是：「這些人民如何安頓與發展他們的人生？跟台灣社會與現代性發展呈現出什麼樣的相互生產關係？」。我也曾經對胡淑雯的〈浮血貓〉大感興趣，並隱約地意識到其成長型敘事背後所觸及到的歷史病灶。但因為對戰後台灣的歷史並不十分瞭解，也缺乏一種切膚之痛，因此，我的論述主要在現代主義和反現代主義的框架中展開。而文倩則將問題的鋒芒直接切入到歷史的肌理，指出這樣的書寫終究流於幻覺，「她們看待人物的生命困境都有一定的社會視野，並不會以完全天真的姿態來毀滅主體，然而，黃麗群也跟胡淑雯一樣，在台灣戰後長期沒有左翼文學淵源的視野下，儘管意識到弱勢者的困境，但不認為社會、或身為作者的人，有辦法與責任去面對甚至解決它們，因此〈入夢者〉最後的收尾方式，成全的不免只是一種過於冷靜且平庸的洞察。」我贊同她的觀點，同時也意識到對於這一代作家來說，因為缺乏政治社會學的視野，往往不能自覺地反抗和批判，人物和故事的呈現，往往也因此流於淺薄。黃文倩稍具左翼色彩的批評，在政治社會學視野中進行症候性的分析建構，因此具有更積極的意義。

其二是文本的互讀。左翼批評在大陸曾經給人留下過刻板的印象，重宏觀而輕細節，重主義而輕修辭，重闡釋而輕材料，即使在接受了完整學院訓練之後的大陸青年學者身上，也遺留著這種慣性。我記得文倩有一次曾非常認真地問我：「為什麼大陸的學者與批評家寫的文章，前面都沒有前期成果的蒐集和概述？」這一提問讓我很是慚愧。文倩的文章則不然，據我瞭解，她每每有所想法，首先都要做大量的前期準備工作，盡可能佔有更多資料才開始文章的寫作。她師承著名學者呂正惠先生，呂先生以研究古典文學和現代文學為本業，其嚴謹寬闊的學術思路，也被文倩繼承了下來。《靈魂餘溫》中的論文，如談及〈浮血貓〉中的四條支線，對石一楓〈世間已無陳金芳〉中「精神」與階級的分析，還有對張楚作品中小鎮情結的論述，無一不見出其細膩入微之處。這不僅使得她的理論根基具體而扎實，更讓其邏輯和論點富有說服力。尤其值得注意的是，文本的細讀在文倩這裡雖然亦有新批評式的內涵，但總體來說，又不止於新批評對文本內部的細讀，而是將社會文本、文學文本和歷史文本涵括融合予以互讀，由此生產出更開放的空間和內容。

其三是帶有生命經驗的體溫。文倩曾有數篇論文談及路遙，在學理之外，我看到的還包括某種與己相關的經驗反省，如果說這裡面有某種問題意識，也是從自我出發的內置於生命經驗本身的疑惑和追問。這讓我想起當年我對路遙的關注，不也正是自我困惑的一種延展？文倩雖然長我幾歲，但從代際的角度看，大概還是屬於同代人吧。對我們這一代人而言，學術不是職業的需要，而更是精神的需要，如果是職業的需要，或許做做講章式的八股文就可以了，但因為是精神的需要，就不得不時刻以生命的經驗與之周旋。文倩有這方面的自覺，這些年，她在世界遊走，僅僅是中國大陸，就去過了不少的地方，她用腳步丈量，用眼睛與身體觀察生命與文學。

突然想起有一次我問文倩，一個人在世界上遊走，不害怕嗎？我記得文倩回答我：「不會啊，因為我就是那種世界走遍遍的女生啊」。這讓我想起一九六〇年代的一些青年，一封信，一個背包，就可以投身到陌生的地方開始新的生活——今天這樣的生活方式已然不可多見了，更多是蝸居在資本匯聚的大都市做小資產階級的白日夢。但如果有一天聽到一聲召喚，世界史是否會重寫？

期待文倩的再一次出發。

二〇一七、七、廿七

楊慶祥，中國人民大學文學院副教授

目 次

第二輯　閱讀大陸文學

第三輯　文學／文學批評的再閱讀

第一輯　閱讀台灣文學

新世紀台灣現代小說中的「被侮辱與被損害的」
——以胡淑雯、黃麗群、徐譽誠的代表作爲例

新世紀（二十一世紀）以來，台灣社會在全球經濟萎縮、兩岸經貿重新盤整下，社會流動空間大幅縮小，薪資水平持續負成長，失業率高居不下[1]，看似「民主」的新自由主義的

---

1 陳博志〈近十三年台灣經濟福利之比較〉之整理與指出：「依主計處的資料，我國實質國民所得，在 1999 至 2007 年間平均成長率 2.56%，2007 至 2012 年則僅有 1.17%。……扣除物價上漲因素之後，2012 年每人平均國民所得的實質購買力只有 2007 年的 98.3%，即下降近 1.7%。……2007 年台灣政府總負債僅增加 237 億元，2012 年卻增加達 2,476 億元，2008 至 2012 年間政府負債更增加達 1 兆 8 千 155 億元，平均每人負債增加 7.8 萬元。……1999 年製造業受僱員工平均每月薪資 37,738 元，2007 年增加到 43,169 元。……而這期間物價卻上漲逾 7%，故實質薪資下降約 4.9%。……25~29 歲年齡層之失業率在民進黨執政 8 年為 5.687%，2007 年為 5.87%，已經很不好，國民黨再執政 5 年這年齡層的平均失業率更衝到 7.498%。……每人平均儲蓄由 2007 年之 61,473 元降為 2012 年之 60,647 元，降幅達 1.3%，再扣掉物價上漲，2012 年全國每人實質儲蓄比 2007 年降低約 7.9%。窮人已多根本無法儲蓄。民進黨執政前所得最低五分之一家戶平均儲蓄仍有 2 萬元左右，民進黨執政 8 年，最低所得家戶之儲蓄降為平均每年僅 58.4 元，已很淒慘，國民黨執政 5 年更降為平均每年負儲蓄 22,445 元，窮人實在已很難生活。」完整分析參見：http://www.watchinese.com/article/2013/8133。

資本主義體制，也並未能為台灣人民帶來有效且康健的向上發展，社會動盪不安，中壯輩頹敗虛無。不少作家敏銳地意識到這樣的困局，自覺或不自覺地，似乎開始節制「為文學而文學／為藝術而藝術」的傾向，以「被侮辱與被損害的」[2]——弱勢者、邊緣人、底層為書寫對象及思考範疇。胡淑雯（1970-）的〈浮血貓〉（收入作者二〇〇六年的代表作《哀艷是童年》）、黃麗群（1979-）的〈入夢者〉（曾獲二〇〇五年時報文學獎短篇小說評審獎）、徐譽誠（1977-）的〈與情愛無關〉（曾獲二〇〇八年第三十屆聯合文學獎小說首獎），是台灣近十年來，具有這樣一定左翼視野的代表作。

然而，不同於中國大陸新世紀以來，由李雲雷等批評家和創作者，有自覺地發展與建構「底層」理論與書寫的實踐[3]，胡淑雯、黃麗群、徐譽誠等作家，雖然有這方面的嘗試，其作品也屢屢受到台灣文化圈的關注或得到重要的文學獎項。然而，嚴格來說，這類佳作仍然只是他們作品中的「靈光一現」，優點是由於沒有批評界與理論界的干預或影響，鮮少產生問題小說的概念先行的弊病，讀者因此也得以較自然地、形象化地被觸動，或多或少打破我們每天可能聽說、遭遇，甚至也身在其中卻早已麻木的靈魂，因而見識到新世紀以來，台灣社會的一些新的關鍵困境的橫切面與主體困境。因此，本文想分析這些較具有「進步性」的面向與視野，並且初步評述它們的限制跟台灣社會、思潮與文化間的生產關係。

一

從主人公及題材的性質來說，胡淑雯〈浮血貓〉寫的是底層老兵，黃麗群〈入夢者〉寫的是長相平庸、甚至醜陋的青年男性，徐譽誠〈與情愛無關〉發掘的則是蝸居在都會下層、擔任基層工商小職員、總是覺得自己很胖需要減肥的年輕女孩，綜合來說，就是：老、醜、胖、年青等相對弱勢者的困局，雖然他們已無溫飽問題，但在新世紀以降的台灣現代社會裡，這些人民如何安頓與發展他們的人生？跟台灣社會與現代性發展呈現出什麼樣的相互生產關係？

胡淑雯的〈浮血貓〉是她的名篇，不少研究者曾作過一些評述，基本上時常將它視為一種具有女性主義意識的書寫。它的情節以對比、反襯的方式推進，寫一個國民黨時代的外省老兵，和一個雜貨店小女孩殊殊兩個階段的互動故事——殊殊六歲時曾被這個老兵性騷擾，但對當時的殊殊而言，她並不覺得有什麼道德羞恥，一切只是孩子的一場純真的冒險。然而，當年身邊的「大人」們，卻因為自身的各種道德或陰暗的動機，覺得殊殊一定深受傷

2　「被侮辱與被損害的」典出杜斯妥耶夫斯基原名小說。

3　參見李雲雷《如何講述中國的故事》（北京：作家出版社，2011 年）及《重申「新文學」的理想》（北京：北京大學出版社，2013 年）。

害，因此以私刑暴打、教訓了這個老人。長大後的殊殊對此一直心懷歉意，在一次同坐公車中，她再度認出了當年的老人，「選擇」跟蹤他回到下層貧民窟般的家，佯稱自己是社工人員，在老人的「要求」下，替他洗澡，甚至手淫，而老人也在這樣的「安慰」後，重新有了活著的感覺，感覺到：「霧中有鳥雀在叫，有蝴蝶的翅膀閃過，……感覺自己的太陽穴底下，有血管跟著心臟在跳。」老人甚至開始上市場買新的衣服，也一併買了一個廉價的髮夾，打算送給那個「社工」女孩，每天痴痴地期望她再來看他，因為一次的被關愛與被手淫，他似乎開始有了新的生活希望。

過去已有評論者注意到，這篇作品在女性主義上的激進性，建立在與宗教的聯繫上，例如楊慶祥曾細緻地分析過殊殊對老人的手淫行為的救贖價值：「在這裡，『施』與『受』、『罪』與『罰』構成了宗教的隱喻，暗示了最後的拯救似乎必然在教義的指導下才能完成。」[4]換句話說，殊殊之所以能為老人作出「安慰」的行為，其動機與胸懷早已超出一般世俗的兩性關係或道德意識，是以一種接近宗教的高度，在安慰著這個「被侮辱與被損害的」人。

然而，我同時想要補充的是，儘管胡淑雯確實有著自覺的女性主義立場，並且成功地讓曾為弱者的小女孩長大，更以激進的進步思想，超越並克服了童年的創傷經驗，生產出一種不同於世俗道德的主體性——能坦率平視老人的卑、賤、髒，以及能獨立擔當、自主付出的現代女性主體。但〈浮血貓〉還有一些隱微的歷史心理、副支線或副角色的揣摩與刻劃也不容忽視，需要將這些副線與其它的主人公的意義也補充進來，才能看出胡淑雯〈浮血貓〉更敏感的社會分析才能和藝術再現能力。

支線之一是老人的歷史背景與複雜的心理刻劃，和敘事者不時穿插的評述。老人是典型晚年在台仍孤身一人的老兵，六十多歲的時候曾居住在所謂的博愛院，再更老一些，則是隱居在平民住宅後方的鐵皮寮，用作者的形象化的表述是：「恍若一處處傷口，曝曬在人間」[5]。他的工作是專收送葬隊伍的喪家花束，並以轉賣它們維生，喜歡本省人的葬禮，覺得它們吵吵鬧鬧就像有好多子孫，這種寫法烘托老人的孤獨，又不因帶有普世意義上的疼惜而抽象。他年輕時經歷過戰爭與沙場，目睹過同伴的死亡，聽過許多哀號直到斷氣的聲音，以前就覺得自己救不了別人，現在則更為衰敗。很明顯地，這是一個曾經信仰過、跟隨著國民黨一生，最後無論在物質和精神上都一無所有的人。作為一個文學家，胡淑雯沒有以功過高低論英雄，而是以另一種公正的敘事者聲音為他辯護：「他連自己都不知被丟到哪去了，哪還能救得了誰呢？」[6]因此，在小說中，這個老兵耍賴的個性便有其現實和藝術上的合理性，甚至可以說仍有生動的力量，包括年輕時以一些小手段性騷擾殊殊，多年以後面對「社工」

---

4 楊慶祥〈「辯證的抵抗」——由胡淑雯兼及一種美學反思〉，收入《橋》冬季號（台北：人間出版社，2014年12月），頁99。

5 胡淑雯〈浮血貓〉，收入胡淑雯《哀艷是童年》（台北：INK印刻文學出版，2006年），頁105。

6 同上註，頁107。

的姝姝，仍賴皮地裝手痛「要求」姝姝替他手淫——人生實難，他的不道德其實並不太嚴重，相對於大歷史的殘酷，作者顯然有這種參照式的理解，所以才沒有以世俗的抽象道德與邏輯來放大或譴責老人的猥瑣。同時，儘管他有其無賴，但也不該被完全剝奪活著的權力與求生的願望。

支線之二是姝姝的母親，小說中沒有交待姝姝的父親是誰，去了那裡，只交待這個母親開著一家雜貨店，忙碌到沒有空教導小孩。長大後的姝姝，有一天聽母親跟她談起一個男人，說這個男人年輕時曾經跟她借過錢卻去跑船，現在竟然寫了一封信給她，說想還錢。小說以女兒姝姝的心理揣摩著她的母親，揣想著不時抽著煙、被生活磨損到現實世故的母親，也曾經將積蓄純潔地奉獻給愛情，甚至多年後再收到信，仍能召喚回愛情的感覺。在這裡，可以充份看出作者對底層人民渴望愛，及對愛情意義的信任認同——無論它是否能有回報。

支線之三是當年暴打老人最兇的一個配角，這個人是當年姝姝家的鄰居，一個大學新聞系畢業生，曾是街區裡學歷最高的一位，但卻屢屢考不上廣播電台，他被拒絕的理由很簡單，僅僅是因為台灣國語很嚴重。很明顯的，在台灣本土意識與文化領導權還未興起的時代，這是一種嚴重的缺陷，這個人因而長期被埋沒，長年在發展有限的庸俗生活裡，漸漸地產生出了一種憤世嫉俗的酷吏人格。作者將他的命運跟暴打老人聯繫在一起，清醒地呈現弱勢者欺凌另一個更弱勢者的奴隸道德心理。

支線之四是小說中同住在鐵皮寮旁邊的另一個六、七十歲的男子，這個男子似乎是個瘋子，時常在咒罵路人，罵累了就唱台語或日語歌（由這個細節可以判斷應為本省人），而且盡是童謠。他的工作也是拾荒，但在看似裝瘋賣傻中，他仍對女人很感興趣，總是期待著某個女人經過他面前，總是想送女人一些他撿拾來的東西，就像原始的獵人求偶一般坦率自然。小說最後甚至寫到他們不知從那裡撿來一台報廢的唱盤，不認命地修好，唱盤中不斷傳來一個女人唱著時光不再、時光不再的女聲……。那應該是一首極溫柔的老歌，在被台灣資本主義現代性的社會、歷史甚至時間放逐的貧民窟裡，似乎點染著一種人間弱勢者相濡以沫的愛情與溫情。

小說最後的結尾，是似乎已然恢復生命希望的老人，拿著打算送給「社工」女孩的髮夾，一心期望地等待她再來。她會不會再來呢？小說沒再交待，一切只收在老人把這個髮夾夾在自己頭髮的姿態上，而且忽然聽到——原來仍然只有自己一個人在喃喃自語……。

總的來說，胡淑雯〈浮血貓〉的「被侮辱與被損害的」的視野，不僅僅是核心的老人與性別意識的主題，作者企圖關懷的對象實有著進步的多元性。然而，此作似乎更多地想建構，在這樣的貧困的環境下，以溫情、愛欲為人生命重要的救贖或出口，但最終，因缺乏長遠現實上的合理性與條件，這樣的愛與救贖也只能是靈光一現。

二

無獨有偶，黃麗群〈入夢者〉寫一個長相平庸、也就是現代世俗意義上的年輕醜男的生活困境，但它在藝術上的特色，是將這樣的困境，跟新世紀已蔚為主流的網路世界聯繫在一起。由於長相太「抱歉」，主人公性格非常畏縮，除了在速食店打工的時間外，總是蝸居在電腦網路的世界裡，甚至發展出了一種人格分裂的行為——在網路的世界中，給自己申請了另一個女性的帳號，以這個帳號寫信給自己，同時自己再回信給「她」，每天不斷往復這樣的行為，並且在虛擬的世界裡，幻想著跟「她」的諸多共同點——共同親密的分食，甚至纏捲的做愛，不斷地自我幻化延續著自己跟「她」在網路世界的交往。然而，現實中的他仍是個醜男，在長期三更半夜使用電腦下，白天的工作品質也受到影響，甚至最後被速食店的幹部開除，只好改去便利商店打工，而他終究也驀然驚醒，但卻不是後悔，而是更加犬儒，覺得一切也沒什麼，繼續過著百無聊賴、毫無希望的生活。

這可以視為一種台灣新世紀底層生活的「簡單」代表作。非以內涵的深刻而以「簡單」和「真」取勝。它誠實且敏銳地碰觸到美醜也是一種社會階級與權力的問題，醜是一種弱勢者的困境，在現代大眾文化的審美趣味（例如細瘦、有型、酷帥）下更形不堪，所以，隔了一層可以虛擬的網路世界，反而能成就一種假性的救贖。這種主題跟契訶夫當年的〈吻〉有點類似——長相平庸的軍官，自覺到外貌的平庸，他因此無法開展合理的兩性關係，只能活在幻想的世界裡想像一種溫存。而當他最終發現一切只是他的幻想，契訶夫選擇的是讓這個軍官生氣——意謂著主人公仍敢對生活表達不滿、要爭（因此也就並非完全是軟弱與虛無的），即使他根本不可能改變他的外貌與現實。

然而，黃麗群〈入夢者〉的寫法和意識傾向，最值得注意的恰恰是她賦予這個角色的認份與妥協。她簡明的刻劃男主人公如何自我說服這種對醜的認份。

從知識上，他從國中生物課的孟德爾種豆的遺傳學聯想起，自覺到自己是在怎麼樣的家族客觀的劣勢與條件下生長，既然無從改變，也只能接受。他顯然位處下層，所以這篇小說沒有發展為讓主人公以整型的方式，改變他的命運，他採用傳統鄉土台灣社會的認份觀——「就像父母給孩子命名為阿狗阿牛，以免鬼使神差養不大」[7]，以自輕自賤面對他的人生，所以他活得非常低調，認為這樣才能避開禍害。

這種源於台灣鄉土社會安頓人心的認份觀，當然並沒有辦法在已然步入現代的現實社會上終極地解決主人公的生活與心理困境，所以，在新世紀高度的網路發展下，他有了新的幻想空間，他的幻想對象也是平凡的、合理的，甚至幻想久了，活在網路世界久了，他開始連其它夢境也沒有——生命不斷在自我幻化的過程中愈來愈窄。但「我」真的能夠一直自我幻化下去嗎？

7 黃麗群〈入夢者〉，收入黃麗群《海邊的房間》（台北：聯合文學出版，2012年），頁55。

小說最後有個奇特的情節，「我」寫信給「我」幻化為女方的「她」，約「她」出來見面看電影，但「她」回信給我時，只回了一半，一切乍然停止。這個懸念或懸置的處理甚佳，像生活中偶爾會出現的意外，也並非是重要的謎，「我」就成功地讓「我」順利地從自己的幻化中脫身，賣掉電腦，回復牛狗般的日常生活。小說最後收在某種自然主義與新現實主義傾向的書寫裡：

他有時早晨醒來，尤其是在催汗的溽暑，躺在床上聞見自己終夜不散的體臭，回味著夢中那具宛如奶酪的女體時，他總不可抑制自己去揣測：那晚凌晨三點四十七分「她」來不急寫完的那封信裡，到底原本要跟他說些什麼東西？[8]

但在這樣對「她」的渴慕下，「我」仍很快地恢復了現實：

……長嘆口濁氣後從床上起身，換穿上跟昨天一樣的T恤與短褲，準備到便利商店接班然後拿店裡報廢的麵包牛奶當早餐。……完全忘記今天是自己三十二歲的生日，只是又開始了一個美夢永不成真的日子。[9]

和胡淑雯一樣，黃麗群也是極敏感又聰明的作家，作為一個活在現代工商資本主義社會、行走江湖的女性，她們看待人物的生命困境都有一定的社會視野，並不會以完全天真的姿態來毀滅主體。然而，黃麗群也跟胡淑雯一樣，在台灣戰後長期沒有左翼文學淵源的視野下，儘管意識到弱勢者的困境，但不認為社會、或身為作者的人，有辦法與責任去面對甚至解決它們，因此〈入夢者〉最後的收尾方式，成全的不免只是一種過於冷靜且平庸的洞察，在這一點上，作者跟她這篇的主人公一樣「廢」[10]與認份。

三

每一種社會的新的困境，都有其歷史或前因，作家也身在當中，無從避免，我們也不該過於苛責，畢竟作品從廣泛的意義上，並非僅僅是作家個人的創作，而仍是一種新的社會生產的結果。劉亮雅在討論解嚴後台灣小說中的一些矛盾時，就曾以後現代和後殖民為兩大座標，作出重要的困境生產的概括，劉說：

---

8 黃麗群〈入夢者〉，收入黃麗群《海邊的房間》（台北：聯合文學出版公司，2012年），頁66。

9 同上註，頁66-67。

10 柯裕棻曾以「淡淡廢廢的美」為喻，比附黃麗群及其小說的特質。參見柯裕棻〈淡淡廢廢的美〉，收入黃麗群《海邊的房間》（台北：聯合文學出版公司，2012年），頁12-20。

後現代與後殖民都強調去中心，但後現代注重表層、感官、反本質、去中心、去歷史深度、解構主體性，強調身分流動及多元、異質、文化雜燴、（台北）都會中心，而後殖民則朝向抵殖民、本土化、重構國家和族群身份、建立主體性、挖掘歷史深度、殖民擬仿，以及殖民與被殖民、都會與邊緣之間的含混、交涉、挪用、翻譯。後現代的反本質、去中心有助於抵殖民，卻又不支持本土化、重構國家和族群身份；後現代的文化雜燴與後殖民的擬仿、含混看似雷同卻不然，因後者仍具歷史深度。由於台灣內部的需求，解嚴以來兩者之一都並未形成主導，而是兩者的並置、角力與鑲嵌構成了臺灣主導文化及文學的內在精神，質疑國民黨戒嚴時期大論述。11

新世紀以來的徐譽誠的〈與情愛無關〉，仍可以看到這種後現代與後殖民思潮與意識型態延續、交雜、矛盾的體現。

〈與情愛無關〉從命名來說，既是小說中人物狀態的實質，也是一種反諷，因為整篇作品雖然仍從情愛甚至愛欲出發，但是主人公們的關係早已貌合神離，相依與身體交融也無法救贖彼此的孤獨。小說主要處理一個跟男朋友蝸居在城市下層、從事基層會計工作的女孩的生活和生命意義的發展困境。它題材的特色處，乃是將對情愛的需求與饋乏，與現代性中以瘦為美的審美觀，及對女性的壓迫聯繫在一起，女主人公因此總是覺得自己很胖，總是想減肥，身體常處在飢餓的邊緣，這種肉身恆常得不到飽食的空虛，跟她的情愛的空虛同屬一個隱性的感覺結構。

從情節來分析，女主人公和她的同居男友，都在外有另其它的情人，但又基於某些難以理性言明的原因——或許是現實中的習慣、道義與不願傷害對方，雙方都不點破也不願正視已經無愛的同居關係。但女主人公顯然是更為不滿且痛苦的，她意識到自己和同居人的被動與維持現狀，其實也是一種軟弱，她理解、甚至厭惡這種軟弱，因此，儘管她在性愛的向外發展，首先是基於對同居人的報復——因為對方先出軌，但更關鍵的意義，是她覺得至少在這樣的性愛裡，驗證了她能自主「選擇」，用作者的話來說是：「為了用原始的赤裸身軀證明，證明自己不是弱者，證明若自己想要，也能輕易做到。」[12] 然而，這種看似存在主義的意志決絕，仍無法給她帶來真正意義上的身體和精神安頓，她仍然相信且需要基於情愛的性，而非只是性本身，是以，在小說中，作者不斷讓女主人公一直後設地反省——無論是她自己、同居男友、她外面新的情人，都有其各自的虛偽，而或許由於年紀與靈魂仍然年輕，她對這種虛偽與不真深感困擾與痛苦。

因此，徐譽誠這篇作品的進步性及複雜的推進是在於，比起胡淑雯及黃麗群的前作，他

11 劉亮雅〈後現代與後殖民——論解嚴以來的台灣小說〉，收入陳建忠、應鳳凰等合著《台灣小說史論》（台北：麥田出版，2007年），頁350。

12 徐譽誠〈與情愛無關〉，收入《97年小說選》（台北：九歌出版社，2009年），頁232-233。

並沒有將新世紀以降的這些新型的現代性下的弱勢者的困境，繼續以情愛／愛欲來作為解決或中和的手段，而是將女主人公，甚至各主人公的困境，自覺地放至台灣新世紀以降的「民主」運動與選舉文化下來理解。換句話說，當連主人公也意識到，她／他的困境「與情愛無關」，而根本就是台灣社會問題的縮影的時候，這篇小說中的情感與意識均達到更高的張力。

這種進步性的處理方式，在小說中是以現代性的影像媒介的鏡射來開顯：時間應該是二〇〇八年，某個選舉過後，因為疑似的手段不公，電視新聞都在討論群眾暴動的可能，情節來到女主人公約會完回到蝸居的住處，她看到同居男友也裝沒事的吃著泡麵，隨意批評「輸贏早知道了，有啥好暴動？」[13]女主人公無言地聽著這種犬儒與世俗的判斷，忽然看見電視中的自己——剛剛從地鐵捷運站被電視台當作背景拍了進去，一臉茫然神情，目光空洞，「彷佛亂世裡的迷路孤兒」[14]，而那電視的場景，仍不斷地傳來某政黨造勢晚會的站台者強調的什麼時代價值的聲音。小說就在這樣空洞的日常與政治場景的同構下收篇。

很明顯地，徐譽誠成功地讓女主人公承擔一種焦慮，並透過她無言的焦慮感，將這篇台灣當下的社會問題有機地整合在一起——解嚴後通俗化的選舉與「民主」實踐，顯然並不能有效給人民帶來真正的幸福，而簡單地批評暴動的常識與感覺結構，亦是助長人民繼續平庸與麻木生活的生產基礎。事實上，在人類追求自由、平等與民主等革命的歷史上，暴動（或暴力）一直是一個與現實依存的視野，在文學史上，列寧也曾以此來批評過托爾斯泰的不以暴力抗惡的限制[15]。所以，並不是不能批評台灣的社會運動及暴動，而是如何歷史與豐富化的評述這些現象，然而，在新世紀以降的台灣，這樣的視野卻被過於簡單且平庸地擱置。

因此，小說中的女主人公，儘管想相信人的生命仍應該要有一些時代價值（她聽到這個聲音），但最終仍以空泛的感覺模糊一切（好在整體上仍有一種尖銳的張力）。參照前面劉亮雅的後現代與後殖民的說法，我覺得可以進一步這樣理解——台灣的後現代思潮，為主體帶來意義追求的解構與看似多元的空間，也難以形成一種中心價值或相信任何精神價值，所以無論在情愛或愛欲上可以輕易向外發展。但是，後殖民的思潮，所召喚的卻是另一種本土、國族集體性與某種群體價值的再形成，然而，對活在現代都會蝸居的相對弱勢的年輕人們而言，這種本土與國族的集體性的強化，跟他們實際在生活中所遭受到的貧乏、窄小的困境與感覺，實有明顯的落差與斷裂——蝸居在都會下層，依附在現代性體制，從事基層、超時且過勞的工商工程服務等工作，是不可能讓主體有能力或狀態，投入什麼國族或本土的視野以獲得解放或真正的安頓。相對來說，這類具有某種理想主義性質的本土國族力量，對都會底層青年們的人生，其影響的效果，也難以短期且明顯地發生作用。徐譽誠充份地將這種

13 同上註，頁238。

14 同上註。

15 列寧〈列夫・托爾斯泰是俄國革命的鏡子〉，收入《列寧選集》（第二卷）（北京：人民出版社，1995年），頁242。

都會下層年輕人，間接地被兩大「後學」思潮（後現代與後殖民）影響，卻跟他們實際的生活與感覺的斷裂尖銳地再現出來。有鑑於這種類型的主體，在台灣現代都會裡的狀態恐怕不在少數，因此這種尖銳也就更有其進步意義。

四

綜上所述，胡淑雯〈浮血貓〉、黃麗群〈入夢者〉及徐譽誠的〈與情愛無關〉，在開發台灣資本主義現代性下的「被侮辱與被損害的」的視野，有一定左翼意義上的進步性。他們在操作這樣的題材時，都不約而同地發現主人公們的「宅」的傾向，在這裡，「宅」並非家的意義，而與窄小的空間、自我內縮與幻化、封閉與孤獨緊密地聯繫在一起。然而，在生命出口的追尋上，胡、黃都不約而同地，更多地繼續選擇個人與封閉式的情感／情欲，作為主人公們的救贖，使得本來可能更具有社會分析性質與效果的主體解放視野，仍然在作家們對左翼思想、美學淵源及文學典律較薄弱的情況下，明顯地讓作品中的矛盾、尖銳的現實張力相互抵消。反而是在徐譽誠的〈與情愛無關〉的邏輯中，作者以克己的敏感與直覺，終於意識到——弱者、底層之所以難以展開更有意義的情愛／愛欲交流，真正的困境關鍵恰恰是台灣社會都會現代性的「單向度」（馬庫塞語）體制，以及空泛的、維持現況的「民主」、「自由」的形式與意識型態，作品因此最終將女主人公推向孤絕與虛無時，生成一種內在的尖銳張力，預告了日後可能發生新的轉折或契機。

以塞亞・伯林（Sir Isaiah Berlin, 1909-1997）在評述馬克思主義與革命的關係時，曾綜合巴枯寧的觀點認為：「只有真正異化了的、走投無路的人才可以實現（筆者按：革命），他們沒有被利益派系有機地結合在一起，對於他們將要摧毀的世界也沒有什麼留戀之情。……他們一無所獲，因此即使是最極端的動亂，他們也一無所失。」[16] 這段話恐怕既揭示了歷史上革命主體起源的真實，也暗示了當中的希望與危機。而今，在一個看起來似乎是持平、穩定卻危機四伏的兩岸現代新時代，我願意將這伯林的這段話，視為一種「作用」的方法，也作為當下文藝工作的思考視野與再辯證的新起點——意即，我認為本文所述評的這幾位作家，在這些作品中所選擇與體現的題材與主體——他們的異化與走投無路，事實上已經暗示了即使在身處或投身更極端的混亂，他們最多不過一無所失，因此，他們可以作為辯證意義上的社會更新與再進步的新興藝術力量。當然我所期待的，仍是魯迅〈再論雷峰塔的倒掉〉中的視野：「我們要革新的破壞者，因為他內心有理想的光。我們應該知道他和寇盜奴才的分別；應該留心自己墮入後兩種。」[17]

---

16 以塞亞・伯林原著，潘榮榮，林茂譯《現實感：觀念及其歷史研究》（南京：譯林出版社，2011年），頁 177-178。

17 魯迅〈再論雷峰塔的倒掉〉，收入《魯迅全集第一卷：墳》（北京：人民文學出版社，2005 年），頁 204。

在二十世紀中國大陸社會主義實踐挫敗，台灣戰後長期擱置與遮蔽左翼的現代歷史下，新世紀兩岸的作家們，是否能夠在「革新的破壞者」之路上繼續探索前行？

台灣解嚴後文藝理想主義者的主體困境

——以邱妙津〈寂寞的群眾〉、賴香吟〈翻譯者〉與《其後》爲例

你愛的不是人，你愛的只不過是一些原則。——薩特〈骯髒的手〉（1948）

二〇一二年，賴香吟（1969-）的《其後それから》獲得了台灣文學館長篇小說金典獎，同時也引起了沉寂已久的台灣文壇／文化圈、臉書（FB）上的諸多討論。表面上來看，《其後》被歸類為小說，但實際上，它可以看作賴香吟的自傳文學，該作品試圖清理——作者跟一九九五年自殺的文學青年邱妙津（1969-1995）的一段特殊關係。然而，如果我們將此書中指涉到「我」（賴香吟）與「五月」（邱妙津）的敘述為真（藝術與情感上的真，而不一定是事實上的真，因為事實細節究竟如何，難以認定），那麼同志與性別的視角，事實上並不能完整地解釋《其後》所生產出來的複雜、壓抑、內斂與不斷尋求出路的文化主體，因為「我」不但不曾真正跟「五月」展開戀愛關係，甚至對同志與性別意識，當時也並沒有強烈的自覺和實踐／投入。換句話說，《其後》的主體，並非僅僅只可看作「我」與「五月」間的性別認同焦慮的投射，而仍應該視為——台灣解嚴前後，甚至整個二十世紀中國革命／現代轉型的歷史與社會發展下的一種生產結果。

黃錦樹曾經試圖解釋賴香吟這種獨特的歷史主體，他以為賴香吟跟駱以軍等作者一樣，都是屬於早熟型的小說寫作者。認為他們：「是屬於內向的世代，慣於凝視沒有現成形式可資依托的脆弱內在。對於這樣的族類，表演的喧囂和鬧熱的社會議題，只怕都難免於虛無。」[1]這則詮釋的重點，是後來常被台灣學界提及的「內在」或「內向」說。在後續的解釋中，黃錦樹則將這種「內向」的發生，指向「同代人」[2]拒絕歷史和鄉土所造成的敘事限制：

在大部分的篇章中，由於過度的耽溺於凝視內在，致使外部細節相當程度的失去它的本色，被內化為一種帶著霧氣的柔焦景致，化為心理事實的內部細節。……讓外部世界成為自我的「馬亞」，也近乎等於拒絕了歷史和鄉土的奧援，無法從一個更高的超越點引接一道陽光來驅散認識論上的霧氣，以讓物象本身具有凝視書寫主體的能力。愛，變成了耽溺。[3]

然而，當我一路歷時性地追溯賴香吟及其同代人邱妙津等的作品[4]，我發現她們並非完全如黃錦樹所說：近乎「拒絕」歷史與鄉土的奧援。事實上，賴香吟和邱妙津，即使當年仍是小知識份子，即使對台灣的歷史和鄉土認識也有限（以當時台灣的本土化論述還未浮上檯面，年輕人對自己的鄉土不熟悉，亦有現實上的合理性。這也可以從賴和邱的作品中，文學和思想淵源，多以西歐和日本的作家和文化以為證），但她們早期的作品，如邱妙津的〈寂寞的群眾〉（1990）、賴香吟的〈翻譯者〉（1995），都企圖接近與處理台灣解嚴前的黨外社會運動，以及解嚴後的學運／社運及當中的主體問題——這說明她們對台灣的歷史、鄉土、文學跟主體之間的關係，並不能簡化判斷為「拒絕」，而應該說是在求索與建立新的主體的階段。當然，這裡面的主體視野、敘事限制仍是很明顯的，兩篇作品也確實有許多如黃錦樹說的「霧氣」缺陷，也因此影響了她們探索台灣社運或廣義的革命歷史後果／出路的深度。

1 黃錦樹〈散步到他方〉，收入賴香吟《霧中風景》（台北：印刻出版有限公司，2007年），頁196。

2 黃錦樹與賴香吟屬於同一世代，對該世代的相惜和自省，可參見其〈嗨！同代人——賴香吟《其後》讀後〉，自由時報副刊（2012年5月23日）。

3 黃錦樹〈散步到他方〉，收入賴香吟《霧中風景》（台北：印刻出版有限公司，2007年），頁196。

4 賴香吟的結集成冊的作品包括：《散步到他方》（台北：聯合文學出版社，1997年）、《島》（台北：聯合文學出版社，2000年）、《史前生活》（台北：INK印刻出版有限公司，2007年）、《霧中風景》（台北：INK印刻出版有限公司，2007年），以及《其後》（台北：INK印刻出版有限公司，2012年）；邱妙津結集成冊的作品有：《鬼的狂歡》（台北：聯合文學出版社，1991年）、《寂寞的群眾》（台北：聯合文學出版社，1995年）、《蒙馬特遺書》（台北：聯合文學出版社，1996年）、《鱷魚手記》（台北：INK印刻出版有限公司，2006年）、《邱妙津日記（上下）》（台北：INK印刻出版有限公司，2007年）。

從某種整體性的視野為思考方法——現代社會運動（及當中的主體）與革命的相關書寫，也是十九、二十世紀以降世界文學史中的重要文學主題。福樓拜（Gustave Flaubert, 1821-1880）《情感教育》、高爾基《母親》、沙特（Jean-Paul Sartre, 1905-1980）的劇本《骯髒的手》，大陸五四以降的作品，如茅盾（1896-1981）的《子夜》、新中國建國後的《青春之歌》等等，均展現了不同的歷史社會條件下，對社會自主投入與承擔的各種知識份子／主體的形象。在這樣的脈絡的後設思維下，來重新解讀邱妙津的〈寂寞的群眾〉和賴香吟的〈翻譯者〉，我以為才能夠相對化——上個世代末，九〇年代以降的台灣社運書寫，以及之於世界革命退燒後的特質和主體困境。

進一步，本文才能繼續分析《其後》（2012），討論《其後》中的主體，如何終於自覺地意識到，早年在政治和人情思考上的固著，並且以何種思維及敘事方式，來轉化現今的自我與台灣社會的關係？而這也將可能間接說明：為什麼《其後》能在新世紀沉寂已久的台灣文壇與文化圈備受注目——它確實在某種程度上，深刻地回應與體貼到近年許多台灣知識份子／文化人的靈魂／心態——既對文學形式的獨立自由感到不安，但又對集體的社會實踐投入抱持懷疑，擺盪在兩者之中，究竟要暫時以何種方式安身？同時，由於女性參與現代性的過程較短，她們之於社會的問題往往會比男性更具有典型性與代表性，這也是為什麼本文要優先以女性知識份子（作者的身份）的作品，來考察她們在台灣所體現的社運想像／敘事與主體困境的原因。

此外，從朝向未來與實踐的角度來說，我假設這樣的分析還有一定的價值，乃是受到全球經濟困境與亞洲知識格局重新盤整的影響，台灣的民間與青年知識份子間亦興起了各式各樣的社會運動，但當中的主體意識是否真的有所推進？進而促進青年知識份子對自我、歷史和社會的思考？我覺得實可透過邱和賴的這三部作品，找到反思的基礎，日後也能作為新一代的兩岸社運／革命主體的一種歷史參照。同時，本文所謂「後革命時代」，預設／假設的內涵為二：一為大陸改革開放後，一為台灣解嚴後。

一、我們爲何寂寞？——重讀邱妙津〈寂寞的群衆〉

邱妙津和賴香吟都出生於一九六九年，屬於台灣解嚴（1987）前後唸大學的主體，出身台灣中南部（邱妙津為彰化人，賴香吟為台南人），家庭關係與經濟條件都甚為穩定（根據《其後》的敘述與假設）。上個世紀九〇年代初就讀台大，畢業後即分別赴日（賴香吟）與赴法（邱妙津）深造，雖然亦有青春的焦慮、躁動，雖然她們某部分的頹廢情調有點接近七等生，但對她們而言，頹廢在彼時可能只是一種姿態，而不若七等生當年在現實上確實有較明顯的階級困境。同時，相對於之前戒嚴時代發展受限甚至禁聲的作家們，她們也可以說有著相對寬廣的創作自由和思想空間。

跟許多台灣解嚴後，快速進入自以為的後現代、去歷史化以致於輕鬆的「眾聲喧嘩」的作家不同。賴香吟和邱妙津在創作初階段，誠如前言已經提到的，她們對台灣的社會與歷史問題，即有一定的自覺，對自己仍是具體的台灣社會歷史的產物並非無知。解嚴後，已在台北念大學的她們，也旁觀並見證了九〇年代初社運的風起雲湧——儘管不是一線的主動參與者，但兩人對社會與政治運動的解放意義和價值的重視，均反映在她們求索般的創作實踐中。就邱妙津來說，便是一九九〇年所創作的小說〈寂寞的群眾〉，這篇作品曾拿下台灣第四屆聯合文學小說新人獎中篇推薦獎，當時她只有二十一歲，還在念台大心理系，對文藝已有極高的熱愛，甚至準備將小說創作視為自己一生的志業，為自己的寫作工作和意識發展設定了極自覺的計畫[5]。〈寂寞的群眾〉可以清楚地看出：邱妙津對當時兩岸風起雲湧的社會運動中的政治和個人的關係、人際／人情，無法完全被政治概括的默契和精神需要，有一些敏銳的洞察。

〈寂寞的群眾〉是一個以大陸互為他者的故事。小說的男主人公是一個台灣青年知識份子，在小說中的角色為攝影師，名為虛風，父親曾因參與台灣的黨外運動被關進外島，母親則深受此刺激進入精神病院，因此他很早就對台灣的政治失去信心，自我放逐到大陸。他的性格具有某種後革命時代的陰柔氣質——有一定的才華、性格極為敏感，同時由於父母親曾為台灣的黨外政治付出了一生的代價，因此虛風不願意正面地再面對政治，對他人投入的社會理想、真誠度也抱持著極大的懷疑，甚至對社會實踐都帶著犬儒的姿態。但他到大陸後，認識了在改革開放後，熱情參與北京社運／學運（從小說中的暗示指涉應為六四）的女知識份子白絜——她在北京攻讀中文研究所，研究中國的近代文學，父母曾在文革中受害。虛風總是像影子一般，不斷地跟在白絜的身邊，形式上是白絜的攝影師，實質上是他在白絜身上，看到了仍然相信社會、相信政治理想的純粹性和奮不顧身。他在伴隨白絜參與抗爭運動中甚至日久生情，陪著白絜一起參與這場北京社運，最後還一同在此事件中殉道——被軍事鎮壓身亡。

虛風對政治和社會改革的理解，在小說中被處理成自始至終深受台灣式的個人經驗和情感左右——唯情。這種傾向性大致生產於台灣戒嚴（一九四九—一九八七）歷史下，受限於禁絕五四左翼及日據時期的左翼文學，被黨國體制及民間日常傳統長期共謀生產出來的文化主體，其內涵是極重視個人的精神、心靈，主觀地排斥功利性或者說功能性（例如我們從小一再背誦的《論語》的所謂：「君子不器。」），而且對前者有強烈的不潔感。因此一旦遇到現實及矛盾，便極容易走向虛無。例如虛風這般的自白，很能代表這類人物的文化人格：

> 政治原本是極簡單，加入人性後，成為複雜得恐怖的叢林，我不再知道自己對不對，因為我也在叢林裡。發自天真第一次想去實踐對世界的期望，單純的信念發出後竟扭曲成醜陋的面目回來，連我父親的無辜也繁衍成複雜的無底洞。唯有逃開人性，遠遠

5　可參見邱妙津《寂寞的群眾・自述（代序）》，出版出處同上註，頁5-8。

地。[6]

在這裡，叢林、無底洞都帶有多層及複雜的政治指涉，與單純相對舉，但因為害怕變成醜陋——不潔的一種，精神上無法承受，直覺式地便要排斥醜陋，因而也就快速地擱置對叢林、無底洞等政治與現實的客觀性的繼續探求。

在這種台灣式的歷史傷痕經驗下，他又如何重新獲得能再度參與社運／革命的主體？從結構與視角的角度來分析：〈寂寞的群眾〉以雙線展開，每每藉由大陸的認真、理想的革命追求，反襯台灣社運中的隨興、遊樂、甚至嘉年華會的虛矯形象——作者顯然對此抱有貶意。然而，這樣的敘事和意識反省，並非邱妙津獨創，台灣名詩人楊澤的散文詩〈在臺北〉亦已開顯[7]，很可能這是台灣解嚴初期知識份子自我更新的方法之一。而更為精緻的文學／政治敏感，其實更該看重小說中虛風以攝影為媒介的視角——攝影一方面需要被攝影者仍有距離，二方面能更精密地保留下許多歷史的瞬間細節，必須在經歷過這樣的觀看／窺視各式細節的階段，男主人公才能在實然上，重新獲得社運與革命歷史的在場飽滿感，由此重新召喚回能夠向外實踐的主體，進而也才能重新投身行動。

為何主體的狀態是如此間接？一種理解的可能是：後革命階段的行動者，已更多的已喪失了組織性，或者說已經喪失了對組織性的信任。盧卡奇（Lukács György, 1885-1971）曾在〈關於組織問題的方法論〉中說：「組織是理論和實踐之間的中介形式。正像在每一種辯証的關係中的一樣，這一辯證關係的兩項只有在這一中介中和通過這一中介才能獲得具體性和現實性。」[8]在這裡，個人（白絮）替代了組織，成為虛風能再生主體與行動的中介與媒介，然而，這種對個人高度依存與互為他者的方式，僅僅是一種過渡之道，因為過於將權利與責任都集中在一個人或個人身上，這恰恰並非是「現代性」的（仍帶有某種個人威權、英雄主義集權的依附與嚮往）。

這種限制在〈寂寞的群眾〉中，還可以透過白絮的公共成長的幾個困境來理解：邱妙津「想像」她之所以走上革命之路的緣由是這樣的：白絮從小就在共產黨的體制下長大，父母親在文革中曾受過傷害，同時她自己長久待在社會主義受挫後的體制，已見識／積累了許多政治化的教條印象，導致她對政治的冷感。因此，雖然白絮仍願意投入大陸八〇年代末的社

6 同上註，頁128。

7 參見楊澤散文詩：〈在臺北〉的重點細節如：「下午六點鐘的時候，在臺北。在八億國人的重圍裡，瑪麗安，我們的散步已變成不可能。一張張陌生的臉，我們的國人橫阻了你我的去路，緊閉著嘴唇，匆匆而行。……我自認的無辜，讓我覺得我們已錯入了最敏感的政治地帶：叛變、行刺、暴動埋伏四周——以及最大量的生死最大量的流離，以及，革命與反革命的名下，一切都帶著血腥，血淋淋的，血的感覺……但是瑪麗安，這只是我一時的幻覺；我們並非在大陸的核心，而是在它邊緣的廣大海面。下午九點鐘的時候，假如我們像城裡其他的人從一場好萊塢的新片出來，愛與和平仍然佔領西門町……」。楊澤《人生是不值得活的：楊澤詩選》（台北：元尊文化，1997年），頁63。

8 盧卡奇〈關於組織問題的方法論〉，收入《歷史與階級意識》（北京：商務印書館，2004年），頁458。

運，但她既不是為了曾在文革中受到傷害的父母親平反，也並非有明確的社會改革的理想。在後革命時代，作者想像她之所以願意投入社運／革命的動機是：她覺得自己的心靈很空虛，換句話說，她企圖藉由參與政治來抵抗一己的虛無性。同時，這樣的投入，剛開始只是白絮未有強烈政治自覺下的選擇，但由於她個人式的純潔與理想，她反而爆發了比其它人更強烈的熱情和對生命的肯定：

投入社運是當時活生生臨到我頭上的處境，我不想再讓自己毫無理由地拒絕，我想嘗試另一種生活方式。卻意外地在裡面體會了與別人共同活著的感覺，我生命裡某種熱情被點燃了，不光是對政治或人類愛，而是我能像陸沐他們一樣大大地肯定什麼。[9]

隨時時間的推進，當最初的與集體相結合的理想退燒，當戰友紛紛世俗與功利化，白絮與其說是靠外在條件，維持她更激進的社會投入，更起核心作用的，仍是作者又再度賦予了她唯情的性格——小說中很強調地突顯這點，即使是她也意識到其它同志在社會運動中衍生出的權力慾、功利與世故，例如知識份子在革命有了一點點成果後，開始被上層的體制收編，同志之間也開始發生新一波資源分配和爭權奪利，甚至她身邊仍較具理想主義性格的革命同伴，也開始對知識份子投入社運／革命的動機、本質昇起了嚴肅的懷疑，敘事者藉由白絮的另一個同志，帶出這樣的話：

你左一句知識份子的道德責任，右一句知識份子的時代使命，但做起瑣碎繁重又沒有檯面上風光的事務，卻怨聲連連。說穿了，「知識份子」只是鞏固你菁英意識的標籤，參與政治也被視為「高級公民」的特權表徵，而社運只是這種虛榮心的外顯化。[10]

對個人式的理想精神至高的追求，對他人的看似進步的革命行為，伴隨了高度的道德不潔焦慮，是作家對大陸的社運主體的一種台灣式的想像。但作者將白絮處理成例外，讓她儘管也意識到革命過程中的腐化問題，卻沒有放棄她該作的集體工作，也沒有選擇在社運的過程中自保，甚至更激進參與。從白絮開始投入社運，到社運遭到了挫折，貫穿在當中作為動力與終極價值的，始終都是這種唯情，甚至具有高於主人公所欲實踐的理想（社會與政治解放）的價值。所以，白絮這樣的主體的存在，另一個角度便可以辯證地來看其「沒寫出來的東西」——作者藉由白絮運動的有限的社會關係，表現了台灣知識份子，尤其是女性知識份子，在長年的台灣戒嚴下的「情感教育」的歷史限制，對兩岸社會運動／革命的「情感結構」，有著過於「個人」的固著／執著現象。

9　邱妙津《寂寞的群眾》（台北：聯合文學出版社，1995年），頁154。
10　同上註，頁149。

二、我們爲何仍無法相互理解——重讀賴香吟〈翻譯者〉

如果說〈寂寞的群眾〉最終是想探問：我們為何寂寞？及如何透過參與社會運動／革命，追求某種原則與抽象自由民主的理想，同時拯救自我免於孤獨之苦，那麼一九九五年賴香吟的〈翻譯者〉，企圖進一步追問：即使不懷疑社運／革命的意義，也配合投入，但為何人與人之間還是難以相互理解及解放？如何將人情、感性納入社運／革命事務中運行（不是五四及古典意義上的革命加戀愛的模式，而是務實的配合工作）？而當激情與激烈的歷史階段過去，在集體理想退位的時代，知識份子在社會中的理想、情感、生命意義又要如何發展？

〈翻譯者〉使用套中套的結構。敘事者「我」的父母，曾參加台灣解嚴前的黨外政治運動，後來因故先後過世（母親因某種無法言說的理由自殺，父親則疑似受到母親自殺打擊太大，也在一場車禍中喪生）。「我」開始過著漂泊於海外（從前後文推論應為日本），暫時擔任父母親當年的長輩朋友L的翻譯工作的生活。同時，「我」還一邊練習寫小說——以母親為想像的主體，將她命名為「W」。「我」不斷出入現實與虛擬——企圖透過現實與虛擬的小說間，重組當年母親、父親，及父母親的日本朋友L之間的關係，藉此安頓自己的生命和意義。

小說的主人公，與其說是敘事者「我」，其實是「我」所寫的虛擬小說中的人物W。

「我」將W刻畫成一個也重視情感、精神、天真、執著的翻譯家，她有著很好的敏感度、審美品味，但刻意選擇不翻譯真正偉大且重要的作品，專翻一些實用性的名人札記、藝術小語或生活指南之類的東西。她的丈夫一直默默從事著台灣解嚴前的黨外政治活動。從小說前後文推論，W跟先生的婚姻關係，應該是基於同志情誼的結合，而並非曾有過真正的愛情。L是他們境外的同志，對於台灣曾被殖民，有一種低調但深入自省的品格，因此令W在不知不覺中心生仰慕，以致於最終W希望能向先生及L坦白，一起真誠面對彼此之間可能存在的微妙感情。然而，當W想向丈夫說出自己真正的心意時，丈夫卻認為她仍是搞藝術的人，過於逃避現實及任性，且精神狀態可能有問題，而W的敏感，也頓時讓她看清了丈夫從事政治／社運中的主體的特質，W不願意怪他，她對先生／同志顯然仍有同情的理解：

> 她也不怪他，因為她知道他那些激擾的情熱，都已經拋擲在高昂的夢想與行動中，汰盡之後，具體的他的愛就只能是如此寬容再寬容的形式。[11]

進一步，W在得不到先生對情感真實變化的回應下，只能繼續自苦，小說中似乎暗

---

11 賴香吟《散步到他方．翻譯者》（台北：聯合文學出版社，1997年），頁104。

示，W最終的自殺跟這種自苦相關。同時，當時的黨外運動正好微妙地「利用」了W的自殺，將她的死操作成一種被壓迫的政治結果，頓時使得黨外運動在人民之間的認同強度——因為W之死，而獲得更多的同情與提昇。同時，儘管W的先生因為已參與了太久的政治，對於妻子W心靈／精神過於忠誠的那部分難以面對，但對於W之死，還是覺得愧疚與不安，作者將他安排最後車禍身亡，似乎也是想暗示這種主體的政治理想和成全個人真誠情感品質的兩難。

〈翻譯者〉從頭到尾都有一種潛伏的思考邏輯：人與人之間展現在外在的語言、情感，有時候並不是真正的事實、精神與心意。長年從事黨外社會政治運動的W、丈夫和L的關係就是這樣的體現——關鍵的永遠都是那些沉陷在冰山下面的潛流，但這時候人與人之間的理解究竟仰賴什麼？這篇小說企圖扣問的可能是——如果台灣就是在長期的戒嚴歷史中，主體因長期的文化壓制，無法精確地讓人們彼此傳達及接受心意，但該合作的社會、政治、革命務實的工作，還是能基於同志情誼而相互配合。然而，生命中總有一些情感，無法被納入社運、政治和革命的框架，那些縫隙究竟要如何翻譯與理解呢？或者真的有可能理解嗎？賴香吟給出的回應仍然是很無奈且唯心的——她似乎並不認為，至少在寫〈翻譯者〉的階段，人與人之間，能隨著歷史來到了後革命時代，而有充份理解的可能，唯一能確切知道的，就是即使能接近理解，也無法以言語表述，或者更悲觀的：我們之間無法相互理解，這一段的敘述有相當的代表性：

> ……一切無從敘說，無理可循，像是找不到合理的文法，她根本就沒辦法把內心的意願對著外頭的倫常翻譯出來；她驚異於所有依據過的文本居然不足以支援自己。[12]

這樣的不能理解，即使一代過去，「我」已長大，再去找L，在那些間接、低調的親近與互動中，希望能夠拼湊出W跟L之間，所曾存在的政治理想與感情結合的可能（這種理想在小說中略為暗示性的指出：殖民地宗主國和殖民地之間相互細緻地扶持的關係），但L還是基於過去跟W先生的政治道義，不願意面對跟W之間的情感與默契。這使得「我」極為傷心，小說中這一段感慨地相當抒情，表達了對言說與彼此理解困難的憤恨——使得到了「我」這一代，表面上似乎有了政治上的自由多元的表述空間，但「我」卻無法相信表述的可能，一切還不如不說：

> 我說了它，應該明白的L先生卻只是更敏捷地跳過我的心意，多令人傷心啊，甚至我心裡止不住地懷恨起來，我說我根本就拒絕說話，……，我就要不言不語。[13]

12 賴香吟《散步到他方・翻譯者》（台北：聯合文學出版社，1997年），頁84-85。

13 同上註，頁116。

從後革命時代回望，在過去的台灣黨外運動的歷史中，敘事者更注意到，前輩已被規訓為一種失語的主體——即使仍在世，對歷史和個人生命，也已沉靜而無動於衷，賴香吟相當抒情地這樣揣摩他們的心態：

作為左翼學潮的中生代，L先生說他也曾對刮掉鬍子穿起西裝的生活有些抗拒，但是，那畢竟是很久以前的事了吧？如今我所見到的L先生，似乎完全不受自身的矛盾所苦惱，我不知道要什麼經驗才能再度喚醒他心裡那種過往的情愫，我也不知道人究竟要活到多老，才能如此穩定而無動於衷。14

〈翻譯者〉跟〈寂寞的群眾〉在此的共同交集是：邱妙津和賴香吟，或許是因為僅僅是當年社運的旁觀者，雖然以她們的早慧，她們能意識到社會革命、社運題材的重要性和解放價值，但由於她們將唯情（個人的）視為一己最高的價值，賦予她們的筆下的主人公，極為重視政治運動下的個人情感的忠誠，而一旦這種情感，遭遇了政治、革命或社運中的工具性、功利或挫折時，她們很容易地便將政治／革命、社會等向度，視為個人的情感（或精神、心靈）對立的不潔物，因此本來要面對、開展與解決的社會／革命的問題／視野，包含當中的個人情感（如〈翻譯者〉意識到的社運中的情感解放和安頓問題），就在這樣的封閉式的二元對立思維與感覺結構中被擱置。而對黨外、社運，作者也因此只能給出這樣焦慮的叩問：

日常歷史，群眾永遠需要被領導，誰能夠保證這不會是一場笑破肚腹的成人遊戲；W憶起曾有過多少朋友在房子裡瘋掉，她看著他們像沙漠掘水般，在論理在信仰在任何行動經驗中，迷宮似地找尋再找尋，誰也無法阻擋。

最後，沒瘋的人逃出了屋子，警車從眼前衝來，如救護車號出裂破耳膜嗚嗚嗚的響聲，群眾開始流走，剩下來的人開始丟石子，丟雞蛋，同志的女人說沒有人感到幸福，也沒有人知道這是不是為了幸福。可是，除了丟石子，W妳告訴我還有沒有能夠使我們幸福的方法。[15]（底線為筆者所加）

我們之間，有人逃不過逮補，有人逃不過鬥爭，更多的人只是逃不過自己。我不知道我們之間有誰將會存活下來，而存活下來的真的又能夠解消那些浸透在心中體內的魔障嗎？無名的島嶼，多少無名的魂魄飄然遠去。傳奇已經說破，英雄失去形影，孩子總是沒有父親……。[16]

14　同上註，頁93。

15　同上註，頁114。

16　同上註，頁118。

類比趙剛在《求索》中，對陳映真小說中的兩性和革命之間的關係，曾作過相關的分析：

假如左翼（不論是個別知識份子或政黨）在棄絕人生的現實（或現實的人生）的前提下，以一個禁慾主義的主體，對人民訴說樂園，那這個樂園是沒有人能聽得進去的。因為你的「福音」中沒有愛的真實滋味，因此也一定沒有「人間的靈秀」。不僅如此，這個左翼主體還可能會是一個「彼岸希望」的暴君……在往而不返的「理想」中，以知識和特別是道德的傲慢，放棄了或遠離了對女性的、人民的、感官的、日常的真實生活的理解，從而也無法真正面對並理解他自己。[17]

作為一部九〇年代中期的台灣小說，以賴香吟的資質，應該可以期望為台灣的社運書寫，和個人在政治、社會化過程中的情感辯證關係／想像，增加更多具體的環節，但作者仍無法如此。然而，如果我們將這樣的書寫限制，視為一種社會的「症狀」（而非完全只是創作者個人才具所能控制的向度），來思考這種「失語」意義，反而可以說明，解嚴後台灣社會，沒有完成政治和個人情感解放的歷史辯證困境。由此可知，九〇年代以降的台灣文化主體，實仍有較高的保守性，同時這種保守性，也是跟具體歷史中的台灣男性的保守性聯繫在一起。

三、作爲一種勞動的寫作——《其後》的情與現實

《其後》是一部極特殊的作品，除了上述分析到的賴香吟的早期代表作〈翻譯者〉（收入《散步到他方》），在《其後》之前，她仍有兩部成書之作：《島》和《史前生活》。這兩部作品大抵延續著《散步到他方》的基調——重視內在、突出心理書寫，《史前生活》的大部份文章則為小品，在這些小品中，亦能見識到賴香吟纖細的品味和性情，好像仍在跟現實拉距、抗拒，故寧願活在「史前生活」——在那裡，一切還很純真、純美、純情，到處充滿心靈的靈光，輔以生手的天真。是以，賴香吟才能在《史前生活》的自序中這樣否定性地自白，說這本書：「不是強調菁英早慧的一群人，而是其中那些真正固執於自我思慮以至於落後了整個歷史步調的少數心靈。」[18]

歷史確實是一直向前走，不因個人的困惑而稍作停留。邱妙津也因為最終抵抗不了自己內在的風暴而先行退場，於一九九五年在巴黎自殺身亡，但不能說那些固執於自我思慮者的創作就是毫無價值。在這樣的時間流光裡，台灣文化圈終於等到／迎來了賴香吟的《其後》（2012），在二十一世紀初的一片小確幸、靜物及本土／鄉土溫情書寫等的傾向中，在〈寂

17　趙剛《求索：陳映真的文學之路》（台北：聯經出版事業股份有限公司，2011年），頁68。

18　賴香吟《史前生活》（台北：INK印刻出版有限公司，2007年），頁7。

寞的群眾〉、〈翻譯者〉之後，《其後》在我看來，真正的價值乃是在於：就整體上來說，它聯繫並回應了早年台灣社運題材中的主體困惑，也開始出現且能對主體自我否定的「否定的張力」；若落實到作品中來看，就是儘管再怎麼如何唯情、愛好藝術、傾心文學，《其後》中的主體，終於敢於質疑情、文學、精神、心靈等力量的邊界與限制。由於邱妙津和賴香吟一直以來的創作如前述，極為重視唯情、精神等向度，這樣質疑的姿態，從辯證的意義上，反而是正面與康健的。

具體到作品分析，它首先出現了過去的小說中，鮮少「同時」出現幾類型人物，並直接使用更多的說理或評價式的敘述：

第一類人物，可以說是抽象的強者，在《其後》中，作者將他命名為：「噩夢主」，這個人是敘事者「她」從大學到畢業後的同學／朋友。噩夢主非常早慧，使他很少被自我的多面向困住，藝術自我中的擺盪、矛盾、不平衡在噩夢主都不是問題。「她」在大學階段，深深著迷於這類人的力量。但一方面又覺得那裡奇怪，日後反省，她覺得問題的本質是出在於「她」生手的天真，把文學理解成文學的光暈：

想來她是過於信服噩夢主了，而那信服是放大了文學的光暈所致。[19]

這是第一次，如此相信文學力量的作者，在作品中直接反省文學光暈的限制。這個自覺在《其後》中有多處的展現，容後再述。

第二類人物，是相對於「噩夢主」，能具體的愛人的人，《其後》中將其命名為：「樹人」。這個人的功能是用來反襯敘事者「她」的概念化。「她」或許是書讀的太多了（《其後》中充滿各式各樣的文學藝術淵源，例如海子、太宰治、柏格曼、塔可夫斯基、楚浮、高達、維斯康堤、小津安二郎等等，人生的主要經驗和感性，都主要來自於書本、文藝作品而非真正的現實），此人物跟「她」的關係一直介在好朋友與情人間，「她」當初欣賞樹人，就是因為樹人能召喚她那已經被知識（包含被已被創作出來的文藝世界）所概念化的心。然而，跟樹人在一起，「她」又是不滿足的，因為樹人的世界太理所當然、太實際，而「她」女性知識份子的那一面，又是要追求文藝、生命中的特殊與不平凡的，所以「她」曾這樣地自我分析：「與其說想從樹人的身邊逃離，毋寧是想從以樹人為象徵的現實生活逃離。」[20]

第三類人物，就是以邱妙津為想像主體的心靈／精神的摯交「五月」。「她」跟「五月」的認識及在台灣的相處時光，就《其後》的敘述，不過約一年左右。「五月」帶給「她」不同於「樹人」和「噩夢主」的心靈／精神世界，而且由於「五月」對文藝極端且熱烈的追求，都讓她能從對方身上獲得生命力與熱量。彼時「五月」已有交往對象，但對於

19 賴香吟《其後》（台北：INK印刻出版有限公司，2012年），頁21。

20 同上註，頁59。

「五月」這樣的人而言，台灣解嚴後的歷史場域無疑的是巨大的新舞台，沒有什麼情感與知性追求是不能隨時更新及變化的。「五月」對敘事者「她」的態度亦然。而也只有「她」的早慧，能理解「五月」那暴烈又豐饒的心靈。但敘事者「她」儘管意識到，「五月」對「她」的情感非同一般，但由於生涯傾向和性格差異，「她」仍繼承了〈翻譯者〉中的那種失語的主體，「她」並不覺得一定要給「五月」更具體且明確的回應，而這也間接地導致了「五月」的自傷及最後的自毀。也因此，敘事者深深地自責，並為此付出了十餘年的「內向」的自省代價。其實她們倆的性格差異並不小，「她」的心靈／精神追求的高度也不下「五月」，只是不若「五月」那麼外顯，「她」的主體發展從來就是比較慢的、內斂的——從《其後》的敘事方式不斷援引各式文藝淵源可以看出，主體總是企圖進入那些更高深、獨特的靈魂世界中，而「她」陷入自責與精神困境的原因恐怕也是在這裡：那麼相信超越世俗精神之美與情感力量的「她」，怎麼會傷害自己的好朋友「五月」呢？即使「我不殺伯仁，伯仁因我而死」，「她」不能原諒自己。《其後》引用敘事者所欣賞的太宰治《人間失格》般的心，對自我與情感的純潔性提出否定與質疑：

> 後來時間裡確實是愛情在折磨五月，她若視而不見，顧左右而言其他，這樣對待五月，和（太宰所恐懼的）世人又有何不同呢？以朋友之名對待他人，聽似多麼純潔，其實是個多麼恃寵而驕的詞。21

《其後》中的主體，雖然仍然相信唯情，認為寫作的主要目的，乃是安魂。但是主體也自覺到，真誠、純粹的情感也有不足以安慰人，甚至間接傷人的時候。九〇年代社運風起雲湧所牽動的世界，到了《其後》看來，與其說是接近了社會和政治，不如說更開啟的是多元且豐富的情感世界。當年她們其實不曾懂得與進入彼此的現實／身世與歷史。所以，《其後》能夠同時清理三位朋友的類型（噩夢主、樹人、五月），某種意義上代表作者已經開始對現實中的豐富性和差異性，有比青年階段更為包容的觀看與理解能力。

也因此，作者才能這樣敘述與評價九〇年代女性知識份子的文化景觀：

> 九〇年代初期火熱過的，五月多少都沾惹一些，那些夜遊、文藝營、咖啡館、小酒吧，一千零一夜說不完的故事，放縱的、寂寞的、迷惑的、展示痛苦的人，各種不同類型的狂野與憂傷攪弄在一起，要直到很久很久以後才恍然大悟原來彼此懷著不同的身世。[22]（底線為筆者所加）

這樣的意識表面上來看，跟九〇年代中的〈翻譯者〉，似乎是倒退了——翻譯者裡的主

21 同上註，頁33。

22 同上註，頁26。

人公至少還曾參加黨外運動，搞激進革命，但這裡似乎只剩下女性知識份子式的做作清談和姿態的展示。但事實上，這樣自覺地意識到當年知識份子狀態的淺薄，正開啟了賴香吟在《其後》的另一種更有否定自覺、承擔現實的主體。

進一步，這種新的主體，在《其後》中主要透過以下兩種的反省媒介繼續成長：

第一個是一九九五年日本發生奧姆真理教毒氣事件，這一年也是邱妙津自殺身亡的一年。《其後》中首次將這兩者關聯在一起反思。當然賴香吟的重點，並非在評議或探討奧姆真理教的問題，而是她開始反省過份執著於信仰、精神、文學、唯情等等的限制，因為奧姆真理教的教徒，不就是因為自以為的精神潔淨而傷害他人嗎？再美好的心靈和情感，在運作時有時也需要節制，這一段對「五月」的評述，很具有代表性：

> 強烈的追尋也可能並生邪魔。我正目睹了一個因心靈之信而遍體鱗傷的人，五月完全讓心靈結束了她自己，地下鐵事件宛若一場寓言，拷問著我的腦子：心之能量可以無上限使用嗎？如果答案是NO，那一直以來我相信的豈非玩笑一場？[23]

而以下這一段，則是聯繫上同樣選擇自殺的太宰治，再一次表態對將文藝視為生命中絕對且唯一價值的質疑：

我其實從來都以為太宰是愛生之人，他真的只是氣弱，可他又堅定不悔地要把氣弱當作（藝術的）出發點，這讓我怎麼跟你說呢？<u>藝術總有讓人無言的時候</u>。……情緒之絕望深淵與死未必有什麼必然的因果關係，它其實是一個陌生物，趁機攫走了獵物。[24]（底線為筆者所加）

文藝不是一切，或者更精確地說，太宰治之類的個人式的頹廢文藝，即使某部分有歷史的辯證積極性，也不是文藝的全部（甚至可以說，只是世界文學史譜系中的一個小部分）。執著於文藝的感情、唯情的態度、立場，以為有了「情」便能作出各式愛的敘事（例如邱妙津在《蒙馬特遺書》中的強烈唯情，就敘事的特殊性來說，整體上仍有過於單一的現象），跟文藝的價值實在並不具有絕對的正相關。參照康正果（1944-）對「情」曾作過的思考，可見一斑：

我們都不缺少感情，我們都有動真情和用情至深的時候——，更應該把「情痴」理解為一種才子氣十足的人，我們痴就痴在將感情提昇為「價值」。……感情一旦成為價

23 同上註，頁 193。

24 同上註，頁 222-223。

值，「感情的人」便為自己的價值感到自豪，他炫耀價值的魅力，使感情成為人人都想感受的東西。而感情一旦成為人人都希望感受的東西，它就不再是感情，而是感情的模倣，它的炫耀。[25]

進一步，在終於辯證性的對文藝、心靈、精神等唯情狀態，進行某種「否定辯證」的再啟蒙後，賴香吟以何種主體肯定生命與文藝的價值？或者說，作者最終選擇相信什麼人、什麼價值、信念，提供給她的世代及《其後》者，一些克服過往社運書寫過於原則化、抽象化的法門呢？

敘事者選擇了「父親」。所謂「父親」，敘事者在《其後》提到他們早年的女性知識份子經驗時，「父親」甚至是完全不在視野裡。那時候，她們以為自己是「無父」——一種在文藝裡大膽實驗的狀態，反映在她們的生命史中的，就是當年不斷跟進各式西方大師、文學、藝術電影的投入，而對自己的土地、本土性，即使做為本省子弟的她們，也幾乎無自覺開發興趣。同時《其後》所出現的「父親」形象，跟過去偏重文學式的抽象意義的「父親」不同，反而比較接近同世代的張大春（1957-）《聆聽父親》、郝譽翔（1969-）《逆旅》及駱以軍（1967-）《遠方》等作品中的父親的意義——終於長大成人的敘事者，終於明白原來那麼多年來，從來不曾好好理解現實中的父親，也不曾好好理解父輩們的歷史，曾經虛無的主體，終究仍採用了這種「尋父」的方式，來為自己跟台灣的現實，重新建立新的聯繫，以展開新的意義的生命。敘事者既分析「五月」跟她的父親的關係，也解剖「她」跟父親的關係，在調性上當然還是唯情與抒情，但作為唯情的同構物的不潔，卻不再出現。主體也不再自我解消。以下兩者引言具有代表性：

相對於五月拋下父親，以死亡換來了戲劇性的聲名，向來迴避文學道路的她，如今卻痛感來不及讓父親看到自己的成就。她們怎麼會以為文學如此而已？怎麼會以為父親們有比自己更多的能量去承受生命的磨難？[26]

父親們的人生完全是以現實為基調的，政治且使他們規馴，被壓抑，被蔑視，被管制只能習以為常，忍受被誤解為次等人的悲哀，忍受整個族群恨鐵不成鋼的屈辱，這些父親們的歷史我們不曾知曉，因為他們如此謹言慎行，而我們又如此無知地只在乎自己的青春。[27]

25　康正果《交織的邊緣——政治與性別》（台北：東大圖書股份有限公司，1997年），頁193。
26　賴香吟《其後》（台北：INK印刻出版有限公司，2012年），頁203。
27　同前註，頁210。

相對於年輕時，執著追求個人情感的自以為真誠，追求文學與藝術的高度創造性與變異性，簡化了政治與現實，《其後》中的「五月」和「她」在某種程度上，都是難真正意識到身邊的父親也有其歷史和磨難。然而，如果不面對這個部分，敘事者也無法為自己的身份認同真正安頓意義——她看出了父親跟台灣長期以來被壓抑的政治關係，理解了謹言慎行背後的歷史因果邏輯。從這個角度來說，《其後》裡較無言的父親書寫，也因此克服了〈翻譯者〉中兩代無言者的虛無——「父親」之所以謹言慎行或說少言，目的之一恐怕應是希望避免影響與傷害他人，他們的內向，既是委曲，但也是一種保護孩子的方法，就像魯迅說的：「自己背著因襲的重擔，肩住了黑暗的閘門，放他們到寬闊光明的地方去，此後幸福地度日，合理地做人。」加入了這一層認知，《其後》中的主體，才終於正式從自傷與無言中解脫出來，願意以一種更素樸的默默勞動和勞動者的精神——如同當年他們父親的精神，來面對自己的寫作工作。

小結

一九四八年，存在主義哲學家薩特〈骯髒的手〉（劇本）——早已經思考過年輕的知識份子投入政治、社運、革命之間的困境，薩特讓他的主人公雨果（一名貴族出身的小知識份子），企圖暗殺另一個也屬革命陣營領導者賀德雷，他潛伏到對方的工作中，擔任對方的秘書，卻在過程裡，日漸也被對方的政治理想折服，陷入是否要執行暗殺任務的矛盾。賀德雷給雨果諸多思考刺激，尤其對政治目的和政治手段之間的關係，賀德雷提出過許多實事求是的觀點，例如：

> 你多麼潔身自好啊！你是多麼害怕弄髒自己的手啊！好吧，保持純潔吧！但這對誰有用處呢？為什麼你到我們中間來呢？純潔，這是印度的出家人和僧侶的理想。你們這些知識份子。……兩只手臂貼著身體，戴著手套。我呢？我有一雙骯髒的手。……他們是我這種人，而不是你那種人，不久你就會發現這一點。他們不贊成這些談判，只不過是認為時機未到。要是在別的時候，他們會帶頭贊成的。而你呢，卻把這件事看作是原則問題。[28]

薩特在這裡將政治、運動的有效性或意義性，聯繫上「時機」，同時也點出革命者應該要愛的是具體的人，而不是某些抽象的人性原則。某種意義上，賴香吟和邱妙津書寫社運的唯情傾向和不潔，正是來自於他們將原則性凌駕具體性的錯誤——他們在認識論和倫理學上的困境。爾後，賴香吟試圖在《其後》，節制唯情、精神，節制文藝的本質論，並透過理解

28 《薩特戲劇集．骯髒的手》（北京：人民文學出版社，1985年）。

「父親」（包括「五月」和「她」的父親），同情他們的「無言」，解構唯情和不潔的同構的慣性。敘事者最終選擇相信「父親」——平凡而在歷史中被壓抑的前輩、為子女勞動且求仁得仁的他們。因為相信仍有這樣的靈魂／主體，《其後》由此亦重新獲得韌性——寫作的意義之於主體，在藝術本質與境界的探索外，亦是一種素樸地對自身歷史及土地問題的勞動。

後現代台灣的「異鄉人」

——讀劉梓潔《父後七日》及其它

一

如果說「八〇後」指的是一種時間與世代差異，出生於一九八〇年台灣彰化的劉梓潔（Essay Liu）應該是具有代表性的起點人物之一。大學／本科畢業於台灣師範大學的社教系新聞組，碩士曾唸過台灣清華大學的台灣文學研究所，但或許她志不在學術，沒有正式拿到學位。作為一個青春階段就從中南部鄉下北上讀書、工作的女性，劉梓潔長年偏好的工作類型，以具有文藝菁英的傾向居多（儘管從她的文學創作的作品來看，她相當有面向通俗及普羅大眾的自覺），她曾經做過工作包括：《誠品好讀》（台灣誠品書店的一份文藝類型的刊物）的編輯、琉璃工房的文案，以及中國時報開卷週報記者等等。近十年，劉梓潔陸續寫了許多創作，小說〈失明〉榮獲二〇〇三年的台灣聯合文學的小說新人獎，二〇〇四年的電視劇本〈野百合〉（與蔡宗翰合著）入選公共電視的百萬原創劇本，然而，真正讓她奠定重要性與代表性的作品，是二〇〇六年榮獲自由時報林榮三文學獎散文首獎的〈父後七日〉。二〇一〇年，她還以此作改編後的劇本，獲得第四十七屆金馬獎最佳改編劇本，同年，獲得第十二屆台北電影節的最佳編劇。目前累積的創作已成書者有：《父後七日》（2010）、《此時此地》（2012）、《親愛的小孩》（2013）及《遇見》（2014），創作文類仍以散文、小說為主。此外，劉梓潔的「成功」，還來自於電影「父後七日」的賣座，據台灣相關媒體報導：「父後七日」全台大賣四千五百萬（台幣），居二〇一〇年國片票房第二名（第一名為「艋舺」），但「父後七日」的拍攝成本據說只有一千二百萬，扣掉成本，投資報酬率有三倍有餘，以台灣的文學藝術經濟規模之小，這樣的成績，不可不謂亮眼與異數。而受到電影效應的影響，成書後的《父後七日》亦大賣超過六萬冊，居誠品書店八週冠軍，台灣金石堂「二〇一〇年度十大影響力好書」，作者也因此登上台灣博客來網路書店的「二〇一〇年度新秀作家」。

為什麼一篇短短四千字的散文和它改編後的電影，無論就嚴肅文學與通俗文學的標準，竟能在新世紀以降的台灣廣受歡迎？這跟台灣晚近的鄉土／本土與後現代的社會思潮與人心思變密切相關。我在另一篇評論台灣青年作家吳億偉（1978-）的文章[1]已曾言及類似的條件：「受到新世紀以來，台灣經濟發展持續低迷，本土意識與個人主體價值繼續高漲，從並非全然負面的意義上來說，許多青年作家在難有多少社會發展的新形勢下，紛紛回頭去清理自身的生命經驗與主體困境，因此也就導致不少所謂『新鄉土』文學的發生。同時，相較於中國大陸近年的高速城鎮化和對現代性的認同，台灣內在對西化現代性的追求，在上個世紀九〇年代以降的本土化運動與後現代文化的興起下，亦有部分被抑制，所以新世紀以降的台灣青年作家，當他們處理自身的本土經驗時，更多地便能轉出平視或說將心比心的角度，而沒有早期兩岸鄉土作家與書寫較常見的高姿態與啟蒙標準。」易言之，劉梓潔和她的《父後七日》，也是這樣的「接受視野」之下的一個組成部分，她在這方面的「成功」，更深刻地呼應晚近的某種台灣主體。

二

《父後七日》故事與情節單純且素樸，取材於作者的自傳經驗，核心在寫一個從台灣中南部彰化到台北念書、工作的女生，由於父親過世（享年五十三歲），終於暫時回到老家，與老家的親戚朋友共同經歷了一場台灣鄉土民俗、宗教性質的葬禮。結構清晰，既是七日，便以每日的傳統習俗與細節展開，第一日寫迎父親回家，第二日寫燒腳尾錢（給往生者的一種紙錢），第三日寫入殮，第四到六日為頌經及其日常狀態，第七日寫送葬火化。這樣的模式，在台灣民間的喪葬儀式中，有相當的普遍性，但劉梓潔又並非在寫報導／報告文學，她以融合現代知識份子與底層的姿態，以一種既清醒知覺農村鄉土喪葬儀式的荒謬，又對它們

1 原始出處見筆者〈台灣戰後底層勞動小史——讀吳億偉《努力工作》〉，《橋》第三期（台北：人間出版社，2015年），亦收入本書。

抱持著將心比心與配合的情感化立場。因此整部作品雖然題材涉及死亡，但由於敘事者的雙重但並非矛盾與對立的態度與信念，使得整部作品體現了對差異化的空間與人物（城市／鄉村）、傳統與現代性並存的尊重，而貫穿其中略帶荒謬的喜感，更增添其文學的風格化與特殊性，語言上，《父後七日》流利地將普通話與台語夾雜，也是一大特色。

一些具有亮點的喜感，例如一開始描述「我」送往生者父親回家，在救護車上，司機詢問拜佛祖還是信耶穌，因為車上有一種兼有中西喪音的錄音帶——一面唱哈利路亞，一面是阿彌陀佛，要用那一面來放，可以根據家屬的信仰來「選擇」，早已知識份子化的「我」，立即感受到哭笑不得的荒謬。回到家，由於尊重鄉土社會重體面的習俗，從來不穿西裝的父親，在往生後也被打扮得穿上西裝。又比如，台灣傳統喪葬儀式相信，「七日」內往生者的亡靈仍在，因此來往祭拜父親靈堂的親友們，祭拜如人在，在點香時還不忘將父親最愛的煙也一併送拜——菸友覺得父親應該想要抽煙。此外，親友們考慮家族應不應該團體訂購黑色運動服作為喪服，而明明知道在棺材裡鋪衛生紙是為了吸屍水，但土公仔（民間道士的一種）卻說是鋪得軟軟地讓父親好睡，也令人有黑色幽默之感。至於要替父親選擇告別式用的生活化照片，找不到適合的，大家竟還能決定用電腦合成，又例如兄妹一起在深夜裡守靈，不但不傷感不害怕，還能講笑話與粗話，甚至最後送往生者火化後，大家還領號碼牌拿便當。最後，儀式結束，親朋好友簽六合彩去（台灣民間簽賭的一種彩票），簽注的號碼甚至用父親「斷氣」的時間，而且居然還中了小獎，長輩將錢平分給有參與的人，敘事者「我」

因此得以將屬於自己的一份「彩金」帶回台北工作地，並不感覺有任何矛盾地繼續「脫隊」回到「我自己的城市」。

這樣的敘事似乎很輕，誠如「我」在作品中的表述：「有時候我希望它更輕更輕。不只輕盈最好是輕浮。輕浮到我和幾個好久不見的大學死黨終於在搖滾樂震天價響的酒吧相遇我就著半昏茫的酒意把頭靠在他們其中一人的肩膀上往外吐出煙圈順便好像只是想到什麼的告訴他們。……我爸掛了。……我也經常忘記。」[2]這段話裡沒有一個標點符號，作者顯然自覺地去除一般語言的間隔，以及此而來的既定的現代理性的秩序、邏輯與意義，以一種略帶刻意的姿態，守候與維護著一種不願用力面對，同時也不容輕易被解消與忘卻的真情。

在電影的改編與演繹上，除了敘事者「我」和哥哥的必然存在，電影更突出的是不同人物與形式多元的平等觀：強化了道士、鄉土女性、其它的城市回鄉文青等等的人物形象與特質。例如道士被處理得既鄉土、情感化、神聖又非功利，甚至還會寫詩，自視為詩人（不是嘲諷的，而是認真的）。回鄉文青還企圖將他所觀察到的鄉土現象作為畢業專題的紀錄片。同時，在電影中，敘事者「我」觀察與紀錄著眾人，體會且成為投入荒謬一部分，但眾人也一樣有權觀察與紀錄對方，這種互為他者的涉入，解構掉單一敘事者的立場與聲音，使得電影比原作更突出一種眾聲喧嘩的特質。

2 劉梓潔《父後七日》（台北：寶瓶文化事業有限公司，2010年），頁30-31。

而就作為一種文學散文的語言來說，劉梓潔的〈父後七日〉也已不同於八〇、九〇年代以降台灣散文的刻意詩化與濃烈化的修辭，例如早年台灣女作家簡媜（1961-）的〈母者〉（一九九二年十五屆中國時報時報文學獎散文首獎），或九〇年代馬華留台派的代表散文家鍾怡雯（1969-）的《垂釣睡眠》（1998）等，無論就內容及形式來看，都有很明顯且自覺的文字藝術化的操作，也因此形成與推進了台灣現代散文的菁英化特質，然而，一般比較沒有受過專業閱讀與文學訓練的讀者，恐怕很難進入那樣「藝術化」與高度風格化的散文世界。相對來說，劉梓潔的散文語言無論就姿態、內容和形式來說，就普羅與平實的多，台灣作家劉克襄（1957-）便曾說，她有著：「清新而簡明的話彙」。當然，劉梓潔也還不到繁華落盡見真淳的階段，她亦有高度的文學、藝術實驗的性格與傾向，只是或許更多地落實在作品的思想與風格裡。她研究所畢竟攻讀的是台灣清華大學具有本土與「進步」色彩的台文所，再加上她行走台灣文壇，對「文學」書寫所能調用的方法與理論不會陌生，因此與其說清新平實是她的文學的隨意表現，不如說實為她的一種刻意追求與實踐下的結果。

三

當然，我認為《父後七日》最有文學深度與特色之處，實在於劉梓潔對新世紀台灣的存在與「荒謬」的理解與推進。顏崑陽（1948-）在評述劉梓潔時，便曾形容：「敲打搖滾的節奏，說些日常的故事，正經的說、戲謔的說、溫情的說、笑著說、哭著說。而原似正常的世界，忽然荒謬起來；荒謬中，卻讓我們看到真實的世態人情。」[3]劉梓潔在〈父後七日〉的編後記中，對這種「荒謬」的存在與選擇，也有進一步的反省：「我喜歡捕捉光鮮之下的陰影，肅穆之中的荒謬，可是這類事情做太多，就會變得好像只是在耍弄『我跟別人不一樣』的小聰明，會變得非常幼稚，非常自以為是。我又會設法從這層裡面跳脫出來，否定自己的小聰明。」[4]這話說的頗富自省與謙卑，因此，有意思的問題意識便是：我們如何理解劉梓潔所創造的台灣新世紀以降的荒謬感？它體現了什麼樣的台灣社會與青年的問題？並提出了什麼樣的回應或救贖的可能？從寫作者的立場與姿態來說，她有「異鄉人」的旁觀能力，如同當年卡繆《異鄉人》一般，能夠冷靜且清醒地，從旁觀者的角度來平視所看見的現實。但時代和社會空間畢竟不同，劉梓潔和她的作品既有著卡繆式的一面，但更多的是不同於卡繆式的另一面，而我認為恰恰是在後者，體現了台灣新世紀以降的八〇後作家不同於前人的靈光，當然，還有困境。

劉梓潔的《父後七日》與卡繆的《異鄉人》都從一個長輩的死亡與奔喪寫起，他們的敘

3 見顏崑陽推薦劉梓潔，收入劉梓潔《父後七日・藝文界推薦》（台北：寶瓶文化事業有限公司，2010年）。

4 劉梓潔《父後七日・編後記》（台北：寶瓶文化事業有限公司，2010年），頁32。

事者都很自覺，意識到主體的內在感覺跟外在現實感覺與結構的斷裂，如同薩特（Jean-Paul Sartre, 1905-1980）在評述卡繆《異鄉人》時所言：「荒謬既是一種現實，又是某些人對這種事實的清醒的意識。「荒謬的人」即那些不憚於從根本荒謬的現實中得出必然的結論的人們。」[5]又說：「局外人就是與世界對抗的人。」[6]薩特自然有著「存在」先於本質的信念，因此他理解與認為一個真正「荒謬的人」並非只有虛無的主體，在評述《異鄉人》（大陸版譯加繆《局外人》）的主人公的情感關係時，他的詮釋很具有辯證式的尖銳：

> 我並不總在掛念我所愛的人，但即使我沒想他們的時候，我仍聲稱自己愛他們——我可以在沒有真情實感的情況下，為了那種抽象的感情而犧牲某些個人的快樂安寧。但莫爾索的思想方式卻另是一樣。他根本無意去了解這些高尚的、持續的、心心相印的情感。對他來說，一般的愛與具體的愛均不存在。[7]

薩特在這裡點出了卡繆《異鄉人》主人公的一部分的限制，主人公莫爾索式的「存在」性，使得他或自覺或不自覺地，更多地只能被具體的感性世界所召喚，同時將自我放逐於抽象的感情與理性化的信念之外。但是，人不可能一直活在動態與具體的感情或愛的感性世界裡（儘管那非常重要且有意義），抽象與無形之物仍然有不可被化約與取代的價值。莫爾索早先不明白這一點，因此跟女性甚至世人的關係，才如此冷漠且難免傷人，反而是到了最後，他在刻意地對抗法庭的姿態裡、在愈來愈靠近死亡的逼視下，他終於意識也理解到他的媽媽晚年為何仍想「重新開始」，那種具體感性上的生命權力，之於莫爾索也成為了一種他的信念，易言之，具體性與先驗性亦有彼此相生的事實，理解了這一點，莫爾索終於體驗到：「這世界如此像我，如此友愛融洽。」[8]儘管：「為了不感到自己屬於另類，我期望處決我的那天，有很多人前來看熱鬧，他們都向我發出仇恨的叫喊聲。」[9]

很明顯的，劉梓潔的《父後七日》雖然刻意制造荒謬，但作者不但並非如她所道的虛無，誠然相信感情，偏好存在的感性與具體性，同時以其字裡行間時常「犧牲某些個人的快樂安寧」（薩特語）的傾向，她無疑地也信任看不見的抽象意義與愛，所以整個葬禮儀式的喜感與搞笑化，也不無重構一種父親「存在」時的感覺。就這點來說，劉梓潔的「父親」書寫，相較於台灣文學史上的諸多父親書寫，實在更為明亮爽朗並體現了希望的善意。自上個世紀台灣解嚴（1987-）以來，以父親為核心的書寫，主要以外省作家為代表，然而，或許

---

5 薩特原著，施康強等譯《薩特文學論文集．《局外人》的詮釋》（安徽：安徽文藝出版社，1998年），頁32。

6 同上註，頁35。

7 同上註，頁39。

8 加繆原著，柳鳴九譯《局外人》（上海：上海文藝出版社，2014年），頁95。

9 同上註。

是由於外省作家在台灣的「離散」處境，無論是郝譽翔（1969-）的《逆旅》或駱以軍（1967-）的《遠方》，重點都需處理上個世代跟隨著國民黨來台灣的父輩們顛沛流離的生命史——無論是舊時王謝，還是尋常百姓，都被捲入過轟轟烈烈的戰爭與軍旅的大歷史，以至於當他們「回不去」，那種青春不再與今昔對比的新現實，總是為作品沾染上傷感與憂鬱，也影響了新的一代（如郝譽翔與駱以軍）在精神與主體上的開展。然而，在本土台灣作家的父親書寫中，似乎更多的帶有一種奠基於土地，或用時興的話：「接地氣」的素樸能量，因此敘事者與父輩的關係，即使是終究仍需告別，便比較能生產出一種抵抗虛無的情感，即使難免要以荒謬為面具。

但是，從現實的而非僅是唯心的情感上來說，劉梓潔和她的《父後七日》仍存在的主體困境是——儘管其主體不若《異鄉人》的核心部分那麼孤獨、冷漠地與決斷人與他者的共感與理解，但《父後七日》的「異鄉人」式的主體，最終回歸與選擇的是一種台灣鄉土式的世間溫情，仍繼續擱置城與鄉的矛盾與斷裂。當敘事者「我」，在台灣後現代的多元與重視本土性的價值觀下，全面接受與尊重回鄉奔喪的「儀式」，自覺消解她難免的知識份子的立場與更複雜化的理性視野，中和以唯心式的天真、喜感與純情，作品中本來也存在的台灣鄉土社會的青年繼續外移與回鄉「過客」的性質與意識，便遭到再一次的放逐——「我」不管如何地善意地理解鄉土和人民，「我」終究已是「異鄉人」，「告別」後還是得離開，「我」的歸途仍是台北與城市，換句話說，上了城的小知識份子，無論你／妳如何認同台灣的鄉土

╱本土性，最終仍是有家歸不得，「台灣主體性」終究在此只形成了一種「儀式」與表演。

再從「心」的角度辯証來說，在一個已經明顯步入後現代，卻仍帶著很強的台灣鄉土認同的都會女性那裡，她究竟如何重新理解感情的深刻與意義？我認為在這篇作品中，她成功地建構了一種我謂之為「想像中的存在」的唯心思考，在作品中的處理方式便是盡可能尊重「父親」的日常狀態，即使死亡也不例外——「父親」本來就是一個在社會底層打拼（在電影中，被處理為在夜市賣廉價CD），從不自覺辛苦，是一個老實、傻氣但也快快樂樂過日子的人。因此，當作品中不斷出現許多刻意歡笑、甚至搞笑的細節，正可以被理解為以一種想像父親仍存在的方式，繼續陪伴著「我」和我們。所以，從終極的寫作效果來看，由於「想像中的存在」，即使主體有時不得不包裝以冷漠與遺忘，但主體更加強化的仍是生命中永恆純粹的感情。當然，如我前段的分析所言，無論就現實或社會性的意義來說，這樣唯心的情感，自然也無法在世俗中太直接流露，畢竟是會令人軟弱的以虛為實的借代，因此，小說最後「我」才會在大哭後，準備下飛機，並以克制的「請收拾好的你的情緒，我們即將降落」的自白作收。

四

無疑地，《父後七日》是劉梓潔相當「成功」的作品，但我仍然不完全認為，它所生產出來的——以回歸台灣本土／鄉土的感情，以「想像中的存在」，作為克服卡謬式的虛無困境，就是「八〇後」文青作者們的核心主體。因為，如果我們仔細考察劉梓潔截止目前為止的創作集，《父後七日》這種台灣鄉土／本土的喜劇式的荒謬書寫，在劉梓潔的創作中，是非常特殊且具有偶然性的，這或許也跟此作獲得的是林榮三文學獎有關。相對於台灣的另外兩大報的文學獎：中國時報與聯合報的文學獎，林榮山文學獎由於為「自由時報」系統主導，有更講究「台灣主體性」的傾向，由此較為欣賞台灣鄉土或本土的作品可以理解。以劉梓潔往來台灣文壇江湖的敏感與文學才能，很難說她沒有自覺或至少糊模地意識到這種文化領導權的生產關係。

也因此，仔細閱讀與考察劉梓潔的其它作品後，我並不驚訝的注意到，她創作較大宗的傾向，其實主要仍跟都會、城市化中的女性命運、都會男女的日常與世俗生活（如《親愛的小孩》、《遇見》），以及都會女子的旅行及自我探索等有關（如《此時此地》）。這當中不乏較嚴肅的社會化的題材與主題，例如都會女子的生育困擾，借精生子、代理孕母，而自由自在的個人式的愛情，玩味愛與不愛的意義、愛跟性的關係等等，更是劉梓潔感興趣探索的書寫面向。當然，從較高與理想的文學典律觀來說，一個作家書寫最多的題材與類型，並不代表就最有意義與價值。但無疑的，這種寫作的「現象」，可以讓我們進一步地思考劉梓潔在《父後七日》中的以唯心情感、以虛代實為依歸的主體困境，在她更大宗的其它代表作中，終究體現或轉化出怎麼樣的危機。

《搞不定》（收於《親愛的小孩》）可以為代表。這篇小說寫一個行走都會江湖的男人老K，和他的眾多情人與關係的故事，老K在作品中沒有名字，職業、工作不明，社會關係與歷史背景也不明，是一個抽象與真空的人物。他不喜歡平庸的生活，隨興也自由地選擇交往的對象，一切看似自然，情感分手或結束時也毫不勉強，他有各式的情人，多到難以用英文二十六個字母概括。小說開篇的時候，老K又跟一個情人分手，回過頭來找敘事者「我」，「我」是一個記者，老K藉著找我「說故事」（說自己與各式情人的故事），或許也不無再搭訕之目的（因為「我」過去也曾是老K的女人之一）。小說就在敘事者「我」紀錄老K跟各式女人的關係中展開。看似老K頗能坐享齊人之福，但實際上，敘事者與主體卻都在女人的手上（包括「我」），同時，老K的女人們才是影響與主導老K人生的人，即便老K似乎風流睿智，長於引誘女性，懂得說謊、做假，而且時常成功。

《搞不定》基調輕快且毫不拖泥帶水，一如都會的偶然性與明快的節奏。例如寫分手：「他知道她是跑去愛別人剛好別人也愛她了，但有時看完一部電影或一本書的時候，還是打個電話給他。若她也剛好脆弱，他們就還有無限可能，而且彼此都更清楚明白，更不會有牽牽扯扯。……他希望他的女孩們都能愈來愈明白，不要吵不要鬧，這樣的話，他就會好好愛她，很久很久。」[10]老K也長於以她人的故事，作為下一段的戀愛籌碼與資源，他常跟下一

10　劉梓潔《親愛的小孩・搞不定》（台北：皇冠文化出版有限公司，2013年），頁97-98。

個情人講述跟之前的情人的故事，以傷感獲取女人的同情與認同，換句話說，若沒有前一個人的故事，老K也難以好好愛下一個人。在作品中，老K被刻劃為完全無法在具體對象身上展開具體相處與特殊性的主體，他一樣是一個「局外人」，同時情感更輕，甚至可以說接近虛浮，虛浮地觀察或體會他的每一個女人，而當說謊與表演成為一種常態，老K的生活與愛情模式便不斷地自我複製，在《父後七日》仍帶有的荒謬虛無的嚴肅性，在《搞不定》中完全被老K自行消解，演化成高度享樂主義者的主體。

從通俗的意義上來說，《搞不定》或許也是「成功」的。小說粗線條地展開老K的各式女人跟老K交往與分手的「存在」狀態，可以視作都會女性自立自強、獨立不依附的「情感教育」。例如跟了老K最久的葉書，本來已進展到同居與日常生活秩序性的親密，但因為發現老K跟她的學妹宋長安在性上的出軌，立即毫不留情地離開老K，而老K一方面立即帶上宋長安去廉價旅館開房間，又能同時出外打電話給葉書請求原諒，甚至被宋長安發現時，影響宋長安自虐地傷害自己時，心靈也並未且無法有基本的憐憫，兩人不用再走下去，關係已然麻木且作結。而如果說葉書跟宋長安之於老K還算是彼此涉入比較深、比較有動到生命力與精神的感情，在其它的對象上，老K更似乎只在進行一場存在的愛情實驗──從女大學生「小季」們身上，獲得一種天真與純真的感覺，與杜沙在一起，是因為看上她有一種輕淺的信仰與審美能力，而在曾被家暴來投靠老K的小玉身上，老K明白了現代男性救贖女人的偶然性與終極的不可能。到最後，老K終於想跟一個名為孟孟的女性安定成家，孟孟被形容且打造成心地善良、為人正直，兩人談好家事和分工、做好財務規劃，準備結婚，但最後孟孟竟然在出差的過程中車禍身亡！這種通俗但表面具有高度變化性的老K與眾女人的關係，一方面因為過於明顯的戲劇化而顯得誇大，感情虛浮、虛無且毫不可信，但若是將這種書寫的形式再後設分析，《搞不定》或許體現的正是台灣當下都會情感出路的無望，各種類型、各種可能都無望。

因此，小說最終由敘事者給老K的情感故事不客氣地直接下判斷，當老K對女人們說：「來吧，我來把你搞定」，但敘事者卻清醒明白：「一次都不曾發生」，換句話說，你也搞不定「我」，但「我」又搞得定什麼？這篇作品不再或許也不能展開。是以「搞不定」可以看作台灣「八〇後」的情感生命出路之無望的關鍵詞與主體症候。《父後七日》式的鄉土溫情，因此只能視為一種偶然的調劑，是在「回不去」的新世紀裡，劉梓潔內心深處的一種鄉愁。

台灣戰後底層勞動小史
——讀吳億偉《努力工作》

吳億偉是台灣「七〇後」的代表作家之一，根據《努力工作》的個人自述，他一九七八年生於台北，從小跟隨家人的工作搬遷，因此曾在台北、高雄、嘉義，經歷四間國小、三間國中的義務教育，大學時念語文教育，本來打算當老師，但卻賠了公費轉去念戲劇碩士，學過不短的日文，但卻又轉赴德國重頭開始另一種新的學業，目前為海德堡大學歐亞跨文化研究所與漢學系博士生。同時，由於家庭條件並不富裕，為了自給自足，吳億偉自大學階段起，做過不少短期工作，除了其《努力工作》中提到過的各式底層的打工經驗之外，比較「正規」的工作，還包括國小老師、《自由時報・副刊》編輯等，但無疑地，就他目前的書寫結果來看，他寫的最到位且細緻的現實片段與記憶重構，都跟他曾位於、或觀察／體察自身與家人的底層工作與生命經驗相關。而作為一位在台灣，必須要靠文學獎才較能獲得正式「出道」認可的作家，吳也曾爭取並獲得過不少台灣文學圈的重要文學獎項，包括時報文學獎、聯合報文學獎、林榮三文學獎、聯合文學小說新人獎等等，截止二〇一五年為止，他已出版了三本文學創作集：《芭樂人生》（2009）、《努力工作》（2010）及《機車生活》（2014）。其中的《努力工作》還曾榮獲二〇一〇年中國時報的開卷好書獎，是近年台灣文化圈較被認可與欣賞的作品。

或許是受到新世紀以來，台灣經濟發展持續低迷，本土意識與個人主體價值繼續高漲，從並非全然負面的意義上來說，許多青年作家在難有多少社會發展的新形勢下，紛紛回頭去清理自身的生命經驗與主體困境，因此也就導致不少所謂「新鄉土」文學的發生。同時，相較於中國大陸近年的高速城鎮化和對現代性的認同，台灣內在對西化現代性的追求，在上個世紀九〇年代以降的本土化運動與後現代文化的興起下，亦有部分被抑制。所以新世紀以降的台灣青年作家，當他們處理自身的本土經驗時，更多地便能轉出平視或說將心比心的角度，而沒有早期兩岸鄉土作家與書寫較常見的高姿態與啟蒙標準。當然，這樣的去啟蒙與削減公共意識與責任的侷限性必然是很明顯的，將來的現當代文學史終將以更嚴格的標準來檢驗它們。但在現階段，如果我們暫時也將心比心地理解兩岸青年作家的目前的主體與寫作困境，大概也就能理解南方朔（1944-）對吳億偉這樣高度肯定的表述：「在作者那看似瑣碎的絮絮叨叨裡，更讓人體會到那心靈微微的悸動。獨白式的文體能寫到如此火候，已非凡筆。」

《努力工作》文體為散文，題材為勞動，蔡素芬（1963-）在推薦序中認為，此書：「如磚頭般一塊塊建構出家族努力工作圖像及作者個人心靈風景的散文集，也在展示過往時代勞動社會的生活縮影，和新時代年輕人的生活與工作價值觀。」[1]精細地延伸來說，此書在整體上是以吳億偉的家族人物與自我的工作和勞動為敘事主體，以純「文學」的想像與回憶為方法，佐以調查、紀實訪問等，企圖反映與重構作者的家族與個人自我的勞動生命的歷史。然而，頗有意思的是，儘管作者共享了新世紀台灣青年作家在「新鄉土」書寫上的將心比心與「平視」的優點與限制，但他仍對自身所重構的家族人物與個人的生命史，佐以不乏另一些理智、知性化的評述與反省，這也就使得《努力工作》雖然在整體上，是一部個人浪漫化與經驗特殊化的非典型生命史書寫，但也因為作者有相對客觀化的自我要求，因此仍有些微台灣戰後底層社會與經濟發展的史料的認識功能。

在結構的設計上，《努力工作》頗富匠心，看似以人物為主要框架，但特色其實是展開環節的角度，有一些視野甚至無法透過概念的比賦或簡單的線性邏輯或聯想來坐實，此中細節的飽滿度也因此體現了作者現實觀察的敏銳與才能。例如卷一「女命」：寫母親、阿姨等鄉土底層生命力旺盛且追求新的自我發展的女性。但小節卻搭配機運之歌、鹽田、燃料、梳頭、四色牌及童話等「微物」或日常詩意的概念或狀態，來幅射出敘事者家族長輩和「我」的「追憶逝水年華」。例如「四色牌」一小節，背景為台灣的美援時代，寫「我」的母親為一個酒家女幫傭，酒家女時常進出當年的美軍俱樂部與美軍們交好，「我」的母親也因此得以進入那個花花世界，這個年輕、單純、熱愛生活卻無法理解社會與世事複雜性的台灣底層女性，在吳億偉筆下，便藉著打「四色牌」飛抵她想像的未來：「她打出一張牌，她心不

---

1 蔡素芬推薦序，收入吳億偉《努力工作》（台北：INK印刻文學出版，2010年），頁5-10。

定，她吃下一張牌，她雖然只會煮飯和打掃，她碰了，她也要到處去看看，她胡了，每個人都對她笑……。」人人活著都有其時代侷限與合理性，愛玩愛美愛新奇也不是什麼大錯，作者顯然以相當悲憫的心，來同情與理解母親在辛苦勞動之餘的平凡與世俗夢想，因此這個母親的天真便能引起一般人的親切共感。此外，此書也穿插了一種相對客觀的「手記」體，在卷一中，即調查與紀錄了台灣戰後工業興起下的工廠日常生活與細節，並結合採用「互文」的創作方法，點亮不同時空、地理下的共感經驗。例如援引拉斯馮提爾（Lars von Trier, 1956-）的電影《在黑暗中漫舞》（*Dancer in the Dark*, 2000）來互文《努力工作》的底層女工勞動的形象與主題。當然，以吳億偉在此作中的抒情主體，自然並非有著當年楊逵（1905-1985）《送報伕》式的國際社會主義或為弱勢者解放的寫作自覺，主要是以一種普世化的主體感性與自由的詩意，體貼也企圖緩解同為天涯淪落人的辛酸。

卷二「大屋」主要寫父親。從作者設計的環節：撿蕃薯、撿子彈、採黃麻、摸「拉」仔、點心、設計圖、浪板、販厝、屏仔壁、做風水、粗工、本田機車、黃師父、保力達B等等，可以讀出其欲貫穿其中的高度台灣本土化的材料與風格特質。這是一個始終非常老實、賣力，做過各式底層勞動的工作，見證台灣從南到北、從鄉土到城市化，從土木、建築到流動販賣物品，但從世俗事業的意義上，卻終無積累甚至一無所成的父親。然而，這個父親在吳億偉筆下，也是對生活與生命極有熱情的主體，他一方面保守地跟隨傳統家族的土水事業的方向，但二方面又長於做各式新的夢想與計劃，對自己的工作性質與執行細節有著清醒的客觀認識，因此吳億偉從這個父親身上經驗與紀錄到的，便是不少台灣從傳統與現代性轉型過程中的工業工程的狀態與民俗特色，從作者刻意命名的小節如「販厝」、「屏仔壁」、「做風水」等，尤能管窺這些台灣式的底層工程勞動的小歷史。此外，吳億偉也透過父輩跟早年台灣社會的工程發展的聯繫，部分地反映了臨時工、粗工等工作性質與雇主之間的關係。例如早年沒有勞健保的積習，但卻有著另一種老闆幫著臨時工經濟紓困的道義，而到了一切制度化的時代，制度非但沒有讓台灣工人獲得更合理的生活，人情道義的文化卻早已稀釋，使得台灣的工人文化與處境更為雪上加霜。同樣的，在此書中，吳億偉也並未有興趣或有意反省資本主義與西化體制對傳統工人的互助、道義文化的損害，儘管作者在本書的字裡行間對階層、階級仍有敏感，以及他的知識份子身份與水平，他並非沒有這方面的自覺。但在這裡，吳億偉只願意將底層工人父輩的困境，收在父親善良而無奈的感慨裡，這或許也反應了父輩在鄉土文化中長期養成的超穩定的精神結構，父親繼承外公的工作與習性，日常與世俗種種均為理所當然，作者選擇的是理解而非啟蒙與批判，雖然他也清醒地意識到，他跟父輩顯然已存在著並非全無價值的斷裂。

卷三「軟磚頭」和卷四「美少女戰士的預言」，作者將敘事的主體更多地放在家族與「我」的童年與成長記憶。勞動的生命經驗，仍然是他們通往相互理解的一種媒介，誠如吳億偉所說：「所有的曾經累積了記憶和生命。我和父親走在某個生命的軌道上，體驗彼此。儘管沒有在物質上有所享受，卻從過去看到生命夾縫中閃過的火花和各種切面的自己」[2]，而寫相近似背景的國小同學郭怡君的一節也不乏階級視野的敏感，但可惜的是也未能繼續延伸下去。因此，吳億偉在此書中，終究企圖轉出的自己或主體究竟是什麼？作者目前似乎仍選擇的是天真或純真的心靈。對應在此書中的有機面向，就是明顯的幽默、趣味的風格，復古化的審美傾向，卡通故事（如福爾摩斯、七寶奇謀和美少女戰士等等）的抒情隱喻等等，儘管作者也清醒地明白這些卡通、童話、幻想之於現實的無效，但仍援引它們來作為安慰與平衡的媒介，或許，這也是一種弱化成人社會中必要的勞動的辛苦與緩解麻木的方法。但這與其說是一種主體的「進步」，不如說是一種倒退。就我目前的觀察，吳億偉這樣的表述與世界觀／主體觀，在新世紀以降的台灣青年中，實在絕非單一個案，在此書中，他曾回溯過童年時的一個初意識到貧窮的經驗，並以電影幻覺為方法來「解決」其困境：「我們走在河堤上遠望，指南針發掘了新地點，卻未必是我們可以闖入的領地，我第一次意識到有些東西就是有隱形的門，你敲了敲只能證明有東西擋著而你進不去。然而幸好有快樂的電影，給我們 happy ending。……」[3]像這樣輕淺的幻想的 happy ending，在台灣當下，很難說不是一種生命中不可承受之輕。

我因此不願簡單地批評吳億偉如此溫情的選擇就是逃避現實。以台灣戰後文學左翼路線之困難與薄弱，在解嚴後的資本主義大潮的背景下，能夠意識到也願意處理「勞動」這個主題，已經相當不易。同時，我們也必須承認，新世紀以降的台灣社會，已經走向另一種難以概括、化約的新歷史困境，這已不是上個世紀六、七〇年代王文興（1939-）的《家變》或七等生（1939-）《沙河悲歌》的時代，上面已經提到過，吳億偉成長與創作的時代，主要是九〇年後台灣開始高度本土化的時代，因此儘管也身為受過高等教育的知識份子，《努力工作》中的主體（包含敘事者及各種人物的主體），自然不會是《家變》那種對待鄉土、代際關係的尖銳矛盾的主體，從相對意義上來說，吳億偉對鄉土人物無疑地是更為包容且有同理心的。尤有甚者，在後現代文化亦蔚為風尚的新世紀，吳億偉的世界觀與價值觀傾向多元、小敘事、去大歷史化而追求個人小歷史化，也是可以合理同情的。此外，在創作生產的條件上，當年王文興或七等生筆下的作者和主人公的關係，可以透過一種激進的反叛或頹廢，來形成一種辯證式的生命安頓，在實際現實的作用上，也為他們帶來文學與文化事業上的穩定，種種條件，都使得他們較能有心力上的餘裕，保持較大的視野與嚴肅的文學品格。相對於此，吳億偉在「小時代」要面對與回應嚴肅的社會與歷史視野，不能不說更為困難。尤其，晚近大量的通俗文學、網路文學與影視媒介，早已取代「文學」成為世俗大眾面對生活與精神安頓的出口，「文學」更多地只能成為一種展現個人式的、唯心的情感的救贖，當然，彼此疼惜與將心比心的同情固然重要，但終究這樣的同情能為台灣社會帶來何種出路？日常生活的審美化、懷想或追憶逝水年華，最終只能以一種排除更厚實的社會與歷史的方

2 吳億偉《努力工作》（台北：INK印刻文學出版，2010年），頁24。

3 同上註，頁234。

式，來感受、認識與重構嗎？

吳億偉自然還在學習，他或許懷疑在這個世代，誰真正擁有一種所謂巨大的生活。在《努力工作》的後跋中，吳億偉自陳自己不時的「失語」、「還在學習種種說話的方式」，能夠意識到自己的弱點與不足，我因此對吳億偉充滿期待。作為一位關心台灣現代文學創作的創作者，他又能夠如何再反省並學習新的表述呢？我目前認為，或許有三點值得再思考與參照：

其一，從個人的角度來說，作者或許可以考慮，可以從「台灣」出發，但不僅僅只將自己視為一位「台灣」作家。其二，從文學史的典律觀來說，更自覺地反省「後現代以後怎麼辦」的寫作的目的或意義的問題，以面對當下社會與文化圈過於多元與解構的無力。其三，從參照的視野來說，作者似乎更多的吸收歐美日的文化，但若以「勞動」這種主題，中國大陸的現當代文學，恐怕有更多值得借鑑的材料，例如晚近呂途的「新工人」系列的寫法很有參考價值——同樣處理勞動，呂途在《中國新工人：迷失與崛起》（2012）及《中國新工人：文化與命運》（2014）以報導文學與紀實的方法，多方地處理了中國工人的勞動處境與困境，敘事與問題意識面向更寬廣，情感也更為冷靜節制——當然，每位作家與作品都是不同的，沒有不變與絕對化的文學標準，但那些無窮遠方與無盡的人們，對新一代有志的台灣作家，也應該並非跟自己全然無關。

事關痛癢

——讀志文先生的「記憶三書」

雖說聞名已久，但跟周志文先生（1942-）其實並不很熟悉。我之所以能夠正式親炙周先生的風華，還是拜先生指導的博士謝旻琪的淵源——謝君是我在台灣淡江念博士期間的讀書伙伴，斷斷續續有一兩年，我倆偽作文青少女，每週見上一面，她帶我悠遊古典文學小說，我帶她細讀兩岸現當代作品。二○一○年夏天，謝君以晚明理論家李維楨為題進行博士論文答辯，我也作隨侍在側煮咖啡備點心的親友團，那時才第一次正式見到周先生。謝君跟周先生求學問道多年，情同父女，或許因為如此，初次見面，先生便極溫和儒雅地主動伸出他的雙手來握住我的雙手，好像我們很久以前就認識，好像說了「謝謝妳來」之類的家常話，總之，令我印象深刻也受寵若驚。

周先生在我們的文化圈是傳奇人物，原籍浙江，生於湖南，一九四九年隨家人及國民黨流離來台，窩居宜蘭鄉下，及長，聞道殷海光、臺靜農等先生於台大，畢業後先後任教於淡江和台大，一直到退休。他研究晚明種種，開近三百年學術思想史課，對東西方文學、哲學、甚至古典音樂與近現代繪畫，都有博雅的涉獵與品味，還出版了非常多部敏銳如佳釀的現代散文。然而，我們這些中文系學生的平庸樂趣之一，總是更多地打聽某某先生的上課奇譚、酒桌趣聞，當然還有性格地雷呢。因此，最初引起我注意的，還是學生圈內盛傳他講學時的尖銳嚴厲——儘管上台報告者已忝列博士生，若沒做好準備，或世俗習氣重以致於無感或點評不到位，周先生都會不客氣地直接請對方下台，自己另作補充，似乎不如此，實在褻瀆了大學殿堂或知識與情感的神聖似的。

周先生的散文近年在大陸終於出版了，跟台灣版同名的，有《時光倒影》（上海：人民出版社，2008）、《同學少年》（濟南：山東畫報出版社，2009）、《記憶之塔》（北京：三聯書店，2013）和《家族合照》（桂林：廣西師範大學出版社，2013），後三部散文，可以說是他一生命運與靈光的「記憶三書」。

講台下和散文裡的周先生其實是極敏感又矛盾的全人，他似乎對任何人、事、物都抱持著一種高度有情的態度，對人情、尤其對小人物、弱者，或靠的太近，以致易起磨損情結的朋友與家族中人，也是盡可能地同情的理解與溫柔的成全。轉化在他的散文中的關鍵特質之一，例如在《同學少年》裡，他會運用一種天真孩子的眼光，打量周邊的暗街、雜貨鋪甚至是角落的妓女，一方面細細地描繪／品味那些陰暗微物、風景的豐富感官，那些妓女們為了維持青春而徒勞無功的「挽面」作為。但是，最終他總要加上評述與載道般的話語，感嘆著：「其中暗藏著的都是令人鼻酸心痛的故事」，批評著台灣傳統裡重男輕女，送女兒作「童養媳」的惡習。這樣表述的終點似乎有點多此一舉，但我卻認為，這正是周先生散文最好的特質之一：他不惜以平實的正義和責任感來節制、甚至抵銷他的才氣。台灣散文評論家張瑞芬曾說，周先生的散文近似沈從文的湘西世界或蕭紅（1911-1942）的《呼蘭河傳》，我曾親自跟周先生討論，此言雖好但實不盡然，周先生更傾慕與親近的，其實是晚年的托爾斯泰的視野。沈從文和蕭紅那般的世界美則美矣也純淨天然，但周先生祈求的遠遠僅非如此。

我揣想周先生平日大概是屬於沉默少言，一切看在眼底，話不願說盡，只願點到為止的仁者。小人物對青春的眷戀、對尊嚴的需求，以及對人們最終都將走向死亡大限的了悟，使得他整個人格和文氣常常能保有一種嚴肅與謙卑。他自然是喜歡青春、渴慕生命裡美好健康的一切，或許軟弱的時候，也會放任自己沈湎於那些甜美靈光的回憶：像《同學少年》裡的小學同學崔美琪，年輕時的照片曾被放在小鎮的照相館裡，眼睛彷彿還會對你說話，幾乎是那幽暗社會／時期裡的亮點了，但N年後再會時，她已一如一般中年婦女發胖，也特別熱心地談著她大學已畢業，且有著得意工作的孩子……，生命和青春如此禁不起時光與世俗磨損。「我」本來想跟她說說話，回首那些「追憶逝水年華」般的印象與往事，但才一開口，兩人也都接不下去。而周先生總也要為對方找台階下，他似乎覺得，在那些世俗成人相對的無言中，即使是一個市民或家庭主婦，也應該有權也能夠心神領會某些再不堪回首的生命中不可承受之輕，他們彼此都選擇放下——青春、美，就讓它們留在歷史中的某個瞬間吧，何必一定要再追問與再現呢？

這樣將心比心的周先生，對自己的家族親人的生命與情結推進的更細膩。他似乎執著地要進入他的姊妹們、親族們的靈魂，分擔那些不必然屬於他的責任與痛楚，進出那些瑣碎卑微的世俗願望。這種高度的感同身受的能力，使他能常以一種直覺而不是技巧，完成文學之於讀者的移情作用。例如《家族合照》本身就是個充滿反諷的概念，因為對志文先生來說，他們家族不曾有過一張合照，他其實是以自己的一隻筆來重構想像中的合照。寫的最好的篇章之一，應該是他顛沛流離來台的大姊的晚歲自殺回憶錄〈安平〉——一生克盡傳統中國婦女品德與責任的大姊，晚年時心臟出了毛病，不得不以安裝心律調整器來維持生命，但她的一切感覺方式卻全然不像個人了。周先生這樣輕描淡寫他大姊的狀態：「裝了心律調整器之後，心跳的聲音更像時鐘，沒有快慢，她即使激動或悲傷，心跳也是一樣的，這也使得她在想任何事的時候不再激動也不再悲傷。」[1]但善良的大姊要如何回應仍繼續凋零的親人朋友呢？「規律」的跳動？她身上的力氣不知道跑那裡去了！她本來是個多麼想繼續往前的婦女！志文先生以近似意識流的寫法，想像大姊走向死亡前的各種追憶與惦記，跟著周先生的文字，我們彷彿也進入並充份體會了一種寧靜、一種了無激動的命運的哀傷。

但周先生豈止是只能深刻體悟靜美與沉寂，作為一位優秀的散文家，我相信他必然會同意：文學藝術的「情感教育」的功能之一二，乃在於發現並體悟人世間一切情感狀態的秘密。我輩中人誰沒讀過老子的：「五色令人目盲；五音令人耳聾；五味令人口爽；馳騁畋獵，令人心發狂」，但人類凡夫俗子的那一面，又有誰不熱愛文明與自然裡的一切感官聲色與激情的力量？先生所傾慕的托爾斯泰（Leo Nikolayevich Tolstoy, 1828-1910），不也曾在〈論所謂的藝術〉中說：「多虧有藝術，缺腿或衰老的人在看跳舞的藝術家或藝人時，也體驗到跳舞的樂趣。住在北方的人，即使足不出戶，在看畫時也能體驗到南方大自然的樂趣。軟弱和溫順的人看畫，讀書，在劇院裡觀看文藝作品，或者聽歌頌英雄的音樂時，也體驗到堅強有力和權力在握的樂趣。冷漠無情、乾燥乏味、從未有過憐憫心和愛心的人也能體驗到愛和憐憫的樂趣。」[2]而我私以為，這也是正是志文先生偏好古典音樂的原因之一，沒有哪一種藝術，能比古典音樂能更純粹地接近各式各樣的感性了，你不需要承擔人生中的許多冒險或真實地克服眾多的挫折與困頓，但卻能夠藉此幸運地或不幸地獲得某些偉大靈魂的氣度。我因此也特別會心於周先生在《同學少年‧遙遠的音符》中描述的跟母親有關的聲音記憶，例如他的母親曾教他如何以風吹錢幣的聲音，來辨視民國初期孫中山、袁世凱的銀元真偽的細節，在這裡，金屬的聲音那裡只是世俗的靡靡之音呢。周先生說：「我如是作曲家，一定會用打擊樂器裡的鋼片琴、三角鐵、鈸來表現最溫柔最遙遠的感情。」[3]此言體貼入微了，周先生所追憶的母親的聲音，那裡只是她個人的聲音，也是歷史上大多數中國人民群眾真實的聲音吧。

知人論世也是周先生散文中的重要題材，集中在他的《記憶之塔》裡品評的對象，從西

---

1 周志文《家族合照》（台北：INK印刻出版社，2011年），頁52。

2 列夫‧托爾斯泰原著，汝龍等譯《列夫‧托爾斯泰文集‧第十四卷文論‧論所謂的藝術》（北京：人民文學出版社，2000年）。

3 周志文《同學少年》（台北：INK印刻文學出版，2009年），頁28。

方的羅素，一九四九年後隨國民黨來台的胡適，蔣家後代章孝慈，到台灣中文系的資深前輩如林尹、臺靜農等先生均在列，也有延伸至台大、東吳、淡江等各高校中文系及其它知識份子與文化、社會的批判。

不同於對小人物、弱勢者的溫情書寫，周先生對知識份子、上層人物的點評其實是相當尖銳且直率的，例如談林尹先生，早年在東吳開「中國思想史」，一上課就先問學生是否已買了他的《中國思想史綱要》，然後開始講跟正課無關的「孝道」，接著甚至從西裝內拿出一瓶酒當場喝，第二週起就開始讓他的兒子林耀曾直接來代課，而且從此代課一整年到課程結束，林當年只是碩士班的學生，甚至還沒有大學講師的資格。而蔣經國的私生子章孝慈，則是他當年東吳中文系的同學，一路以綠燈的方式上昇，最終雖然當上了東吳的校長，但也不過兩年，就在一次參加大陸的會議上中風，治療一年後不治。周志文品評這個人物，直白地令人不得不敬佩他的敢言：「以章孝慈來說，如果不被人刻意照顧、提拔出來做大學校長，以他比較一般的資質，做個中學教師也許是幸福的事，但他被人吹著捧著，時間久了，也覺得自己該在那個高高的位置上了。那個位置並不好，四周都是仰仗上意的角色，讓他在世界上只有上下的主從關係，沒有同儕之間休戚與共、相濡以沫的關係，在功利與孤獨的環境裡，幸福自然離他遠去。」[4]而談到某位「神父」，一向以存在主義為精神底蘊的周先生也不假辭色，一開始還以為對方很有內涵，但十幾年往來深入後，才慢慢發現他根本沒讀什麼正經的書，周先生箭在弦上不得不發：「他讓人覺得有內涵，其實是他在知識上表現得膽怯再加性格上的有城府罷了。」[5]

其實，文化圈內臧否人物乃是常態，但真正要落實為文，或基於情面、或基於利害，鮮少有人敢於發出中肯批評的聲音，這當然一方面是出於對所謂「自由」的尊重，對知識份子自我的反省與節制，二方面也是看重歷史化與就事論事，分寸實難。而事實上，就作為一個知識份子而言，周先生對自己的批評往往更為嚴苛，例如同樣在《記憶之塔・觀音山》中，他這樣批評自己以前的讀書態度：「我想到我已過的四十年中，大部分其實是被我浪費掉了的，我浪費生命的原因，有的是為了滿足我的虛榮心，有的是為了討好世俗。就以我辛苦讀學位的這事件來說，我是真為學問而去就讀的嗎？……如果有一點點不純粹，就如宋明儒所說的是在『搬弄光景』了。」[6] 而對自己性格的侷限，周先生對自己也一點都不留情面，《家族合照・有裂紋的鏡子》中收有這樣的自我剖析：「我個性孤涼不喜與人相處，我不會主動發現別人的長處，從而讚許別人，我常嫉恨別人，又把埋怨藏在內心，我常自陷幽獨，有時會自傷自毀，總之，在性格而言，我不是健康的人。」[7] 在談及晚年胡適忙於台灣中研院的送往迎來與酬酢，他似乎也不無夫子自道的警惕：「人真是不能老的，而胡適怎麼老得

4 周志文《記憶之塔・蔣經國的後人》（台北：印刻文學出版，2010年），頁91。
5 同上註，〈范神父悲秋〉，頁126。
6 同上註，〈觀音山〉，頁193。
7 周志文《家族合照・有裂紋的鏡子》，頁77。

這麼快呢！」[8]

志文先生何以能如此，我以為他乃是有大世界觀之人。身為外省第二代，周先生少小孤苦貧窮，及長，又見識了人情的涼薄與社會的市儈，但他的心靈好像仍接近完整圓融似的，不斷努力地維持著溫暖與道義。他對國民黨早年的白色恐怖，有著立場鮮明的痛恨；對於台灣在冷戰時期的上昇，也有不同於凡俗和溫情主義的本土派的理解，在《記憶之塔・台北》篇中，他清明地指出：「台灣在一九四九年之後能夠逃掉一劫，並不是我們『勵精圖治』的關係，而是不久爆發了韓戰，東西世界形成衝突反而保障了台灣的安全。……當然整體上也沒犯了太大的錯誤，以致後來的路，走得還算平穩。……但與其他地方一樣，絕大多數傑出人物都被淹沒在庸俗的滾滾洪流裡，台灣其實沒有太多值得驕傲的地方。」[9]現在，或許還有少數的我台知識份子認為，只要沒有直接為台灣講好話，就是不夠「愛」台灣，甚至質疑作者的省籍忠誠，周先生七歲來台，家無恆產，一世淡泊，在台灣生活並服務於教育工作一輩子，桃李滿天下，他的筆下也大多是小人物，他幾乎從不出來打書，公開演講也不願引人注意，以致於文化圈的朋友偶爾良心發現、將心比心，難免疼惜周先生已經出了十本以上的散文、小說，竟然還可以那麼沒有名氣！或許我跟周先生不熟，更沒資格也談不上交淺言深，但以我有限的見識，我們的師長輩中敢於這樣自剖，年逾從心所欲還不斷給自己製造困惑、承擔焦慮，也不吝於回應台灣社會問題，在創造力和人品上力求維持品質者，難到還會多見嗎？

晚年的周先生，或許終將回歸文學藝術的懷抱，他已經來到了智慧圓熟的境界，應該可以接近平理若衡，照辭如鏡了吧。如同在《記憶之塔》中，他貼切地理解臺靜農先生晚年看似矛盾、實則統一的文藝特質：「他書法的根抵是石門頌，所以他的隸書，方正剛毅，運筆蒼拙，如磬石之重，偶爾又流出奇倔之氣，證明他有獨特的生命力。但他的行書則完全採另外一種風格，他學的是倪元璐的那套筆法，不忌偏鋒，波磔側出，時具媚態。石門頌與倪元璐正好是書法上的南轅北轍，在美學上言，需要用兩套完全不同的標準，但在臺老師筆下，卻都化對立為相融，合矛盾為統一了。」[10] 而我卻也還是要想起，他一生傾慕羅素，曾引用羅素的話說：「對愛情的渴望，對知識的追究，對人類苦難不可遏制的同情心，這三種純潔但無比強烈的激情支配著我的一生。」[11] 志文先生的前方，又會再創造或擴充什麼樣的新路呢？我殷切地願作他沉默的讀者與知音。

---

8 周志文《記憶之塔・胡適》，頁62。
9 同上註，〈台北〉，頁48。
10 同上註，〈台大師長〉，頁168。
11 同上註，〈關於羅素〉，頁103。

愛的變奏，人間氣息
——閱讀林婉瑜

一

我並非專業的詩評家，也不是專攻現代詩的研究者，但愛好文藝，不短的時間也讀些現代詩。二〇一四年夏天，我因緣際會接任「淡江大學微光現代詩社」的指導，為了理解與陪伴新生代年輕學生讀書，也嘗試跟進晚近現代詩的許多新作與品味，才較自覺地蒐集與閱讀更多台灣新世紀（二十一世紀）後的現代詩的作家及作品，林婉瑜（1977-）和她的詩作，是比較令我印象深刻的世界之一。

從二〇〇一年至今，林婉瑜已正式出版四本詩集：《索愛練習》（2001）、《剛剛發生的事》（2007）、《可能的花蜜》（2011）及《那些閃電指向你》（2014）。儘管在當中，她曾經嘗試過許多不同題材與主題（例如母親、孩子、時間），實踐後設性的探問詩及話語的本質及其「藝術」的可能（例如〈尋找未完成的詩〉及〈說話術〉），但貫穿在林婉瑜詩作的核心，最重要的視野應該還是「愛」。過去，一些學者和批評家，也曾意識到她對這種主題的探索興趣，柯裕棻（1968-）指出她這種書寫的特質是：「內蘊強大的顛覆與復生之力，……使用陰性隱喻，不刻意堆砌，於是便有無堅不摧的柔婉與真誠……」[1]，陳義芝（1953-）則指出：「一個何等堅持、執著的探索者，以念力撥開迷霧，不斷地出發，涉險。愛情的處境也就是生命的處境。……情愫在熱烈中凝定出冷澈，在塵染中漂洗出潔白，如香杉般優美、香郁、強韌。」[2]這些判斷都很到位，進而言之，林婉瑜以愛為名的詩，有明顯地軟中帶剛，柔中帶韌的力量，同時在情感的冷熱控制中，雖然偶有冷澈，但其冷度似乎更多的指向自身，而非輕易解構或凍傷他／她者。從這些角度來看，林婉瑜及其詩作，確實是較為溫情與抒情的，以現代詩這種高度講究實驗性、意義拆解與推進差異化的前衛文類，林詩的堅持，很難說不是一種對生命、對情感、對自由的慎重和尊重，身處後現代卻仍信任愛的本質、人的品質，身段放軟地觀察試驗著他／她者的多元與生物多樣性。

林婉瑜的愛的主題詩，時常讓我聯想到俄羅斯女詩人阿赫瑪托娃及茨維塔耶娃，她們也偏好愛的主題，終其一生叩問它的力量與意義，然而，對二十世紀初苦難的俄羅斯人民來說，這種能量或視野，仍需承擔民族國家的生靈，安頓千千萬萬的百姓，某種程度上，這或許也是阿赫瑪托娃及茨維塔耶娃的詩，最終邁向了詩史品格的秘密。或許我讀的還不多，但當我以歷史與時間的發展，來排序並閱讀林婉瑜的詩作，我注意到她對愛這種情感的性質及其變奏，有著類似前述大家的過人敏感，有著一種可以變奏衍生出更多境界的明顯潛質，當然，這種潛力與敏感度，從中西現代文學史上粗略來說，也不一定只能透過現代詩這種文體來呈現，許多十九世紀、二十世紀的優秀小說家的作品，亦能看到類似的愛的探索的片段

（例如契訶夫、屠格涅夫、托爾斯泰，甚至毛姆），但像林婉瑜這種明顯自覺，以詩學的方式，數十年累積地思索與藝術化愛的主題與視野（包括精神、情慾、愛的日常性與普世性、窄化的愛與寬廣的愛、愛「本身」的哲理可能）者，確實是相當特殊的個案，值得爭取理解與討論。

二

《索愛練習》（2001）是林婉瑜的第一本正式出版的詩集，是詩人大學／本科階段的作品，表現了她年輕階段對「愛」的理解（瘂弦（1932-）曾說：「林婉瑜的詩有自敘傳的色彩」）。書名以「索愛」及「練習」為關鍵詞，大致能對應這本集子在愛的主題上的核心特色：年輕初上人生征途的詩人，對人生與生命尚還懵懂，渴望愛，但或許還不懂得如何去愛，因此誠實自覺地概括這個階段為「索愛」，這是一個容易將他者視為目的與歸途的階段。林詩以一種並非古典的閨秀傳統，也並非西方現代性下的女性意識來回應她的愛，例如

---

1 柯育棻〈雷雨交加的詩意——林婉瑜詩集《那些閃電指向你》〉，《自由時報》副刊，2014 年 12 月 3 日。

2 陳義芝〈香杉的告白——推介林婉瑜詩集《那些閃電指向你》〉，《文訊》，2014 年 11 月，頁 118-120。

〈出發〉3：

〈出發〉

每天每天
星群從西方隱沒
河流朝向海洋出發

我也願意
服從時間的流變
一再一再
向你出發

〈出發〉的趣味與特殊性是在於，「我」儘管視「你」為目的與歸途，看似依附，但聯繫上的隱喻卻是：「星群從西方隱沒／河流朝向海洋出發」，將對「你」的愛，上昇到了一種對宇宙與自然神秘的秩序的回應，因此這種對愛的臣服，就不只是太過私我與個人的告白，而可以視為詩人建構一種遼闊精神主體的起點。

類似的佳作還有〈天使〉4：

〈天使〉

老天終究還是分派了一個天使給我
黑暗夜，死蔭的幽谷
你前來
周身的光華使我暖和

沒有一隻羊會被虧待，即使
是離群的

在廣漠的草原
天使緊緊挨著我
我便擁有了
十四萬燭光的幸福

3 林婉瑜《索愛練習》（台北：爾雅出版社，2001年），頁44。
4 同上註，頁45。

在這裡，將自我／主體以離群的羊為隱喻媒介，背後所對應的，可能是如上帝與羊群之間的關係與視野，因此，「你」才能成為「我」的「天使」，「十四萬燭光」的明亮幸福，因此也點染了一種沐浴在靈光下的神聖感覺。以詩人當年的二十初歲的年紀，能夠有這樣的視野，並有效還原回個人感性的想像，不能說很簡單。

《剛剛發生的事》（2007）的詩人主體，開始進入對愛的理解的轉變階段，如果說，在《索愛練習》中，對愛的認識，仍需要仰賴抽象與神聖的信念與知性的隱喻來強化愛的力量，在《剛剛發生的事》中的一些佳作裡，則發現了回應具體對象的動態變化的活潑性，例如〈豢養守則〉[5]：

〈豢養守則〉（摘）

……開門
餵養你
揣測關門時你是否仍在裡面
變胖，長大
……
適時燦爛，適時依偎
或冷淡

……

我也在時光裡變胖，長大
從深海到陸地
從鰓進化成肺

進化成你親愛的脊椎動物
在世界偌大的房間
每當你開門
我便匆匆從大風吹或木頭人的遊戲中退出，靜止
好像一直在那裡
期待著，看著，等著
等你餵養我
帶走我

愛的性質中自然包括豢養與被豢養，但渴望被他者所愛與接受，多少要降低甚至削弱個

5 林婉瑜《剛剛發生的事》（台北：洪範書店，2007年），頁48-51。

人的主體性，這種削弱在詩人的世界中，並不以為低，相對於各式現代詩人、文人的高度張揚、擴張個人主體的權力意志，林婉瑜似乎偶爾透露出願意為了對方而暫時收斂自己的意願，這也是一種「自由意志」，也因此使得她在愛的意識發展中比較客觀，對主體為了「索愛」的脆弱性，亦有著清醒的認識，如〈午後書店告白〉[6]：

〈午後書店告白〉（摘）

穿粉紅色圓點襯衫的那男人頻頻看我
我怎麼可能愛他呢怎麼可能
我不喜歡以為自己是草莓的人
……
你在47
我在18
被擁擠切分的人生
我們各據兩岸
還要這樣眺望多久呢
……
翻閱我

即使我是熱帶魚飼育手冊、河豚食譜
我是你人生不可缺的營養
即使微量
……
我的寂寞驅使我同意
你就迫降在這裡

愛不完全是理性與可控制的，主體原本對愛的標準，一旦遭遇具體對象的召喚，主體也能做出各種改變，如〈午後書店告白〉的熱帶魚飼育手冊、河豚食譜，把自我視為「你人生不可缺的營養」，那種《索愛練習》的抽象神聖與精神光芒，在此轉入世俗的實用性，為了愛將自我實用化，開始彰顯的是愛的人間承擔。然而，有意思的還在於，這首詩仍有著一種略帶尖銳的主體性，收尾在「我的寂寞驅使我同意／你就迫降在這裡」，如此，前面的一系列對「你」、對愛的爭取與告白，也是主體「寂寞」的一種結果，並非完全是因為「你」的緣故。當然婉瑜是寬容而不願對他者點破的，她的熱中帶冷的冷，也就體現在寧願對自身寂寞加以反諷，而不過份期待他者的節制與分寸上。

6 同上註，頁 52-55。

三

烏納穆諾（Miguel de Unamuno, 1864-1936）在《生命的悲劇意識》中探討愛的本質時，曾提出一些很經典性的觀點，他說：「透過愛，我們尋求自身的永存之道」，他甚至謙虛、平等地以動物來比喻，認為：「生存物的最低形式，就是藉著分裂自己而增殖，把一分為二，終止它先前所形成的統一體。……自我分裂而增殖的生命活力枯竭時，種族必須取用兩個廢棄無用的個體加以結合，以隨時更新生命的泉源。……牠們之所以結合，為的是能夠有更多的活力再度分裂。世代的每一行動都在於生物能中止牠曾有的生命形式——不管是全體或部分，在於分裂，在於局部的死亡。生存便是付出自己，尋求永存。」[7]

前述所指的結合即為情慾。對一個優秀的現代文學作家、詩人來說，這幾乎是一個必然要處理到的視野，婉瑜自然也不例外。在著名且時常被引用到的代表作〈霧中〉[8]（2002），主體初試身體與情欲：

〈霧中〉

落下以後
我才發現自己
是一片黃色的葉面

樹木垂萎以後
我才發現
自己是秋天

走錯了樓層
仍然可以
用同一把鑰匙開門

開錯了房門
仍然熟練地
親吻床上的陌生人

朝向南走

7 烏納穆諾著，蔡英俊譯《生命的悲劇意識》（台北：長鯨出版社，1979年），頁183。

8 林婉瑜《剛剛發生的事》，頁147-149。

冰河緩緩地化解
成水，沸騰
朝向西走
日頭不再
下落

那一日
我們的內部
全起了大霧
詩人從襯衫口袋取出
最深沈的暗喻
試圖擦去水氣

那是混沌未開的青春階段，如黃葉之落下、秋天之垂萎，生命中有些力量是自然的墜落與地心引力，發生在道德家的理論前、在世俗的惡意目光前，但是，這個「開錯了房門／仍然熟練地／親吻床上的陌生人」的主體，似乎走進了更混沌的迷霧，想用詩的凝視去釐清混沌狀態。從某種主流的西方觀點來看，這樣的情慾詩似乎不夠頹廢衰敗不夠壞，我卻認為在這樣的詩作中，詩人很早就體現了一種對精神之愛的要求高過於肉體的追求自覺。在近期詩人臉書（ＦＢ）所新寫的詩作〈開始〉（2016），更為清醒地堅持了這種選擇，這個階段的林婉瑜已是三個孩子的母親，中段的清新形象，大抵或可反映主體仍抱持著對天真、純粹、生命中美好的一切的信任與意向。

〈開始〉（摘）

你的眼神
從我髮的坡度滑下
經過險峻的鎖骨攀爬
胸前柔軟的丘陵迴轉登陸
水滴形狀的耳垂最後垂降在我
平滑的頸項之間……
（我知道在你眼中我是，一個
女人）

但你我之間
可否

從別的地方開始譬如
從一起玩填字遊戲開始；從一起等待日暮撤退開始
從一起逛動物園學習動物們的手語開始；從電影、詩或演唱會
從夏天草地上的散步開始……

四

二〇一一年，林婉瑜出版《可能的花蜜》，這部書有更明顯的日常化的視野，歷經《剛剛發生的事》的「人間」轉化的主體，在〈可能的花蜜〉中，開始更希望擁有活在當下的飽滿，並且投入一組城市及鄉土對比下的選擇，在城市飄盪多年的主體，跟隨著「你」回到雲林鄉下，想像另起新的光合作用與品種，想像各式新鮮的生活，相對於城市的公共性，主體似乎愈來愈傾向走上一種相對「室內」的傾向，這種「室內」的性質，接近張旭東在評述班雅明（Walter Benjamin, 1892-1940）的《發達資本主義時代的抒情詩人》的內涵，張說：「在班雅明看來，由於資本主義的高度發展，城市生活的整一化以及機械複製對人的感覺、記憶和下意識的侵占和控制，人為了保持住一點點自我的經驗內容，不得不日益從『公共』場所縮回到室內，把『外在世界』還原為『內在世界』。在居室裡，一花一木、裝飾收藏無不是這種『內在』願望的表達。人的靈魂只有在這片由自己布置起來、帶著手的印記、充滿

了氣息的回味的空間才能得到寧靜，並保持住一個自我的形象。可以說，居室是失去的世界的小小補償。」[9]我以為用這則說法，比附詩人晚近的主體有一定的效度，尤其同樣作為生活在發達資本主義時代，偏好抒情詩歌的詩人而言，這種「室內」或「內在世界」的開發，有一定程度的合理性。當然，類似的主體轉向也並非僅僅是林婉瑜一人，崔舜華（1984-）亦如此，但在氣質風格上，婉瑜的「人間」氣息仍然較強，不若後者較為波西米亞。

林婉瑜算得上是勤奮且努力的採蜜者，晚近的新作《那些閃電指向你》（2014），再度將對愛的理解，重新聯繫上一些哲理性。然而，這種哲理性已不同於林詩早期以信念所成全的哲理高度，而是似乎在充份體會過為人母的經驗與感性後，詩人開始體現了一種從個人走向世界的願望，對自我／主體之值得被愛也不再懷疑，〈世界的孩子〉[10]以各式溫暖的形象，即使必然要經歷如大自然秋葉的秩序，即使「拋棄了自己的生命」，成全新的種子，自我／主體也仍然是不匱乏與完滿的，因為，「我」是「世界的孩子」，共享了世界自然的各式溫柔與饋贈吧。

---

9 張旭東〈班雅明的意義〉，收入班雅明原著，張旭東、魏文生譯《發達資本主義時代的抒情詩人》（台北：城邦文化出版，2010年），頁43。

10 林婉瑜《那些閃電指向你》（台北：洪範書店，2014年），頁30-31。

〈世界的孩子〉

秋天的第一片落葉
是怎樣拋棄了自己的生命去親吻土地
濕氣裡的種子
以為自己是在溫暖泥土裡而努力發芽
我也是被愛的
被整個世界所愛
被日光所愛
被層層襲來的海浪所愛
被柔軟適合躺臥的草地所愛
被月光以白色羽絨的方式寵愛
被夏夜晚風這樣吹襲
幾乎要躺在風的背面一起旅行
雖然經常
孤獨地哼歌給自己聽
我是世界的孩子
有人喜愛的孩子

林婉瑜的詩是否太不「現實」了？太不切實際了？太天真、溫情與抒情了？甚至過於小資產階級或中產階級化了？如果可能有這樣的判斷，在我看來，必然是過於粗糙的假設。作為一個也已近「不惑」的小知識份子，作為一個閱讀中西現當代文學也不算短時間的讀者，當我不斷閱讀到晚近同期「七〇後」世界中多光怪陸離、以虛為實的幻象，「人在中途」的自欺與悲傷，犬儒、失格、耍廢、早衰成為新想像的主流，我不得不說，從辯證的角度來看，林婉瑜詩中這種對溫暖的堅持、對光亮的信任、對付出的放下、對愛儘管有各式變奏仍然願意承擔的發掘精神，格外令我驚訝與慚愧。同樣收錄在她的《那些閃電指向你》中的〈無用的人〉[11]也點出了類似的心聲：

〈無用的人〉

我所擁有的
不過就是一些字
幾首
小詩
那麼如果你不識字

---

11 同上註，頁178-179。

對你來說
我就是一個無用的人
我所擁有的
不過就是一些愛
微小的愛
試著照亮自身所處之地
試圖照亮你
的一些微小的愛
如果你不信愛
對你來說
我就是一個無用的人

詩人學者唐捐（1968-）曾在臉書（ＦＢ）發言認為：「抒情詩人是昨日輝煌的遺腹子，美好前朝最死忠的遺民。」我以為此言還可以再補充。當我們的時代已經充滿虛無與失格，當我們的社會與人心已經愈來愈難以彼此信任，一個抒情持人願意延續與爭取昨日美好，拭亮你我之間的疏離與隔膜，努力在詩作的內涵及藝術形式上變奏、推陳出新，而且一寫已近二十年，這不是一種更為「少數」與「小眾」的孤獨者的實踐嗎？這不能不說也是一種「進步」。

內向者的逆襲？
——讀黃麗群小說

日常生活所獲得的關注是與日常生活中出現的危機連在一起的。

——赫爾曼・鮑辛格（Hermann Bausinger, 1926-）等著
《日常生活的啟蒙者・不引人注意之事》

一

黃麗群（1979-）在她的散文〈喝一點的時候〉，有段頗有意思的話：

喝一點的時候你要非常小心，小心別把自己也不小心傾倒出來，在這個世上不小心倒出自己的人，都會覆水難收。但也唯有喝一點的時候，我對任何人能恆久忍耐，對萬物都有恩慈，對我的恨不嫉妒，對凡事有許些盼望；唯有喝一點的時候，也是輕信的時候，……。理解了軟弱，理解了愛恨，理解了世界上為什麼要有勵志書以及芭樂歌。唯一可惜的是，第二天，一覺醒來，除了留下一點頭痛，我又成了一個壞

人……。[1]

這段話的關鍵意義是：第一她喝的當然是酒，可惜沒具體描述喝那一種、幾度、什麼色澤與光度的酒，同時所謂喝一點，究竟是多少？麗群對品酒和審美的斟酌，還是比較小心與節制的。第二是文章收尾的張愛玲（《紅玫瑰與白玫瑰》）的調性，但價值取向不同，佟振保一覺醒來「改過自新，又變了個好人」——在愛玲那邊，恐怕意謂著振保再度臣服於世俗的框架與秩序，但麗群顯然並非如此。

郭強生（1964-）、柯裕棻（1968-）、紀大偉（1972-）對黃麗群和她的作品多所好評（均收入黃麗群《海邊的房間》推薦序），從個體的角度說她的天才（柯裕棻語）；從主題的角度，評其小說的「不標新立異，不大驚小怪」的獨特（郭強生語）；從角色，談其作品中的人物的「知（或，不知）其不可而為之」的偏執（紀大偉語），這些話我沒有不同意的。

一九七九年，黃麗群生於台北，一路念書（大學／本科就讀政大哲學系）工作生活幾乎都在台北，在台灣「七〇後」的代表作家間，她明顯地屬於都會型的作家。她的作品量不算多，根據她自編的創作年表[2]，在二〇〇一—二〇一六年十五年間，她出版過小說集《跌倒的小綠人》（2001）、極短篇《八花九裂》（2005）、短篇小說集《海邊的房間》（2012）、散文集《背後歌》（2013）、《感覺有點奢侈的事》（2014）以及採訪人物傳記

《寂境：看見郭英聲》（2014）共六部。這當中，又以二〇一二年《海邊的房間》收錄歷年文學獎得獎的作品，可以視為較重要的代表作。儘管黃麗群的散文／雜文寫的頗具智性、博雅和靈動的趣味，人物專訪亦能掌握被訪者的性情與特質。但小說這種文體，或許更能迫使不時散淡的她調動與整合更深的智力與悟性，使她認真起來，用力或不用力，機緣到位時，便能發現許多超越表層現實的深刻及幽微處。

黃麗群的父母親均為來台的外省第二代，她可以說是外省第三代，但省籍意識在她的作品中沒有明顯的刻痕。她的作品的深度解讀，因此也不適合快速地聯繫線性的歷史來討論。談起自己的身份或認同相關話題，黃麗群不認為有什麼特殊的敏感與禁忌，在回應〈十問實答〉中她自述：「如果有任何特殊之處，都不是外省族群獨有的，而是東亞歷史與區域政治的軌跡在台灣複雜地交錯了，而我只是繼承著這種種歷史背景的台灣人之一而已。」[3]從麗群的小說、散文甚至採訪錄來看，此言不虛，她的省籍主體認識確實並沒有到自覺的影響，但當我較完整地閱讀麗群的大部分代表作後，我反而認為，正是在這樣不自覺地暫時擱置歷史的一種台北都會型主體裡，黃麗群的作品體現了一種不曾被文化策略性操作下的歷史無意

1　黃麗群《感覺有點奢侈的事．喝一點的時候》（台北：九歌出版社，2014年），頁30-31。
2　〈黃麗群重要創作年表〉，收入《橋》第六期（2017夏季號），頁10。
3　收入《橋》第六期（2017夏季號），頁6-9。

識。因此，在麗群的重要代表作中，反而開展了晚近台灣社會與主體困境的一種「內向」性的深度。

二

《海邊的房間》的主人公們，大抵都是一些內向者，無論是同名小說〈海邊的房間〉（2006）中的「繼父」及其「女兒」，〈入夢者〉（2005）中的窩居於都會底層的宅男，〈卜算子〉（2010）裡因車禍意外而感染愛滋病的兒子，〈貓病〉（2007）、〈貞女如玉〉（2010）中大齡無容貌無金錢無權力的都會剩女，他們之所以內向，並非是一種簡單的個體性格。黃麗群的社會敏感度與見識，賦予他們社會化下的內向性——與客觀的現實遭遇、階級、美醜及各式條件相關，換句話說，主人公的內向性及要維持其內向，仍是他們與台灣新世紀以來資本主義社會文化作用下的結果。

〈海邊的房間〉裡中醫師的「繼父」，年輕時被妻子拋棄，妻子留下了非他生的「女兒」予其撫養，「女兒」日漸成長，他漸漸亦發生了一些對「女兒」無法言明的愛、安全感與控制欲。因此，在「女兒」長大想離去時，他對「女兒」施以針灸令其癱瘓，並且從市區搬到「海邊的房間」，安然地過著日復一日「守常」的平靜生活，並且繼續不斷以針灸維持「女兒」的癱瘓，同時，為其餵藥湯水，以保養並維持她即使癱瘓也美麗的肉身。〈入夢者〉刻劃了一個都市底層年輕又貧窮的醜男，他從達爾文演化論自覺到自己早該是被淘汰的個體，意識到既然無法也無能回應高速資本主義社會的變化與標準，遂以台灣鄉土社會的牛狗之姿的頑強，宅居在都市的一個小角落，並透過網路交友系統與自我幻化作為常態的日常，往內發掘想像的「她者」，以獲得空想中的救贖。〈卜算子〉的內向性，更落實在人生中由於遭逢某種特殊意外後的主體平衡——主人公因車禍輸血，感染了愛滋病，被鄉下靠算命維生的老父親接回家，兩人都採用最低限度的生活以為生命治理與自我控制，小說中多次出現與循環的早晨敘事，細膩且藝術化地表現了一個愛滋病患者害怕變化，盡可能小心翼翼維持與「守常」的努力與心理焦慮。

黃麗群筆下的主人公們，是以內向作為逃避他們的人生與責任的方式嗎？我不認為如此。相反地，我以為麗群恰恰是清醒地明白，這一類的內向者之所以發生內向性——盡可能守柔守常，並非是主體的「修養」，而是更多地是為了抵抗外在環境與條件變化下的危機、不安與痛苦。因此，她筆下的這些主人公們的生活幾乎極端單純與規律，小說的空間亦主要被塑造成封閉式：海邊的房間、鄉下的家屋、狹窄的都會裡的出租套房，或分租共同的小房間等等。同時，作品中的人際關係與往來方式，既使是親人，也非世俗的典型，正如同過去的論者已曾言及的，主要是一些「名不正言不順」的親屬關係（紀大偉語）。但更具體且精確地來看，其實麗群在寫的是「名」難以正，但「實」卻在後現代台灣已能被主人公們接受與運行，但是這種表裡難以合一的錯位，也造成了他們彼此說不清的隔，每個人都有著一己獨特的秘密與不能點穿的歷史傷痕。同時，這樣的特質也不僅被落實在「親人」的關係與想像裡，黃麗群還寫出了一些晚近台灣都會下層的孤寡殘弱者的命運切片（如〈入夢者〉、〈貓病〉及〈貞女如玉〉），其內在的社會分析與感性能力亦頗為精確敏銳。

如果說凡存在必合理，我們也可以繼續追問，黃麗群筆下的主人公們如此地以各式扭曲與幻化的方式抵抗變、執守常，看似做自己的內向性，又是否真的能成全或完成他們的救贖？作為一個「壞人」，麗群恐怕明白從文學或現實上來說必然困難。但從這點來看，〈海邊的房間〉在藝術上完成的一種恐怖的美感是相當成功的——作品首尾都以一封電子郵件穿插，「繼父」明明知道已癱瘓的「女兒」無能反抗與回應，仍要刻意地刺激她，唸這封她昔日男友將回來找她的電郵給她聽。這裡展現出來一種完全不公平、不對等的控制的恐怖，「妳」完全不可能還手與抵抗，連對手的資格都不被賦予，只剩下作為中醫師的「繼父」平靜的、顯性的、甚至可以說帶有美感的、自我感覺良好的威權，在最終和諧地卻也病態地擴張。昔日張愛玲在〈金鎖記〉寫出因為自身的不幸，對子女施以隱性加害與控制，到了黃麗群的時代，「親人」間的靈魂惡意被露骨地推進，儘管「妳」表面上被豢養出如「玻璃棺中白雪公主都不能這樣美麗」的肉體。

類似的和諧的病態（及其美感），在〈入夢者〉與〈卜算子〉中亦頗有可觀處。〈入夢者〉中的都會底層的醜男，在網路上申請了兩個電郵，然後在交友網站註冊，他以自我幻化為另一個女性角色寄信給自己，每夜書信聊天，一人分飾兩角地調情以求自我安慰。黃麗群幾乎以一種悲憫情懷和善意，在揣摩與合理化這個男主人公的自我分裂，她細膩地寫出一個看似不理解社會、現實複雜性的邊緣或底層人物的生存與精神困境——主人公卻隱隱明白資本主義社會下的隱性潛規則：「美是階級，肉身是兵器」，他的自我幻化必然成空，但想像出來的溫暖仍不無慰藉：「他想到天幕下有個陌生親密的女孩與他同步著生活，就有種既空又滿的歡喜」，而當我們一路跟著主人公的幻想，最終又莫名其妙的中止與幻滅，見證他仍能以牛狗之姿自我解消，繼續過著日復一日「美夢永不成真日子」，終究還是能召喚出讀者的心酸與同情。而麗群也似乎在暗示我們，對於類似的底層人物而言，在不堪、非理性與毫無意義的日常裡，未必就不能就一天過一天，何況主人公還被賦予了本土素樸如狗如牛般的主體，因此結束自我幻化之於他也不是什麼悲劇（不若董啟章（1967-）在〈安卓珍尼〉處理知識份子的主體走向消亡及毀滅）。生命中的偶然的決斷來得乾脆，也不需要什麼心理負擔，小說最後讓我們的底層主人公把電腦賣掉：「倒不是因為睹物傷情或心生恐慌，畢竟他也恢復了狗或牛的堅韌風格，而是不希望自己有機會在不知哪日又起身弄些什麼把戲。」

著名代表作〈卜算子〉，也有著類似對「混吃等死者」的同情理解，主人公因為車禍意外，輸血而感染愛滋病。他的父親是算命師，但只能叫他為「伯」，為何要叫「伯」？因為據說他命裡刑剋過重，不能喊自己的父母為爸媽，只能喊「伯」及「伯娘」，如此遵守刑克的傳統，「伯」卻也沒算出／預料到兒子的命運。然而，「名」雖不正，在黃麗群筆下，並不妨礙真實的關係，作者顯然認為，人生真正重要的意義與價值，往往跟表面的「名」沒有關係。主人公的父母們仍是盡責任的好父母，而主人公對父親的深情，亦體現在小心謹慎不要傳染此病給父親的焦慮上，因此他們的生活極其規律，能夠不發生變化就不要變化，似乎隱定就接近了「常道」，畢竟人要死也不是那麼簡單，愛滋病如果控制得當，未必不能久活。日子終究很長，在日常的規律中，麗群細細鋪陳這一對父與子濃厚溫情的相處細節，例如本來不會做菜的父親竟然會燉湯了，例如主人公告知女友他得了愛滋，卻立即遭女友嫌棄，他傷心之餘但也覺得自己還不能死（因為父親還在）。直到最後「伯」意外的、自然地壽終正寢，他才敢放下心掉淚：「終於不擔心眼淚沾到伯的身體。」原來他力求自保，其實為了保護他者，在主人公狀況最不佳的時候亦然。麗群關照這些弱勢者、平凡人，他們的控制欲與病態的愛、他們的溫柔與細膩、他們的混沌與善良、他們的自欺與自我嫌惡、他們的祕密與尊嚴，他們的混吃等死的不得已……都被麗群發現並還原了。

三

很顯然的，黃麗群長於發現這些平凡人看似非理性卻又合情合理的主體與日常。又例如〈貓病〉寫一個在中年後獨自在都會分租套房寡居的停經婦女，偶然地撿到一隻流浪貓，貓兒懂事不找麻煩，她帶它看獸醫，從貓的軟綿與獸醫對貓的關心下，她竟然重新喚起了對生活的溫暖、柔情與光亮的渴望。但是，為了維持這種重獲青春的善感與柔情，她開始「製造」貓的傷害，換句話說，就是以傷害貓兒為方法，來達到能夠去「看」獸醫（獲得一種溫暖）的目的。她對孤寡中年將老的婦女（在這篇小說中是五十一歲）的毫無發展的生命與人生的理解，不同於〈入夢者〉的宅男想像，某種程度上來說，麗群看出女性一旦深受現代性的啟蒙與刺激，其遭遇可能比男性更為殘酷與嚴厲：「一邊目睹自己生命中各種想像一盞一盞熄滅，一邊乾燥地慢慢結局。她只是不知道懷疑會成真，沒想到成真的部分比原先所懷疑更加下沉。」、「她曾經認為可以這樣殘而不廢地過下去，因為早就向命運遞上降表，……連一點冒犯的動念都沒有了，只希望對方不要主動來踐踏。」本來不再主動要活，卻被一隻貓撩起了重生的欲望，但主人公早已被長期無餘裕的算計與日常世俗生活磨損，又在毫無信念與希望的資本主義社會的底層生活下，發生出主體惡的變異，由此對比的反而是那隻被她揀拾、自始至終都相信她的貓咪——既使被傷害（甚至是被處理到很自然地傷害）也仍全心相信她，這種人／女人的非人性化的惡念，就在這樣的反襯下更顯得尖銳與殘忍。

〈貞女如玉〉寫一個中年粗短身材的「忠厚老實」的女人，年輕時也曾苦練，但「苦練不肯成全她」，後來去當房仲，一路見識到其它男性在這一行的如魚得水，更理解中年後的女性的勢利：「女人與女人的勢利六親不認」。小說最後莫名奇妙地收在她在按摩間裡，大罵一個女按摩師，又在離去前看到一個女孩，混雜著對一己的不滿及對年輕女孩的嫉妒，非理性瞬間爆怒。她已被世俗社會的標準磨損太深，早已經已失去所有心理上的承受力，只剩下露骨與俗，只能以主動傷害她者的方式來平衡自身了。

總的來說，麗群對於種種非理性和幽微處的心理掌握甚佳，但作者在最終體現了他們的異化後，對當中的非理性、不得已的自私自利，仍瞭解於心亦不忍批判。這或許也跟她作為一個作家的姿態選擇有關——麗群恐怕不會願意與認為，自己能夠或應該承擔啟蒙者的角色，她比較像是主人公的朋友，基於對生命的善意與好奇，偶爾陪著、聆聽，說她是在相濡以沫，恐怕都太過嚴肅。當然我以為，麗群可以考慮再反思她在創作上的一些前提與假設。

四

赫爾曼・鮑辛格（Hermann Bausinger, 1926- ）在《日常生活的啟蒙者》以對話體的學術傳記作為形式，關注我們活在各式日常生活的意義與困境。他說：「為什麼人們做一些他們平時對此根本不加思考卻強有力地主宰了他們生活的事情，在提出問題的這瞬間，我已經處於歷史的軌道上。」[4] 這裡的關鍵是：那些看似不引人注意的日常，仍是一種歷史特定條件下的生產。從這樣的觀念來反省黃麗群的代表作，我們可以問的是：主人公們看似抗拒變化的守常，是否已經形成了一種新的歷史常態，同時，在日積月累下，它們之於台灣社會究竟意謂著什麼？

黃錦樹在〈內在的風景——從現代主義到內向世代〉中認為：「『我』的身分危機，其開端是性傾向（譬如同志，最著者如邱妙津），再則是作為人的存在的本體感的危機。這也是不斷深化的現代化、都市化招致的人的危機的延伸。七等生的偏執就已是先導。他是以自我的硬核來面對，或召喚無神時代的神。但有的人是憂鬱的迎向生命本身那無邊的黑暗，成為他人，或者回歸無生命狀態。」[5]

當憂鬱、回歸無生命狀態慢慢形成了一種常態，當台灣新世紀以來的主體不斷擱置更大的價值與意義的可能，當生命中陷入不堪的弱勢者，最終只能唯心地選擇自我放逐及以虛為實的幻想。當他們的處境，明明是社會生產的結果，主人公的視野裡卻鮮少有社會，也難與社會及歷史進行聯繫……，人人都是孤獨者，人人只能在有限的範圍內，內向地對自己的人生進行逆襲／反抗，但這種逆襲／反抗，是否能如歷史上曾出現過的現代文學的荒謬與陰暗，終極地指向一個更大或更深的主體與未來？我十分欣賞黃麗群的才智與努力，也十分希望自己的悲觀能作用出一種再辯證的水滴。

---

4 赫爾曼·鮑辛格等著，吳秀杰譯《日常生活的啟蒙者》（桂林：廣西師範大學出版社，2014 年），頁99。

5 收入黃錦樹《論嘗試文》（台北：麥田出版社，2016 年），頁 341-342。

第二輯　閱讀大陸文學

底層的「精神」幻象及其生產
——論石一楓〈世間已無陳金芳〉

您給他們的生活裡帶來新的迷信。——契訶夫〈帶閣樓的房子〉

石一楓（1979-）的〈世間已無陳金芳〉（2014）最初刊載於《十月》二〇一四年第三期，後收入同年的《中篇小說選刊》，是近期受到大陸文學與文化圈高度重視的中篇小說。二〇一四年八月初，在北京參加兩岸青年文學評論工作會議時，評論家李雲雷向我們推薦了這篇新作，他以老舍來類比，給予了高度評價。因此，在北京時我就立刻粗讀了一遍，也能約略看出此作的社會分析的寫法與視野，以及它受到費茲傑羅（Francis Scott Key Fitzgerald, 1896-1940）《大亨小傳》（大陸譯：《了不起的蓋茲比》）的影響[1]——從敘事者的設定，到主題意識都有一些關聯——儘管這並非石一楓這篇作品的真正旨趣與價值——雖然敘事者

1　石一楓在創作談：〈我想講述的命運故事〉，曾談到這篇小說當初寫完給了《十月》雜誌，編輯就對他說：「有點女兒版的蓋茨比」的意思，這個評價他也同意。從小說本身來看，確實在旁觀的敘事者的使用、結構的設計、敘事者對主人公好感的變化、社交場景的書寫，以及反映時代、社會等功能上，都有相近的地方。石一楓的完整說法，參見《中篇小說選刊》（2014 年第 4 期），頁 79。

對陳金芳，如同尼克對蓋茲比有相當程度的好感。然而，更令我感到興趣與不安的，是此作整體上，尤其是敘事者看似「多元」[2]聲音，仍存在著不少幽微的、甚至自相矛盾的焦慮與困惑，或者也可以理解為——二十一世紀初中國大陸在現代性、城鄉社會轉型間的主要矛盾和關鍵感覺結構（structures of feeling），我認為這才是此作最有價值的面向之一二，但我當時並未再繼續思考。回台灣後，我重新仔細地細讀了這篇作品多次，並跟一些大學生與陸生討論，歸納了一些較完整但或許並不很新的頓悟，可能不完全沒有書寫下來的階段性意義。

〈世間已無陳金芳〉以現實主義的筆法，和高度浪漫主義的精神，處理一個中西文學史上重要但也老派的主題——在時代巨變、城鄉及價值轉型的背景下，一位出身底層[3]的女性在社會的上昇、殞落的發展史。這種議題其實許多中國的作家也都曾意識到，從鐵凝（1957-）早期的〈哦・香雪〉、方方（1955-）的〈奔跑的火光〉，甚至如果暫時擱置性別，純就改革開放後的資本主義興起下，底層人民的命運主題史來說，路遙（1949-）早期的〈人生〉（1982），和方方的新作《涂志強的個人悲傷》（2013）也可以納入這個譜系的代表。西方（美國），德雷賽（Theodore Dreiser, 1871-1945）的《嘉麗妹妹》（1900）、卡波特（Truman Garcia Capote, 1924-1984）的《第凡內早餐》（1958）也早為有識者所熟知——它們都採用了基層、底層女性的命運發展，來反映個人跟時代、社會的矛盾與生產關係。台灣八〇年代中，顧肇森（1954-1995）的代表作之一的〈曾美月〉（後收入《貓臉的歲月》），亦可看作一種參照的見證——早年在美國援助的支配性文化的影響下，台灣基層女性在城市和跨國發展的命運和情感限制。或許由於女性受現代性的啟蒙較晚，從相對意義上來說，她們才是資本主義時代真正的新人，因此往往比男性更適合作為承載新的社會支配性結構的典型。

石一楓本科、大學和碩士就讀北京大學中文系，現為北京的文學雜誌《當代》的編輯，對這樣的主題史必然不會陌生。但〈世間已無陳金芳〉的創新處與特殊性是在於——從小說敘事一開始，作者就為女主人公陳金芳埋進了一種新的元素——在中國上個世紀九〇年代起

---

2 本文對敘事者「多元」的理解，除了指涉其明顯的去中心的立場與姿態外，更多地是指敘事者在小說具體的生活細節和價值觀裡，不斷解構、權變、調整，且有一定程度的虛無主義傾向。

3 「底層」，是目前中國大陸文學與文化圈自覺關注的視野。李雲雷在〈「底層文學」：提出問題的方式〉曾提到這種類型作品在中國之受到注意，主要起源於二〇〇四年左右曹征路的《那兒》作品的出現，並認為它們的整體發生原因和特質為：「一是由於我們社會整體的變動，從九〇年代以來，『三農問題』等各種社會問題不斷突出，底層這樣一個現象也是越來越突出，它是在整個社會結構變化之中出現的社會群體，他們在政治、經濟、文化各個方面都處於弱勢的地位，所以他們沒有辦法發出自己的聲音；二是社會思想的波動，底層文學的產生與九〇年代後期的新左派與自由主義之爭有很大的關係，因為在這樣兩種現代化思路的論爭過程中，有一些人開始重視底層對社會的整體作用。三是由於文學內部的自我反思，自八〇年代以來，所謂『純文學』觀念的影響一直持續到新世紀初，無論是在文學批評界還是文學理論界，都對『純文學』有一個反思的過程，而底層文學其實是在創作領域對那些純文學創作方向的一個反思。」參見《文藝理論與批評》（2011 年第 5 期），頁 35-36。

的高速資本主義化與現代化的背景下，陳金芳自始至終，都有一種對審美、豐富的「精神」生活的執著與追求——在這篇作品中，主要以西方古典音樂的世界為追求標的和隱喻結構——儘管受限於能力和條件，她不可能完全理解那當中的一切，但這卻是她的命運走向悲劇最大的原因——陳金芳完全不自覺、也不質疑地，接受另一個民族與階級的「精神」，來作為自身的主體發展的起點與理想，當中所導致的主體的錯位，又強化了她對世俗功利的動機，也制約了她對中國現實社會的認識。但是，石一楓想要處理的視野或說問題意識，顯然仍是想說，這並非僅僅是陳金芳的「個人」問題，而是一種社會的生產，同時由於陳金芳在「精神」上的極端，她可能將大陸改革開放後，長期隱藏幽微的底層對現代性的幻象，及其生產關係的秘密，充份彰顯出來，因此有文學史上的推進性。所以，在本文中，我想從以下三大面向完整地分析這篇作品，一方面闡釋陳金芳追求的「精神」生活的原因、生產邏輯與歷史性質，二方面重構她如何以「精神」為動機和目的，展開世俗的功利版圖，並闡釋此種主體以虛幻為現實的危機，三方面想進一步整合評述這篇作品「多元」的敘事美學與它呈現的責任困境。

一、在西方古典音樂的召喚下：陳金芳和底層新「精神」的發生

借用尼古拉・奧斯特洛夫斯基（Nikolai Alexeevich Ostrovsky, 1904-1936）的《鋼鐵是

怎麼煉成的》的中譯書名，我們也要追問：陳金芳是怎麼產生的？不過才不到一百年，昔日的革命和社會主義理想，在中國已成為淡色的遠景，到了陳金芳的時代——開始資本主義化的二十世紀九〇年代，至高速發展的二十一世紀的第一個十年，世俗的「成功」的金權邏輯[4]，已成為大多數新人的「理想」。

小說描述的陳金芳出身中國傳統農村家庭，由於家人舉家遷至北京的一個食堂工作，陳金芳得以在北京插班就讀中學——一所以部隊子弟為主的學校，並成為敘事者「我」的同學。這裡的學校老師表面上說要團結，但現實中的陳金芳，不但沒有因為她的相對弱勢，得到過適當的照顧、保護，常常還受到排擠與欺負。儘管，中國式的社會主義實踐曾經特別強調平等，但在長期的階級與敵我劃分的歷史邏輯下，重視出身更是一種集體潛意識，這就使得改革開放後，雖然看似迎來了自由解放，但對出身的關注有增無減，只不過，從過去重視的農工兵的出身，重新抬舉知識份子及幹部權貴。

陳金芳的條件雖非後者，但小說刻劃她似乎還有著一些社會主義時期的自尊本能，對貧窮能隱忍、會自卑卻並不很以為意（這使得她不像八〇年代的路遙筆下的高加林，過早被「啟蒙」，開始產生「自我」），陳金芳初登場時的主體相對混沌，也因此她能積極地參與

4　關於中國大陸九〇年代以來的「成功」想像與邏輯，可參見王曉明〈半張臉的神話〉，收入王曉明《橫站》（台北：人間出版社，2012年），頁45-54。

世俗生活，敢於繼續跟進「現代」（從某種意義上來說，過去的革命與社會主義實踐，也是現代性實踐的一環）——她對新階段的資本主義都會現代性的一切事物都很感興趣，興致勃勃地爭取嘗試，用「我」以看似平淡的形象化敘述來反襯：「陳金芳還是班上女生裡第一個抹口紅的，第一個打粉底的，第一個到批發市場小攤兒上穿耳孔的。」[5]在中學生裡，應該令人印象深刻，同時，小說提到，儘管其它的同學們也不無「現代」的虛榮，或讓父母親花半個月薪水買「耐克」（NIKE）鞋，但大家卻不能接受陳金芳的踩線——她有令人焦慮的生命力，讓眾人不安的自尊心，以及重新挑戰階層分配邏輯的威脅感。石一楓顯然仍相信，小說的情感教育及知性教育功能並非過時，在這裡，他藉著敘事者「我」來載道，說：「對於一個天生被視為低人一等的人，我們可以接受她的任何毛病，但就是不能接受她妄圖變得和自己一樣。」[6]石一楓以他的敏感，直覺地美學關照出大陸改革開放後，中國社會階級歧視結構的再發生的深層心理與文化邏輯。

此外，和農村出身的陳金芳產生矛盾的，還不只上述已然恢復的菁英意識和連帶的學校教育，陳金芳跟她的傳統農村家庭也有激烈衝突，由於家中的貧窮、父親的亡故、母親的殘障、姐姐和姐夫食堂工作的卑微，在新的資本主義意識型態下，他們雖然以辛勤的勞動獲得溫飽，但卻難以獲得基本的尊嚴，甚至還常常被眾人們取笑——小說家表現這種刻薄的功利觀和調笑，相當立體生動。所以，在陳金芳初三時，他們家決定舉家回到農村，但女主人公卻認為，自己已然見識及體驗了更多的「現代」及「精神」，堅決拒絕回去，無論她的家人以傳統的責任和價值（如忘本）來批判，陳金芳都不為所動，她並不覺得自己能在傳統的農村中「活的豐富」（陳金芳日後對「我」說的話，因為覺得對方會拉小提琴），她也不可能像八〇年代時的高加林——作為一個有才能又有膽識的男性，或多或少日後有較多的機會，再受到鄉親的提攜及上城。相對來說，陳金芳回歸鄉土傳統後的流動性必然很低，已深受大城市「現代」教育洗禮的她自然不願意。是以，總的來說，無論是學校或家庭，帶給她的更多僅是壓抑，因此更加間接地促使陳金芳想追求不同的人生。

但石一楓為什麼要為以古典音樂來「啟蒙」陳金芳？必須注意陳金芳初接觸古典音樂，是她中學的階段，那時候的陳金芳還沒有明顯的社會功利意識，對生命中的一切美好的渴望、純粹的美感，更多的源自於一種人的本能。以石一楓和小說中的敘事者「我」對陳金芳的好感，我認為他在此提出最有價值之一的觀點暗示是——中國的底層自然也有權吸收或爭取人類文明中，最精華迷人的審美世界——昔日西方資本主義文明積累的成果，當然可以被拿來，成為新一代社會主義國家的資產。但有意思的是，如果他／她不能在已然轉型成資本主義的社會中順利上昇，這樣的超前精神的現代主體會產生什麼困境？問題看似普通，實則關鍵，因為在中國大陸現代城鄉轉型的過程中，這樣的人必然占大多數，具有很高的普遍

5 石一楓〈世間已無陳金芳〉，收入《中篇小說選刊》（2014年第4期），頁51。

6 同上註，頁55。

性，陳金芳如此，敘事者「我」的狀態亦如此，是以石一楓才能讓「我」來敘述陳金芳的故事，因為兩個人在某種程度上，同是天涯淪落人。

這個敘事者——「我」是一個從小在父母親的栽培下，目標成為一流演奏家的小提琴手。念中學時，「我」在一次練習柴可夫斯基（Pyotr Ilyich Tchaikovsky, 1840-1893）的「D大調小提琴協奏曲」時，發現陳金芳在樹下偷聽，開啟了「我」和陳金芳在某種精神上的秘密聯繫，「我」雖然也跟同學一樣不喜歡她，但卻也因為有了一個聽眾，而在不知不覺中讓琴藝開始帶有了一種傾訴的品質，儘管日後「我」沒考上音樂學院，甚至被教授評為是過早開墾的貧礦——最多有技術而無靈感，但也因此讓「我」常懷想起中學時陳金芳間接帶給「我」的隱密的慰藉，而陳金芳也在長期的偷聽「我」的古典音樂的練習曲下，啟發了她豐富的新的「精神」追求。這一段細節，以敘事者「我」的眼光，把陳金芳的這種新「精神」品質的發生，和她卑微的出身與現代性的關係，形象化地點染出來：

> 我在窗外楊樹下看到了一個人影。那人背手靠在樹幹上，因為身材單薄，在黑夜裡好像貼上去的一層膠皮。但我仍然辨別出那是陳金芳。借著一輛頓挫著駛過的汽車燈光，我甚至能看清她臉上的「農村紅」。她靜立著，紋絲不動，下巴上揚，用貌似倔強的姿勢聽我拉琴。[7]

「現代」式的汽車燈，映照出她中學時代的單薄與土氣，卻也召喚出陳金芳想「活的豐富」的意志，用她在這篇小說最後告別時的有力的台詞：「我只是想活得有點兒人樣」。當溫飽已不成問題，而學校和家庭的壓抑，和各種隱密的文化歧視，又讓她需要有一種能安頓與釋放的管道，「我」的小提琴聲和古典音樂練習曲，就成為她唯一的安慰。陳金芳日後不擇手段，幾乎沒有道德與倫理堅持，一個人浮浮沉沉，這種青春時期的精神安慰不時召喚她，既成為她追求美好世俗生活的動機，也是她在虛無的塵世中活著的抽象理想。

二、「精神」轉化間的現實危機

石一楓在展現陳金芳介在「精神」和世俗現實間的上昇過程最為精采。似乎是為了不讓讀者過快對她產生倫理或道德式的評價，避免犧牲掉讀者關注陳金芳的形象和主體變化的複雜度，這篇作品以費茲傑羅《大亨小傳》的倒敘結構，充份地鋪陳她的命運和中國資本主義及現代性發展下的社會關係。

第一個關鍵的問題視野，我認為是石一楓注意到中國底層人民在「精神」追求上的世俗轉化。這裡比較生動的關鍵情節，發生在陳金芳中學剛畢業後，為了留北京，陳金芳跟過幾

---

7 石一楓〈世間已無陳金芳〉，收入《中篇小說選刊》（2014年第4期），頁54。

個小混混般的男人，他們對她其實並不壞，有一個後來還帶著她一起做些廉價衣服的小生意，別有意義的是，陳金芳卻總是穿著比她賣的廉價成衣更貴更好的衣服，從敘事者的眼光裡，「我」以為如果兩個人肯好好過日子，也可以是本本份份的老百姓，甚至覺得，這是自己對陳金芳這類底層人民最好的祝福（當中仍有一種自以為高的姿態、態度與意識。「平等」意識從來不曾存在「我」的意識中，仿佛在歷史中完全被擱置）。然而，陳金芳的命運完全出乎「我」的意料——在大城市，她混沌且無感地運用自己日漸豐滿的身體和美貌，換取金錢和她想要的物質——逛商場、吃西餐，但她更渴望的，仍然是那超前豐富的「精神」世界，因此時常要求同居人給自己買票，不間斷地跟進北京的各種劇場話劇音樂會，自顧自地過著一種自己心目中的「精神」生活，她這個階段的男人也來自底層，完全不能理解為什麼陳金芳會有這樣的「精神」狀態，兩個人最後大鬧分手，男人將陳金芳趕出家門，原因並非毫無道理——男人打算用手上僅剩的一些錢，到廣東批發廉價成衣販售，但陳金芳卻想要硬用這筆錢買「鋼琴」——儘管她完全不會用。在陳金芳的主體中，她沒有知識菁英（或者更精確地說，是貴族菁英）常有的世俗與「精神」二分的邏輯，因此更好的世俗生活，跟她的「精神」渴望，都同樣只是她追求的客體與對象，但我們不能簡單地說，她的「精神」追求就是完全庸俗化與物化的，我認為複雜性恰恰就是「在中間」——陳金芳式的「精神」，既有著對生命裡美好的健康追求（包含一定程度的物質追求），但卻又不具備更高的價值擴充或聯繫性，例如，在這裡，自己自足的尊嚴、勞動的榮譽、與其它人的相濡以沫、人與人之間的道義互饋，都被陳金芳排除在「精神」之外。

然而，隨著中國資本主義、城市化和所謂的國際化的發展，人對物質、金錢甚至權力的追求，必然會隨之擴充，而當中的社會關係、政治和經濟運作也必然更為複雜化。

第二個重要的問題視野也由此而來——中國底層是否有可能在高度複雜的資本主義社會中公平上昇？石一楓顯然自有定見，他不只一次藉著敘事者的立場說話，認為毫無可能。但這篇小說涉及這個命題的特殊性是在於，石一楓讓我們看到，為什麼最後陳金芳必然失敗，這又跟她的「精神」追求有什麼關係？

重要的情節來到「我」大學畢業的多年後，那一天「我」和陳金芳在一場北京的伊扎克・帕爾曼（Itzhak Perlman, 1945-）的音樂會上再度相遇。這時候的陳金芳，已經改名為陳予倩，身邊多了新的不知名的年輕男性護花使者，整個人完全脫去中國鄉土的氣質，穿用西方名牌，質感精緻高級，在「我」的眼中驚為天人，同時也改行從事藝術品買賣的工作。但是，「我」一直不太能明白，陳金芳運作這些買賣的資本從何而來？具體的工作又究竟在做什麼？但陳金芳不以為意，後續也常主動地找「我」敘舊，鼓勵「我」不應該那麼「功利地」因為成不了演奏家而不再演奏，似乎對藝術、音樂，陳金芳擁有一種比「我」更加無比純粹的感情與追求，因此才能深獲「成功」。藉由「我」時常出席陳金芳出現的社交場合與應酬間，「我」慢慢明白，陳金芳已然完全融入上層或高級的社交圈，那裡有著各式各樣淺薄的、投機的清談家與文藝圈人士，充滿著上層社交圈百無聊賴的八卦與世俗往來，陳金芳穿梭當中，以不疏如密的社交手腕、兼以美貌及身體的金權交換，如魚得水。

作為幹部子弟後代的「我」，無疑地更清楚當中的虛浮和遊戲規則，但卻也從不點破，因為「我」早已沒有特定的立場與價值，只願做一個痞子型的「頑主」般的旁觀者[8]。僅有一次，雖然「我」很不願意，但在「我」的協助與牽線下，陳金芳和「我」的大學好友B哥，共同加入與參與某個以國際環保能源投資[9]為虛名，實則進行跨國金融抄作的大案子，這時候「我」才知道，原來陳金芳竟然也加入了這種高風險的買空賣空的跨國交易，而陳金芳為了感謝「我」，想對「我」進行「厚謝」，不惜如同蓋茲比般一擲千金[10]，聘請知名的國際演奏家，當著「我」的面進行現場小提琴演奏，甚至還邀請「我」一起下去演奏，儘管「我」因為高度的自尊心，還有著一種幽微地對陳金芳這種人的鄙視感，最終沒有下去表演，但陳金芳的「精神」和膽量，還是讓「我」獲得了一種見識。

不過，小說的背景來到二千年後的世界金融危機，陳金芳由於將所有資金都壓在這個投機案，因此資產也完全付諸一炬。小說透過B哥對「我」的一些談話，穿插分析陳金芳的失敗——事實上，參與跨國資本投機案的諸方，拿出來的多是閒錢，但陳金芳卻將所有資產都壓上，完全不符合理性的投資思維，失敗的風險本來就很高。除此之外，以小說的細節來看，陳金芳雖然看似日漸進入上層社會，但其實進入的仍只是「社交」社會，而並非是真正能主導各式金權與話語運作的核心圈，所以，僅管她有著一定的美貌與交際手腕，但仍不可能客觀認識資本主義世界的金權運作方式。她的「精神」在這樣的世界中，僅僅能提供給她

8 石一楓在敘事者「我」的設計上，顯然深受九〇年代的「頑主」王朔的影響，他曾在李雲雷的對談中承認這一點，石一楓說：「最早就是十六七歲的時候吧。跟大多數北京『文青』一樣，那個時代特別愛看王朔，剛開始是語調，後來是姿態。」，可參見李雲雷的博客文〈石一楓：為新一代頑主留影〉，http://blog.sina.com.cn/s/blog_4be5e0cd0100pf0r.html（2011 年 2 月 11 日）。蔡翔也曾分析過這類「頑主」的形象與文化人格特質，認為這些幹部子弟的後代，在大陸改革開放後，失去了政治上的優勢，一旦經濟上也無法跟進，殘存的優越感又使他們拒絕過著普通人的生活，所以容易產生一種獨特的邊緣性的人格。蔡翔完整的分析可參見〈舊時王謝堂前燕——關於王朔及王朔現象〉，收入蔡翔《神聖回憶——蔡翔選集》（台北：人間出版社，2012 年），頁 129-156。

9 石一楓設計這個環保能源投資方案，既有現實意義也有高度的諷刺性。自大陸改革開放以來，高速的經濟發展，對環境生態造成了極大的傷害，莫里斯・邁斯納在《毛澤東的中國及其它：中國人民共和國史》中談到九〇年以後的中國時就曾指出：「經濟進步付出了巨大的社會代價。後毛時代中國的資本主義發展付出的代價和造成的後果，是中國的環境在人類歷史上以空前的規模遭到破壞，包括可耕地面積銳減、工業對空氣和水質的大範圍污染……還有官商和政府官員嚴重的貪污腐敗」等等，參見莫里斯・邁斯納原著，杜蒲譯《毛澤東的中國及其它：中國人民共和國史》（香港：中文大學出版社，2005 年），頁 498。廖曉易在〈中國現代化的環境代價〉中亦指出類似的危機與數據：「僅工業界在一九九〇年就消耗了大約九七三立方公里的水，占全球抽用淡水總量的 24%，每天工業工序用水產生數十億立方公尺的工業廢水。工業化對耕地的侵占以及植被和林木的消耗加重了風蝕和水蝕。在所使用的農藥中，有 90%進入農田生態系統，化肥有 70%進入農田生態系統，造成嚴重的土地污染並通過各種渠道進入水圈、大氣圈和生物圈」，收入閔琦等著《轉型期的中國：社會變遷：來自大陸民間社會的報告》（台北：時報文化，1995 年），頁 453。

一種暫時的、空洞的意志，讓她有著轉型時代敢於冒風險、甚至一擲千金的豪氣，但最終也在這樣虛妄的精神中，將自身獻祭給了金錢時代。

小說末尾交待陳金芳的自殺和她的資金來源。破產後，陳金芳被債主追債，企圖自殺，但又害怕，所以打電話給「我」，讓「我」來「拯救」她，而「我」也終於在醫院中，遇到陳金芳的姐姐和姐夫，揭開原來陳金芳是以非法募集老家的城鄉改建的款項，獲得大筆資金，但又在完全不懂得社會和工商運作下，一點一點賠光，最後才回到北京，混進虛浮的藝文圈，靠炒作「藝術品」謀生。小說諷刺「精神」和「藝術」的意味相當濃厚，而這一點，也跟王朔（1958-）的《頑主》異曲同功，甚至有過之而無不及。

以陳金芳早年的微賤，她的上昇之夢、追求更美好的人生之心仍應該被嚴肅看待——從敘事者「我」對陳金芳一路的觀察和保護，可以證成「我」的基本同情，但為了追求「精神」，甚至最後也順利進入高級的「精神」圈，最終又以最富「精神」的藝術為投資場域，導致全盤的自毀與失敗，從結構整合內容來看，石一楓可以說成功地反映了中國底層人民追求現代上昇之路的矛盾與風險——一方面，以西方資產階級世俗現代性為標準的價值觀，大幅度動搖了中國鄉土社會的傳統與實在、勤勉等勞動價值和生命飽滿的可能，陳金芳在這樣的社會中，文化人格必然走向變異。二方面，陳金芳過於抽象與排它的「精神」，實無助於她客觀地理解複雜的中國社會與現實，而資產階級炒作資本與運作國際金融的「能力」和各式幽微技術，亦非一般底層人民所能輕易掌握。最終只剩下不願意加入任何資本主義競逐規則的痞子敘事者「我」來見證一切。

三、虛無的「多元」聲音與責任困境

誠如上面兩節的分析，這篇作品絕非簡單地批評陳金芳的虛榮與虛妄，某種程度上來說，陳金芳仍是一個相當單純的角色。小說真正複雜的角色和聲音，其實是在敘事者「我」的身上。「我」不但高幹背景出身，從小學習音樂擁有良好教養，同時還念到大學，懂得中國社會或深或淺或世俗的各式潛規則，雖然也並不「成功」，但至少能充份自覺且掌握自己的命運和思想。所以在小說中，「我」不但被賦予兼有「頑主」般的痞子聲音，又同時兼有抒情／純情的感性聲音，以及辯證閱世的說理介入能力，三種聲音／立場／姿態不斷交替變

10 〈世間已無陳金芳〉在處理陳金芳跟「我」的關係上，非常接近費茲傑羅《大亨小傳》的蓋茲比對女主人公黛西的邏輯——蓋茲比在非法暴富後，始終都忘懷不了年輕時愛過的女人黛西，但又基於某些難以言明的理由，不願直接找她，而採用了每天在黛西家對面的豪宅中夜夜笙歌，迎接所有浮華世界的眾生，直到黛西也受到吸引，兩人才再度重逢。這種為對方「一擲千金」的刻意、浪漫與帶有欺騙性質的純情，顯然也被作者賦予到陳金芳的身上。林以亮在喬志高翻譯的《大亨小傳》的前文〈費茲傑羅和「大亨小傳」〉中，曾這樣評點蓋茨比的特色：想像、天真、睡眠、夢幻、永恆，並認為蓋茨比運用想像力來改造和創造事實，這些特質跟陳金芳最好的一面也有近似處。林以亮該文完整收入喬志高譯《大亨小傳》（台北：探索文化，1998年），頁1-34。

化，為此部小說注入敘事上的活潑性，也「看似」帶有高度生動且「多元」的意識或價值傾向。

然而，我認為正是在這樣「多元」的敘事者，和他「旁觀他人的痛苦」間，兩者其實存在著高度的互相生產與作用的關係——「我」看似客觀地不參與一切，實則「我」和「我」身上的一切條件，仍是中國社會當下的某種集體意識的生產基礎，「我」恐怕也是生產出底層陳金芳的命運的一種歷史因果。從這個角度上來說，「我」在理解了自己的共犯結構與姿態後的責任意識，在這篇作品中，被過於抒情且輕巧地解消與懸置，不能不說是此作的一大限制。當然，以石一楓的才智，他顯然也有意識到這個問題，或許也可以說，這就是他此作的「設計」與創造性，這就是現實的本來面目。畢竟，連托爾斯泰（Leo Nikolayevich Tolstoy, 1828-1910）在論藝術時也都承認：「不要硬給它安上什麼淨化心靈和實現美的理想等等神秘的意義，而簡單地承認它在現實中的本來面目，給予它本來應有的意義（這意義已經不小）。」[11] 實至兩岸「後現代」的今日，作家並不一定要解決問題，石一楓當然也有權如此，但他「設計」出來的敘事者「精密地」解消一切的運作思維，作者與敘事者的「多元」無法帶來更多解放的原因，也應該要為吾人所知悉，以作為我們來日更長期地評價中國底層文學的反省資源。以下分三個面向來加以細述：

首先，就敘事者的說理聲音來分析：「我」其實很早就意識到，以陳金芳的條件，跟她追求的「精神」差距與必然出現的主體危機，但由於「我」的痞子性格和懷疑一切的姿態，讓「我」在對世俗不屑一顧的同時，也對他人、集體的關係沒有任何參與的意願，因此「我」只願旁觀，不願介入，更不願承擔任何責任。但是，「我」對此卻又有明確的自省，同時自省地無比真誠，這種敘事者太多地對自我真誠的強調，又形成了另一種對真誠的「我執」與主體的固著，在奇特的自我感覺良好下，因而無法開啟任何跟他／她者間的真正良性互動的空間。這實在是石一楓將來在創作上，可以再深思與考慮的地方。兩則有意思的引文，可以證明「我」的這種傾向：

我理想中的人生狀態是活得身輕如燕，因而不願與任何人發生實質性的利害關係；我知道我們這個時代的「輝煌事業」是通過怎樣的巧取豪奪來實現的，而自己縱然無恥，卻也還有邁不過去的坎兒……。[12]

想到陳金芳，我固然不能否認虛榮、膚淺這些基於公序良俗的判斷，但仍然感到了一股難以言明的悲涼。她曾經孤魂野鬼一樣站在我窗外聽琴，好不容易留在了北京，卻

11　列夫．托爾斯泰原著《列夫．托爾斯泰文集》（第十四卷：文論）（北京：人民文學出版社，2000年）。

12　〈世間已無陳金芳〉，《中篇小說選刊》（2014年第4期），頁72。

又因為一架鋼琴重新變成了孤魂野鬼。……我自然還聯想到了自己學習音樂的經歷，……無論幸運與否，到頭來都與音樂無緣。這麼想來，當年我們那演奏者和聽眾的關係，又是多麼的虛妄啊，虛妄得根本就不應該發生才好。13

後一則引文中，說出這段話的「我」，早已不拉小提琴多年，並以一種犬儒與虛無主義的姿態，來面對自己的人生、婚姻、愛情與工作，從世俗意義上，「我」的一切因此也很失敗，所以，當陳金芳因為追求「精神」而讓自己再度陷入現實困境時，「我」其實完全能理解，因為某種意義上來說，「我」恰恰是完全懂得把「精神」看得比現實更重要的主體，只不過「我」更懂得中國當下的現實，也傾向於跟現實妥協，陳金芳不懂現實、社會和資本主義的殘酷，所以敢於虛妄與行動。所以，「我」只能同情她，而不能批評甚至批判她。這當然也不能說完全沒有道理，但是對敘事者的自我批評：「多麼的虛妄啊，虛妄得根本就不應該發生才好」實又過於簡單及輕鬆了。

第二，敘事者的抒情聲音和痞子式的聲音常相互抵消，有時甚至超過了烘托陳金芳命運的意義，削減了此作對大陸當下社會問題的批判力量。這種傾向，從技術運用的起點來說，又跟帕爾曼三次到中國的演出聯繫在一起——小說家對審美的秩序性、抒情性、和諧性和穩定感，其實有一種高度的傾慕與追求，因此明顯地數度將帕爾曼所演奏過的曲子，引用到敘事者「我」後來的練習曲中。如此一來，每一次的練習曲，一方面是「我」向肢體殘缺的天才音樂家致敬，二方面也在虛幻的想像中，共享了帕爾曼在世俗意義上的成功榮耀、抒情與傷感，並由此同情同樣屬受傷害或受損害者的陳金芳。

然而，一些明顯卻鮮少被評論者注意到的細節矛盾是——小說家敘述到「我」年輕時，時常拉的小提琴練習曲——柴可夫斯基的《D大調小提琴協奏曲》，事實上就是1994年帕爾曼到中國時曾演奏過的曲子，這也是陳金芳當年默默聆聽他練習的曲子，但就在「我」耽於意淫的同時，「我」仍不時被世俗中老太太跟兒媳吵架的聲音所打斷，連好好的抒情言志的意志也被解消。爾後，帕爾曼再到中國時，曾演奏過的聖桑的奏鳴曲（精確的曲目是聖桑的《天鵝》），也曾在多年後，成為「我」回想年輕時跟陳金芳的一些經歷時的傷感資源，然而，就在這樣不無嚴肅的傷感下，「我」也要嘲笑自己那來的泛濫純情，認為陳金芳其實再也不需要以聆聽「我」的音樂來解悶了，認為她已經有其它世俗意義下的生活（事實上並非如此，陳金芳自始至終對精神、音樂都有真誠純粹的一面）。其三，在後來的成人世界中，有一次「我」參加了一個有陳金芳在內的社交活動，「無意間」放的音樂竟然也是帕爾曼的作品——他以淒涼的旋律詮釋柴可夫斯基的《A小調鋼琴三重奏》，這一首曾是柴可夫斯基悼念魯賓斯坦的曲子，《日瓦哥醫生》也曾引用過，充滿著輓歌的傷感與混雜不同樂器元素的嘗試，本來也可以就此形成一種對陳金芳的隱喻，但接下來，「我」馬上也覺得不

13 同上註，頁59。

對，那是一個新年聚會，還是趕緊換上了華麗風的韋瓦第（Antonio Lucio Vivaldi, 1678-1741）的《四季》，把作品的意識或意義往單純化的傾向挪移。

第三，在敘事者三種聲音（說理的、抒情的、痞子的）的綜合下，「我」的主體陷入了一種高度的精神困境，小說最後結尾時，他安排「我」聽到陳金芳說：「我只是想活得有點兒人樣」後，這樣反應與言說：

> 「我只是想活得有點兒人樣。」這是她對我說的最後一句話。這話讓我震顫了一下。……等我回過神來，眼前已經空無一人。……這座城裡，我看到無數豪傑歸於落寞，也看到無數作女變成怨婦。我看到美夢驚醒，也看到青春老去。人們煥發出來的能量無窮無盡，在半空中盤旋，合奏成周而復始的樂章。[14]

陳金芳的這句話，在此篇小說中，具有強烈的文學效果，再平凡、合理不過的基本為「人」希望，社會卻不曾提供給她基本的條件，這當然值得批判，但「我」卻放棄了這樣的權利。而「我」最終選擇的是什麼呢？「我」選擇了以「合奏成周而復始的樂章」，換句話說，仍以一種審美的姿態和立場，回應像陳金芳這樣的底層人物的命運，這不能不說是一種不負責任的怯懦，尤其在「我」早就放棄音樂／精神的立場下，再度徵用「樂章」／審美，也顯示了無法將虛無主義推到極點的意志，收尾方式高度矛盾，也跟本來冀望的「多元」形成悖論。

四、小結

總的來說，石一楓筆下的敘事者「我」，無論從出身和知識份子的虛無狀態上，事實上非常接近上個世紀八〇年代中以來，王朔筆下的男主人公們。因此如果從文學史的歷程來說，石一楓的敘事者「我」在文化人格上的限制，應該是一個已經可以被檢討進而克服的視野，但這樣的主體，卻跟陳金芳的命運一樣，最終只能流向一種同為天涯淪落人的輓歌。與其說陳金芳的「精神」的虛幻性高一些，不如更關鍵的是「我」對中國資本主義與現代性的虛幻性，仍未能找到更有效地質疑與克服的法門，「我」的各式主體困境，跟陳金芳的上昇困境，在這個意義上，共同作用出中國目前的底層的「精神」幻象。

我願意相信，石一楓已經盡了他應有的階段性努力，此作的困境也並非僅是作者個人的責任。因此，蔡翔當年在討論王朔時的見解，在今天看來，仍然值得石一楓及關心文學解放／介入現實、底層、克服資本主義現代性的限制的知識份子再深思：

14 石一楓〈世間已無陳金芳〉，《中篇小說選刊》（2014年第4期），頁78。

知識份子把人的存在過於精神化，它高雅但卻缺乏蓬勃的生命活力，因而無力回應商業化時代人的（比如市民階級）實際的物質性的生存要求。……在思想運動的後面，常常要求一種政治——文化的行動，要求以政治——文化的重建來帶動整個社會經濟的發展，但是它又絕難接受精神轉化成一種粗鄙性的物質實踐，很難允許「思想的走樣」，從而使思想永遠停留在精神的範疇而難以獲得真實的（儘管是粗鄙的）實踐支持。他們過於浪漫（或者過於詩意）……同時亦對自己的文化信念產生懷疑進而陷入虛無主義的泥淖。在中國現代史上，知識份子（包括他們所恃的菁英文化立場）的文化努力，常常造成價值——事實的分離，而正是在價值——事實的遼闊距離之間，往往容易產生痞子的破壞和別具野心的政治蠱惑。[15]

15 蔡翔〈舊時王謝堂前燕——關於王朔及王朔現象〉，收入蔡翔《神聖回憶——蔡翔選集》（台北：人間出版社，2012年），頁152-153。

旁觀者的介入與限度
——以呂途與梁鴻的「打工」書寫爲例

「打工」書寫，是新世紀（二十一世紀）以降發展出來的新興文學主題學之一。本來，這種書寫應該由底層及「打工」的主體（即工人）來撰寫與發聲，然而，受限於底層人民實際生活的條件和有限的創作空間，從國際到兩岸，目前文學創作上的結果更多的仍然是由知識份子／文學家來代言（包括反映、反應及反省）[1]。因此，儘管書寫者有一定將心比心的介入與田調深度，但由於終究是個旁觀者，自然存在著某些書寫特質與限制（當然，即使是「打工」的主體來親自撰寫，也會有另一些限制），這些特質不只基於社會及公共意識的聯繫性與深度、對讀者的影響或解放效果，還應該有一定審美上的品質（若非如此，便與其它人文學門如社會學、歷史學、民俗學等敘述無異，也就失去了其存在的必要性）。換句話

1　國際的「打工」書寫，例如美國芭芭拉・艾倫瑞契（Barbara Ehrenreich）原著，林家瑄譯《我在底層的生活》（台北：左岸文化，2010 年）。以及旅美張彤禾（Leslie T. Chang）原著，何佳芬譯《工廠女孩》（台北：樂果文化，2013 年）等，都是作者以「潛伏」的介入與體驗為方法，調查與書寫底層人民的工作實況，同時，後者亦以中國的底層工廠人民為題材。

說，「打工」書寫，作為一種文學，仍然是一個需要真善美的綜合評估與判斷的視野——如果我們認為「打工」文學值得持續發展與推進，這些相關面向在不同的歷史階段下，都需要得到不斷地清理與討論。

本文擬以大陸晚近較受到重視，且具有代表性的作家及「非虛構」／紀實類型的作品——包括呂途（1968-）的《中國新工人：迷失與崛起》（2012）、《中國新工人：文化與命運》（2015）及梁鴻（1973-）的《出梁庄記》（2013）為例，一方面疏理並描述「打工」文學的歷史生產及「非虛構」的轉向，二方面分析與評述呂途及梁鴻在這種類型文學書寫上的介入特質，以及作品目前的各自限制，期望作為長期反省「非虛構」寫作與旁觀者的美學與倫理的一種思想資源的有機環節。

一、大陸「打工」文學與「非虛構」／紀實書寫的發生與轉向

中國大陸自上個世紀八〇年代改革開放，九〇年代高速資本主義化以來，各方面都遭逢巨變，但不同於革命的社會主義時期（十七年及文革十年），八〇年代起重新興起的自由主義思潮及「五四」的啟蒙現代性，都促使了西方發展主義的社會運作模式再度復活——經濟模式從計畫經濟往市場經濟轉向，農民公社瓦解，占有中國總人口主體的農民，再次恢復「包產到戶」的小農經濟。官僚恢復科層化與內部菁英民主，學校教育再度召喚西方（「國

際化」）式的菁英體制……。這些轉向，粗／初看起來似乎很正常，也有其「進步」與政治正確。

這樣的西方與菁英主體的發展邏輯與模式，到了上個世紀九〇年中以來至今，由於中國大陸獨特的國家體制、民族性格，在看似不斷的「進步」中，也造成了社會、環境與人心的高度矛盾、混亂與傷害。最關鍵的問題之一，就是城鄉轉型、發展過程所造成的各項失衡——農村人口大量外流，城市人口大幅增加，但城鄉人民的「福利」並非同步，進城的農民工通常以「打工」為業，不但沒有正式的戶口，更難以在城市買房安身，中國的許多城市的社會福利制度，時常跟戶口甚至房產的邏輯同構（晚近似乎開始有所鬆動，但尚未形成較普遍的影響或效果，故暫不論），因此，農民到了城市後，無論是被視為農民工，還是「新工人」（呂途使用的概念），不但沒辦法享有跟城市居民一樣的生活品質、孩童教育機會、醫療保險，還得面臨文化主體落後於城市人民的精神歧視，而家庭關係、人倫道德、兩性往來、生態環保等需要與時俱進與更新的公共視野，也均在這樣的發展主義邏輯中被忽視或擱置。

本來，反思社會問題，提出新的物質生活與精神想像，自中國晚清現代性轉型以來，就是讀書人或知識份子們自覺的工作，然而，上個世紀九〇年代以來，在上段所言的各種客觀條件的干擾下，大陸內部的社會與知識主體亦早埋下相當的危機——犬儒、虛無主義盛行，以日常世俗、小市民及半張臉（王曉明語）的實利主義的文化人格成為新的主流，即使主體比較不虛無者，除了少數仍願意抱持一定非教條意義的社會主義理想，更多的則往看似中性的知識份子專業主義或「崗位意識」（陳思和語）的立場挪移。

而相異於台灣近年來，為平衡西方現代性的困境下所發生（或「流行」）的回歸鄉土的素樸實踐，大陸由於歷經長期的「革命」，雖然同樣意識到「現代」轉型下的「現代性」的諸多限制，但傳統的農村制度與田園烏托邦的價值，早在革命與「破四舊」的歷史下崩毀，鮮難再成為大多數的農民能夠或願意回歸的地方。因此，儘管不少農民在改革開放後能「包產到戶」，能過著一種小農式的自給自足的生活，但城市化與西方「現代」的生活想像，已經深入人心，「上城」仍是中國農民，或小鎮人民的主流生存、生活與發展的目標與理想。反映在文學的書寫裡，八〇年代即有重要的「城鄉交叉」的小說：如高曉聲（1928-1999）的「陳奐生系列」（上城、轉業、包產、出國、種田大戶等等），路遙（1949-）的《人生》、《平凡的世界》等等，都能看出許多中國農民的這種主體傾向。

然而，晚近十年大陸農民工的主體困境，已非常不同於八〇年代甚至九〇年代初期。一方面，八〇年代至九〇年代初，中國的社會制度、民心思維雖然在往「現代性」轉向，但整體上還沒有固著，可以說是一種混亂卻也生機無窮的時代——舊有的社會主義體制瓦解，但平等、剛健、奮進、浪漫和樂觀主義等強勢的精神，仍瀰漫在廣大的人民與心志中，反映在文學世界裡，當主人公們遭遇了生存、上昇、發展上的失敗，他們多半能夠很快地自省、調整，同時，也能從傳統的農村鄉土與鄉親的安慰與扶持中，不斷得到滋養，例如當高曉聲筆下的「陳奐生」意識到——他實在不長於周旋、應酬等資本主義邏輯與工商業買空賣空的文化，他還願意、且能夠選擇回到老家當一個自甘平淡、特殊的「種田大戶」，而路遙《人生》中的高加林，在城市的發展遭逢重挫，甚至最後被遣送回農村，他的老鄉長輩還是願意溫情地接受他、愛護他，而主人公高加林也因此深受農村老百姓的感召，深深地理解黃土地自有其本土上的道義，小說因此能保留出一種中國自身的，而非以西方現代性為主導的倫理價值（僅管在實然上，有諸多實踐上的困境）。

然而，自一九九二年鄧小平南巡以來，中國大陸上下正式擱置過於泛政治化（或者從另一種角度來說，走向「去政治化的政治」）的社會主義特質的公共參與路線，全面且更積極地認同與落實市場經濟及資本主義，也因此，過去八〇年代以降的文學主體——那種在最終仍能認同一些中國鄉土傳統內在價值的農民主體，到了九〇年代中以降至今，更加嚴重地崩毀且失衡，如張慧瑜（1980-）在〈新中產與新工人的浮現及未來〉所說：「相比第一代農民工，新生代農民工基本上沒有從事農業生產的經驗，雖然處在『農村回不去、城市進不來』的尷尬狀態，但他們更認同於都市空間及其小資化的生活方式。」[2]所以，在新世紀（二十一世紀）後，有愈來愈多的新生代的知識份子與作家，高度焦慮也不滿於這種城鄉轉型中的新現實，如曹錦清（1949-）在《如何研究中國》所言：「中國社會最大的問題是形

2　張慧瑜〈新中產與新工人的浮現及未來〉，《中國圖書評論》（2013年4期），頁39。

成一個龐大的流民群體」[3]（筆者按：「流民」指的就是源源不絕「上城」的農民工階層），同時，上個世紀九〇年代後的當代文學，傳統的現實主義文學小說的寫法，也早已被各式現代派及後現代的價值觀所滲透，文學與社會工作者，不得不開始嘗試不同於過去的表述形式，以思考並推進對中國城鄉轉型下的農民工主體狀況的反省。本文所採取的呂途及梁鴻的代表作，即為晚近這方面書寫與實踐的重要代表個案之一二。

呂途（1968-）是留學荷蘭的社會學博士，曾經擔任中國農業大學人文與發展學院的副教授，二〇〇八年起，她正式離開學院，開始在北京的工友之家研究與服務。《中國新工人：迷失與崛起》（2012）和《中國新工人：文化與命運》（2015）是她近年主要的紀實／報導（或說「非虛構」類型）文學作品。呂途以節制的知識份子的反省姿態，採用大量的訪問與對話（用呂途在書中的話，即所謂「無預設研究法」、「半結構訪談」、「拼圖研究法」等等），以及高度的研究者的行動涉入，動態地歸納並分析晚近中國大陸的「新工人」的生存狀態與生命處境。她同時身兼研究者與體驗者，在不斷地跟對象與材料的交融互涉中，努力進入與理解他者，且生產出有時代新意與價值的問題，絕非易事。這也使得呂途在立場或姿態上，貫穿了一種學習與謙卑的文化品格。因此這兩本書甫一出版，就廣受各界人士的重視，汪暉、王曉明等在內的大陸重要學者，也為其書擔任序言及推薦，在肯定呂途的勞動與努力的同時，亦呼應了當下中國社會的危機現實與焦慮意識。

梁鴻（1973-）出生於河南，二〇〇三年畢業於北京師範大學中文系，目前已經是大陸的中國青年政治學院的中文系教授，本身就出身農村，對於底層農民在進城後，或在「城中村」或在「城鎮化」過程中所發生的各種狀態，有豐富的認識與理解，她的兩部深受大陸文化圈肯定且有影響力的「非虛構」／紀實文學代表作：《中國在梁莊》（2010）及《出梁莊記》（2012）獲獎無數。前者描述破敗中國鄉村中的各式人物和他們的命運，從孩子、少年、青年、成年，同時也涉及對中國的鄉村政治、道德、文化狀態的階段性反映。如果說，早年費孝通（1910-2005）在《鄉土中國》的重心，乃是歸納與發現中國鄉土社會中的種種普遍性的現象（例如階序格局、超穩定的結構、不起強烈激情的婚戀倫理等等），梁鴻似乎更多的以中性紀錄的方式，讓許多主人公直接現身說話，使得《中國在梁莊》保留晚近中國當下底層人民更多原生態的駁雜聲音與細節。而後《出梁莊記》延伸了《中國在梁莊》的主體視野，繼續以空間為座標，從梁庄、西安、南陽、內蒙古、北京、鄭州、深圳、青島等地，考察梁庄的人民在出了梁庄後，在中國各地的打工經驗與命運。在這部不時穿插作者評述與打工者的現身說法裡，我們亦可感受出作者與打工者之間，無論就主體與敘述上的許多矛盾與斷裂，而這也正是本文所欲延伸的核心問題意識——旁觀者的介入與限度，目前究竟該如何歸納與理解。

無論使用的概念是「新工人」或農民工，呂途和梁鴻書寫「打工」方式大有不同，這既

3 曹錦清《如何研究中國》（上海：上海人民出版社，2010年），頁8。

跟他們在求真、善的比重的標準不同，也跟他們對審美與立場的選擇相關。同時，無論是用「非虛構」、紀實或報導文學來命名，有價值的問題意識還是：我們該如何清理並判斷他們現階段的「打工」書寫的特質，以及書寫者作為一個旁觀者的介入性與限制，以下將略分兩節分別討論呂途與梁鴻的書寫，最後提出一些目前的歸納的見解。

二、呂途《中國新工人：迷失與崛起》與《中國新工人：文化與命運》：對話、再啓蒙與一線體驗

呂途所謂「新工人」，就是梁鴻使用的「農民工」，但比起梁鴻的書寫，呂途對他們的再啟蒙自覺更高，整體上有一種世界觀——希望為他們建構或發展出一種具有自身主體性的「新工人」的文化，所以她不用「農民工」，而用「新工人」。用汪暉（1959-）更具歷史性的概括，這些人是：「工作和生活在城市，而戶籍在農村的打工群體。這個群體是國家主導的改革開放過程的產物，是後社會主義時期勞動商品化的新形勢的產物。」[4]

這類群體之所以極重要，是因為他們就是中國當下的「多數」。根據北京打工文化藝術博物館的數據指出：「一九七八—一九八八年，農民在受控的條件下進城打工，……至一九八八年，人數為二仟萬，一九八九—二〇〇二，農民工階段，人數到達一・二億，二〇〇二至今，人數規模至少在二・四億以上。」[5]無論這項數據是否接近目前的事實，中國的「新

工人」或農民工的人數，恐怕在不短的時間內將繼續增加。所以，「新工人」、農民工及其所派生出來的一系列社會問題與主體狀態，就是中國社會目前最關鍵最複雜的典型問題。

呂途這兩本書所涉及視野主要包括：待不下的城市、回不去的農村、迷失在城鄉之間，以及新工人主體意識的形成等相關主題，透過許多「新工人」的個案考察，呂途反映了各式各樣的「新工人」跟工作、家庭、留守兒童、留守老人等現實與精神的狀況，她以刻意平實大白話的文字表述，表達中國「新工人」內外夾雜的艱困處境，這些困境不只是物質上的，更多的是整個「新工人」的文化思想與精神上的。

然而，類似這種底層與「新工人」的艱困表述與問題意識，於今似乎已經很常識化，時下恐怕也並不少見，但呂途這兩本書的關鍵且較有價值的特質，是她自覺地不滿於僅僅求真——描述「新工人」的各式不堪處境以喚起群眾同情，她並不願意完全將這兩本書當作客觀地訪談或田調紀實，呂途既不認同「新工人」們面對勞動辛苦下的謙讓或卑微姿態，她試圖將旁觀他人的痛苦的信念轉化成一種理性。因此，她在此兩本書中時常左右開弓，一方面，她時常不願簡單地放棄啟蒙者的立場或姿態，不斷與訪談或對話的對象來回溝通（包括使用

4 汪暉〈「我有自己的名字」——《中國新工人：迷失與崛起》序言〉，收入呂途《中國新工人：迷失與崛起》（北京：法律出版社，2012年），頁2。

5 同上註。

面談、參與組織活動或網路對談，書中充份記錄這種「往來」的啟蒙過程），鼓勵或暗示「新工人」不該放棄他們對社會中的自由、平等與個人權利的追求，以建構他們自身的主體文化，誠如郭春林所言：「所有不平整的社會關係和畸形的生命價值觀原本也是依賴於一整套的文化系統而存在，……而文化則是將社會的人的觀念和意識世界組織起來，並成為支配性存在的重要力量。」[6]換句話說，呂途正是藉由這種對「新工人」的調查和介入式的書寫，挑戰既定不平等的社會支配性意識型態，當然，也朝向形成另一種新的抗衡力量與主體。二方面，她對於政府應對「新工人」該承擔的責任，也勇於提出建言，凡此種種，整體作用於行文上，也使得呂途的「打工」書寫，生產出一種知其不可而為之的急切文風。文本內涵也由於問題或理想預設過於明確，體現了較強的工具與實用性格，與梁鴻在同樣問題上保留了更多的細節、泛化的矛盾明顯不同（容後評述）。

而就作者的姿態跟「打工」群體的關係來說，此二書展現出較有深度的面向是在於：她並不迴避跟「新工人」們在思想上的矛盾，事實上，在呂途的田調與訪談中，許多「新工人」對於呂途的「啟蒙」，或鼓勵「新工人」們從自身做起——無論與當下社會或體制鬥爭，或聯繫上中國早年社會主義淵源，以期重構工人的主體性，「新工人」並非都能接受與認同，畢竟，這對已在資本主義工業化條件下的工人們來說，實有不小的客觀侷限，但也因此，當她真誠與真實地，坦露自身跟訪談對象間的矛盾時，她的書寫時常能召喚出「新工人」們在主體中的另外一些歷史無意識。例如當她引導「新工人」們意識到世俗社會的個人奮鬥與成功學的價值觀的偏狹，「新工人」也明白人與人之間，從出生就已預設不平等的事實，呂途的深度對話後卻發現——「新工人」們除了調取傳統的「認命」以為主體調適，更具有中國特色的，其實是「新工人」們善良的以國家和集體意識優先的思考傾向——在記錄一個二〇一一年談論社會公平與否的座談中，呂途採訪了一個蘇州工友謝永濤，他一方面認為社會沒有什麼公平，但特殊的是他對這樣的不公平，採取一種理想主義者的國家認同的思考，謝永濤認為：「貧富差距是正常的，為了國家的發展就應該是這樣的。貧富差別是競爭引起的，有競爭國家才會發展。」、「資本主義的思想不會輕易改變的，不可能把錢分給我們，那國家不就遭罪了嗎？」、「在每個國家都有窮人的，我們屬於犧牲品。」[7] 如此將個人之心比國家之心，在一個「新工人」已經喪失「工人階級」主體性的資本主義時代與社會，間接地體現中國的社會主義歷史或許曾遺留下來的歷史意識與品格。當然，謝永濤可能是特殊的例外，但恰恰是這樣的例外，保留了有價值的歷史與主體深度。此外，在《中國新工人：迷失與崛起》中，呂途中也收錄了不少「新工人」的詩作，這些作品語言素樸，底層與弱勢者的立場鮮明且大膽，節制菁英的觀點後，我們能看出它們不乏「藝術」的能量，同

6 郭春林〈什麼文化？怎樣的命運？——讀呂途《中國新工人：文化與命運》〉，收入《天涯》（2015年3期），頁32。

7 呂途《中國新工人：迷失與崛起》（北京：法律出版社，2012年），頁281。

時更帶有人間的情懷與感染力。例如孫恒的〈為什麼〉，改編自陝北民歌曲調，此詩的特色是採用大量的問號，一路鋪排開來問教育、問上學、問人與人的關係、問物價為何一直上漲……等等，形成了「天問」般的氣勢，挺立了人民群眾吶喊的權力與尊嚴。

更進一步，在《中國新工人：文化與命運》一書中，呂途記錄了她自己親赴台資工廠和德資工廠的打工經驗，前者她以「讓人非人化的工廠文化」，後者以「將壓迫內化的被壓迫者」來小結並反省何謂勞動的價值。在資本主義時代，一個以流水線為核心的工廠裡，工人主體必然異化，這跟早年中國社會主義時期曾開啟的「工人階級」的工作模式畢竟不同，在早年的中國社會主義的工廠政治中，工人仍能以其專業，被視為全人且受到集體的尊重。同時，勞動也是一種綜合各種技能，且之於主體的一種自主創造，但是，人只能徹底被工具化，徹底成為一個小零件，才能符合大資本與工業化時代的需求，同時，資本主義所帶動的消費主義，往往更加強化了人的物質欲望，間接地促使量化、標準化的流水線、非人性化的工作模式的固定，因為只有如此才能有效地降低成本，且不斷開發新的但不必要的需求。呂途以親身的一線體驗，介入並見證這些在當下中國流水線上的工人被剝削的真實，但也更多地保留各式各樣工人們的渴望更合理生活的自主意識。誠如汪暉的強調，呂途的寫作，是一種兼具研究與實踐品格的書寫：「作者高度重視新工人的主觀能動性，……她記錄了許多工人的自主意識，並不因這種意識是跳躍性的、片段的和自我矛盾的而加以捨棄。」[8]

三、梁鴻《出梁庄記》：抒情、細節與泛化的限制

梁鴻的《出梁庄記》儘管也描述「打工」的農民工的處境，但梁鴻沒有呂途那麼強烈的「建構」目的——企圖在訪談過程中，引導、啟發農民工重構一種屬於他們自身的主體性，相對於此，梁鴻將更多的書寫重心，放在對各式「打工」人物的命運細節與各自發聲的表述上。從她的章節規劃可以看出一般，這本著作雖然是以各地區、省份為框架座標，但子題並非像呂途主要以問題意識或主人公的生命史來展開，而是以他們各自的某種生存或事件的狀態來表現，所以無論是作者梁庄的親人、鄰居、朋友，無論描寫的背景放在一個垃圾場、一場葬禮或一種新的商業模式，梁鴻更多地能從中延伸出各種政治的、宗教的、民俗的、甚至人類學意義上的細緻觀察。誠如楊慶祥在〈出梁庄，見中國〉所言：「幾乎每個被記錄的故事都關聯著廣泛的現實問題：身份歧視、戶籍管控、留守兒童、非法傳銷、環境污染等。」[9]例如第二章西安中的「流轉」、「搶劫」、「小天使」，第三章的「葬禮」、「傳統」、「傳銷」等等，這種書寫方式的優點是，梁鴻得以開發更多的梁庄人民外出打工的非框架特殊性，突出人物跟各種社會與歷史關係中的某種細膩的現實感，在最好的狀況下，梁鴻能以

8 汪暉說法，出處同註4。

9 楊慶祥〈出梁庄，見中國〉，收入《當代作家評論》（2014年第1期），頁172。

真誠且抒情的話語，逼視出底層農民工在長期艱辛的勞動與異化下，已然喪失傳統人性義理的嚴酷；能展現當農民工在一系列且長期瑣碎的數字及計量勞動的算計下，工人們在精神上的絕望與麻木；能貼近底層人民不無誇張的激情與冷漠。正如梁鴻在自述中曾說：「我不想把《中國在梁庄》和《出梁庄記》問題化，也特別希望讀者能夠體會到其中複雜的層面。它不是一個為民請命的文本，而是一種探索、發掘和尋求。它力求展示現實的複雜性和精神的多維度，而非給予一個確定性的結論。」[10] 這樣的表述，在大陸文化圈近年亦愈趨近的後現代歷史語境下當然有道理，但是，也必然造成意義過於發散的限制，所以陳桃霞曾對梁鴻的《中國在梁庄》提出批評，認為梁鴻這樣的書寫方式，過於強調個人的抒情聲音與文學性，使這些特質時常停留在個人「看」的層次，並且：「使原本可以深入下去的話題嘎然而止，文本成為個人的村庄見聞錄，成為一地雞毛。」[11]

然而，我認為，梁鴻《出梁庄記》的「打工」書寫的特質與限制，倒不是在她的抒情聲音與文學性的追求上。將個人的抒情性、文學性與內容或思考的深度追求對立起來，無助於我們更客觀地接受現實和文學關係的複雜性（何況，這已經是現代文學史上的老問題）。事實上，相對於呂途表述上的刻意平易，梁鴻的介入書寫的特質，確實較為精緻講究，從美學效果來說，她的敘述因此時常有一種冷淡的菁英質感，甚至更接近了一點魯迅小說與《野草》式的冷峻。所以，我以為《出梁庄記》在書寫上的限制，主要在作者在思考上過於「聰明」，意識上「過於泛化」。作為一個有著五四以降文學「為人生」經典傳統的人文學者，有問題傾向並沒有什麼不對，該有的堅持與集中不應該放鬆，同時，為民請命跟展示現實的複雜性和精神的多維度，或非給予一個確定性的結論間，也不一定矛盾。中西文學史的經典上，不乏有能中和這種過於泛化與困惑的堅定，以賽亞・伯林（Isaiah Berlin, 1909-1997）在討論屠格涅夫時就曾以排比的方式，分析各俄羅斯文學大家們的選擇：「托爾斯泰從來不會讓你疑惑他偏愛誰、譴責誰；陀思妥耶夫斯基也從來不掩飾他認為得救之路何在。……惟屠格涅夫始終細謹而存疑；他讓讀者懸宕、陷入存疑狀態；核心問題是提出來了，但大多數至終未加解答。」[12]當然，中國當下農民工的問題恐怕更為複雜，但維持與歸納出一定面向的核心問題，節制美學式的發散邏輯與細節耽溺，甚至展現出敘事者並不完全相信的善意、希望與光明，如同當年魯迅在〈藥〉中最後加上的一個花圈，在〈故鄉〉以「地上本沒有路，走的人多了，也便成了路」收尾。總的來說，以善來收納並節制真與美，或許應該是梁鴻及我等人文工作者，在已然形成的虛無新世紀，需要適時權衡的書寫判斷之一。

此外，如果要考慮讀者的接受的話，呂途的兩本書恐怕更容易被一般的農民工讀者所理解，因為其「接受」的框架和視野很明顯相對平易，而梁鴻的《出梁庄記》，儘管有夾帶、

---

10 梁鴻〈艱難的「重返」〉，收入梁鴻《中國在梁庄》（北京：中信出版社，2014年），頁250。

11 陳桃霞〈單向度的敘述——論《中國在梁庄》兼及敘事倫理〉，收入《湖南科技學院學院》（2012年9月），頁50。

12 以賽亞・伯林〈父與子〉，收入《俄國思想家》（南京：譯林出版社，2011年），頁319。

收錄各式農民工自身的發聲，但在表述上已被作者整理的過於「整齊」——大幅度地傾向悲慘、落後與不文明，不自覺地反而將本來欲平視的對話紀實，在更真實的意義上，逆轉出一種俯視的權威。從這一點上來說，梁鴻仍然是一個啟蒙者的眼光，只是呂途是自覺的啟蒙者，梁鴻想克服啟蒙的限制，但更深刻的意義上，恐怕剛好相反，恰恰是呂途那種不斷跟對象融入、一問一答、你來我往式的維持不穩定與斷裂，在客觀上保留了更豐富的多元與平等的聲音。

最後，透過梁鴻的《出梁庄記》，還可以反省如何「同情」中國底層、農民工的參照方法。儘管梁鴻本身就出身中國鄉土、出身梁庄，但在援引相關知識系統來理解農民工時，她仍無法避免地帶有許多個人主義式的、以及西方支配性意識型態的傾向。例如在談到「傳統」時，參照了張愛玲（1920-1995）的散文〈中國的日夜〉，儘管梁鴻是想要批評高速的中國現代性導致了傳統生活的失落，但她對「傳統」的負面感覺其實才更為直覺精確，因此就感性上來說，反而無法起到為傳統與鄉土辯護的效果。所以，雖然梁鴻觀看農民工的方式基本上是俯視的，當中也仍有同情，但她的同情，事實上更多的是一種理性的反省與作用（呂途亦有俯視，但更為直覺與感性），而這也終究影響了她對中國農民工及其自身的主體性或文化的看法，以梁鴻目前的世界觀，農民工的主體性，大概難以成立，因為農民工的主體狀態在她來看，就是一種比較「低下」的狀態，她以一種知識份子及較高的「文明」者的姿態，在理解且同情著他們。是以楊慶祥也要說：「梁鴻或許會被這些概念和理論所綁架，並被脅迫進各種社會學、歷史學的微言大義中。」[13]這恐怕是梁鴻的寫作未來需要再思考與辯證的問題。

四、結語：動態地理解文學價值

在思考「打工」書寫的旁觀者的介入與限度的書寫時，我們必須考慮回到一個根本的問題：優秀的文學是不是一定不能有立場或特定的目的？是不是不斷地將問題複雜、細節、泛化，看出現實與道德的豐富性與複雜性，就一定是較有價值的作品？這恐怕不能是一個「普世」與固定不變的判斷，而仍然是一個需要跟題材、主題、歷史、時代聯繫在一起的具體辯證問題，否則，認定「豐富與複雜就是優秀」的本身，未嘗不會也是一種文學教條主義。

就書寫中國當下的農民工、「打工」這種題材，基於此中主體在目前的歷史階段的艱困是較明顯的客觀事實，對於他們作出一定的啟蒙，並反映與開發出較多的寬容與善意的內涵，我認為有其必要。當然，藝術方式可以更多元與豐富，就本文的個案來說，呂途的讀者對象，除了知識份子之外，很明顯的還能概括農民工的主體，梁鴻的對象則仍是訴諸知識份子；就書寫的藝術來說，呂途的語言較為口語白話，訪談方式比較「民主」、有較多的交流

13　楊慶祥〈出梁庄，見中國〉，收入《當代作家評論》（2014年第1期），頁176。

與往來，而梁鴻的方式整體上仍較為菁英、細膩，保留了日後仍可再斟酌、處理及反思的細節。

情感教育
——讀王安憶的「三戀」

一、《小城之戀》

《小城之戀》（1986）是一篇寫性焦慮的生成與發展的小說。讀這篇小說時，很容易可以聯想到郁達夫（1896-1945）的〈沉淪〉。〈沉淪〉中的主人公自戀又壓抑，受限於一個高級知識份子的極強的自尊心與精神至上的習慣，肉體需求一直無法經驗也無能解決，最後只能走向自毀。同時還將肉慾無法滿足所走向的自毀，跟中國的命運聯結起來。從結構的意義來說，似乎有暗示著個人情慾之無法解放，跟中國的軟弱間的密切關係。

米蘭・昆德拉（Milan Kundera, 192-）《生活在他方》中的肉慾有另一種表意模式，它著重的人生狀態，有一部分即是主人公對性的高度尷尬與焦慮，他不知道怎麼自然的面對第一次的性的發生，這個主人公也是個藝術家與知識份子（廣義的），個性也極為敏感。

王安憶（1954-）的《小城之戀》事實上也是聚焦在類似的問題——性的焦慮，及其發展。但是跟前段所提到的作品的差異是在於，作者選擇了更不自覺的人物來面對這個命題，因此小說的情節，可以不用太過於要去設計背後所托喻或寓言的對象（如某種家國，或藝術家的成長〉，而僅保留在「性」本身。

在一九八六年的中國文壇，這樣的性小說可能造成相當的震撼，敘事主題和方法，都跟講究典型人物與典型環境的文學社會學的書寫／批評方式，有極大的不同，放在王安憶過去的〈雨・沙沙沙〉、〈本次列車終點〉，到日後的《長恨歌》和《上種紅菱下種藕》來看，彷彿是走過了清純、克服了個人式的自私，然後在邁向一個更寬廣的具體社會前，以男女最自然也最神秘的性關係，來作為通向大社會的橋樑。

《小城之戀》的男女從小就在同一個劇團裡跳舞，男過十六、女過十二後，生理特徵日益出現，最先讓他們焦慮與困惑的，是彼此身上的體味。有一次，女孩在彷彿是男孩用過的水桶中，看到那水中的微粒，她去洗那塑料的桶壁時，又因摸得一手粗糙，而不禁昇起了一股奇怪的嫌惡。小男女又是彼此舞蹈練習的夥伴，有些練習動作是要雙人才能完成，當女孩仍不以為意的請男孩幫她開胯時，男孩已經能感受出來當中的焦慮與痛苦，王安憶說他的心是一個成熟男人的心：「當他為她開胯的時候，他心裡生出了一股凶惡的念頭，他想要弄痛她。便下了狠勁。」[1] 帶有性的暴烈，以及男性擴充力量的暗示。

身體的變化也是這篇小說的書寫重點，青春期的女孩的身體較浮腫，外加前面提到的怪體味，跳舞時又流了汗，便形成一種濕濕黏黏的感覺，這種感覺似乎也可以看作兩人相處的尷尬的形象化，帶著奇怪的、不協調的憤怒與嫌惡。男孩注視著女孩，看著女孩變形了的臀部活動出的醜陋形狀，竟然十分想在上面踢上一腳，兩個人這種如弦般的緊張關係，一直到偷嚐禁果後才終於全面解除，這時候的女孩身體變了：「她面色姣好得令人原諒了她碩大笨重的體態，眸子從未有過的黑亮，嘴唇從未有過的鮮潤，氣色從未有過的清朗，頭髮則是濃黑濃密。她微黑的皮膚細膩光滑，如絲綢一般。」[2]這裡指的自然是性行為所帶動的身體狀態的改善，男孩也是的：「他，則是平復了滿臉滿身的疙瘩，褐色的疤痕不知不覺地淺了顏色，毛孔似也停止分泌那種黃膩膩的油汗，臉色清爽得多了，便顯出了本來就十分端正的五官。」[3]這一對男女，跨過了人生的一個新階段，克服了一種神秘的身體恐懼，兩個人的精神也因此貼近了，這是青春的暴力與巧合的附加收穫，還談不上價值。

小男女開始愛的拼命，做愛太多，刺激感開始降低，愛情似乎不過如此，也由於自己的經驗豐富，看了別人的戀愛的初症候，就能直接跳到結局了，活的如此之一目了然，還有什麼樂趣可言？他們覺得有罪，但有機會仍是無法克制地繼續偷情做愛，兩個人都覺得有什麼不安，但仍持續耽溺在性愛中。然後有陣子，他們沒有機會做愛，兩個人的身體都極饑渴、焦慮，男孩想以此來折磨那女孩。有一天，女孩開始嘗試去做其它的事，洗床單、褥子等，忽然覺得在純粹的勞動中，有那麼一點新鮮的清新了，覺得自己可以開始克服身體的慾望

1 王安憶〈小城之戀〉，收入《崗上的世紀》（昆明：雲南人民出版社，2000年），頁125。
2 同上註，頁144-145。
3 同上註，頁145。

了，男孩卻又來找她，向她撲了上去，這一次被女孩強力的拒絕，女孩又再次壯大，她終於克服了身體的本能需要，儘管仍然是不自覺的，但比起男孩的「一貫」，女孩已經悄悄的自我變異多次了。

小說最後她忽然發現自己懷孕了，過去的焦慮一掃而空，性慾也全冷卻，取而代之的是，內心無比的清徹與平靜，性暴烈的時代結束，如同颱風之過去，萬物又開始復甦發芽。她後來生了兩個娃娃，一男一女，因為不願再跟過去的男孩有所糾葛，靠自己撫養。看客們是古今不缺的，刻薄卻不再能傷害得了她。如今的女孩，有了母性中的巨大壯闊，已經可以保護自己。至於那個男孩，成了男人後依舊是本能的，所以仍然是不自覺的，喝酒、賭博，也結婚，仍然饑渴，每次老婆來探望他，住不滿日子就要回去，女人說受不了。不知道這是不是對男人不過如此的諷刺？

在王安憶的「三戀」中，最有生命力的就是這一篇。在這裡，女人不需要《錦繡谷之戀》「隱身的在場」的男性，不需要仰賴不時調情的中和，也能繼續往前走。事實上兩篇小說中的生命複雜性的書寫，都各有其不同的可看處，但是，若以中國讀書為己的修身傳統，我以為《小城之戀》對現代女性自覺的啟發，勝於《錦繡谷之戀》。

二、《荒山之戀》

王安憶小說的女性眾多，很容易讓批評家誤以為她是一個女性主義者，但王卻在一篇與劉金冬〈我是女性主義者嗎？〉（2001）的訪談中說：「女性主義這個觀點太狹隘，很多都不適用。」[4]在這裡，王不認同是，用西方的女性主義來理解中國女性的方式。她又意識到，對於中國女性來說：「我們的女性問題表現得比他們殘酷得多。」（同前文）看一看王的《長恨歌》好了，那種女兒家彼此間幽微的互動、跟中國男人周旋的魅力與能力，究竟接近《紅樓夢》、張愛玲多？還是那個西方強悍的女作家多？

我在分析《小城之戀》與《錦繡谷之戀》曾言及，王安憶的三戀中的男女之間必有張力與衝突，《小城之戀》甚至似乎有點對男性「不過如此」的眼光，但若有，也僅僅是餘波式的。我以為，在王的三戀中，更多的是男人與女人彼此需要，使得雙方的生命、創造力都得到成全的曖昧、力量與美感。《荒山之戀》（1986）則是把這種成全發揮到了極致，小說中的男主人公極有感情、極軟弱卻又極幸福，兩位女主人公一是母親形象的、一是情人姿態的，都懂得如何智慧性給予那軟弱的男人渴望的愛情，愛男人，最後成全的其實是自己對愛

4 王安憶〈我是女性主義者嗎？〉，收入《王安憶記》（長沙：湖南文藝出版社，2003 年），頁 157-189。

情的堅持，其精神跟契訶夫（Anton Pavlovich Chekhov, 1860-1904）〈帶小狗的女人〉的理解並無二致，只是話先被男性作家說了：「她為什麼這樣愛他呢？他在女人的心目中老是跟他的本來面目不同，她們愛他並不是愛他本人，而是愛一個由她們的想像創造出來的，她們在生活裡熱切地尋求的人，後來她們發現自己錯了，卻仍舊愛他。」[5]

《荒山之戀》的男主人公是個大提琴手，從背景描寫中可以得知，他從小生長在一個中國封建式的傳統家庭，爺爺常常打媽媽，哥哥可靠卻也高大，這讓他從小就相對顯得依附性高而弱小。在成長的過程中，由於常到大哥大嫂家搭伙，他心中既充滿著感激，又洋溢了無法回報對方的羞愧感。男孩想幫忙大嫂，洗她小孩散著奶香的尿布，卻又不好意思。另一次則是太餓了，不小心吃了小侄兒的餅干，也可以慚愧到無地自容。

可憐又驕傲的男孩一點都不明白，他的才能與力量本就是來自於這些生命中具體的不堪。大提琴拉的極好，正是他不自覺地表現內在豐富感情的一種出口與補償，連自己都被自己的聲音感動，遂有了哭的需要，日後他的第一任妻子，在偷看到他哭的聲音，而心生憐惜的，這種愛情的本質是母愛式的各取所需。

當然，這還不是王安憶《荒山之戀》寫的最好的地方，《荒》的第二號女主角——金谷巷的女兒出場才更是精采，她的媽媽是很會找「叔叔」的，所以金谷巷的女兒從小就見識了與男性互動的方法，對金谷巷的女兒來說，愛情是一種征服，「那就像科學家遇到了難題似的，更令她興奮和激動。怎麼不順手她也要將這個項目攻克下來。」[6] 金谷巷的女兒日後的丈夫，就曾是這樣的對手，但攻克下來也生了小孩後，調入文化宮的金谷巷的女兒卻仍然不甘寂寞，她的眼神要有對象、精神要有對手，就算是打毛線，她也是不重覆花樣的。

故事轉折，男孩跟那充滿母性的女人結了婚，生了兩個女兒，女人寵著他，讓他從小的孱弱感，一點一滴在如母愛般的愛情中，得到溫暖、得到自信，終於讓男孩成為了男人，能夠稍稍承擔一點責任，此時，時代的列車開到了四人幫倒台，原在歌舞團工作的男人與妻子也轉到了文化宮。

打毛線的金谷巷的女兒，作了媽媽也仍是風韻猶存，很快就發現多了這麼個大提琴手，不自覺要去逗人家。這個女孩是不知道人生還有責任這回事的。她挑戰的角色多，各種真情都體驗過，大提琴手的淒清卻讓她倍感新鮮，同時還有著靜謐：「她只覺得那男人身上的那一股清靜的氣息很有力量，足夠使很沸騰的她靜謐下來。這一種靜謐是她從未體驗過的。」[7]他們已成熟，男女之間之事，可以靠直覺就心照不宣，兩個都是情感與精力過剩的，自然也就燃燒。雙方的丈夫與太太也不是沒有手段的人，金谷巷的女兒的男人也是個硬漢，自然要攤牌，而大提琴手的妻子用的則是中國傳統女人的敦厚婦德，但她知道這藝術家的男人是

5 契訶夫原著，汝龍譯〈帶小狗的女人〉，收入《契訶夫小說全集‧第十卷》（上海：上海譯文出版社，2008年），頁267。

6 王安憶〈荒山之戀〉，收入《崗上的世紀》（昆明：雲南人民出版社，2000年），頁44。

7 同上註，頁88。

碰到對手，難以挽回了。兩個從未見過面的女人，「深深意識到對方的存在，在作著一場無聲的較量」[8]。這是女人與女人之間的戰爭，母親式的妻子對上情人式的女人，在王安憶筆下仍是有風度，隱隱中有敬意的。

這男人其實沒那麼值得爭，王以敘事者的聲音介入地說：「女人愛男人，並不是為了那男人本身的價值，而往往只是為了實現自己的愛情的理想。」[9]金谷巷的女兒最後找那男人一同殉情了，兩個人喝下了不明的東西，女人喂那男人的，然後女人用她那從不重覆花樣的各色毛線將兩人纏起來，男人也不抗拒的，「他覺得好像是很早很早的幼年，抱住母親的脖子似的。」[10]又還原為母愛式的愛情了，男孩曾經成長為男人，但他那大提琴的主旋律仍是渴望被愛與被撫慰的模式。

大提琴家的妻子後來知道了，也不恨那她者，因為她明白，男人若不是遇到這種女人，也下不了狠心，男人是沒有勇氣的。這個母親式的妻子因瞭解而慈悲，愛終究是一種成全。

也因此這篇小說，不能看成正統十九世紀現實主義的類型，多的是一種個人抒情與表現式的作品，王安憶以非常個人化的觀點，演繹了一種中國軟弱與才具的男性，跟有力量的女性彼此成全的愛情與宿命。重點在於中國當代男女之間是可以「成全」的，世上有千千萬萬種愛情與婚姻模式，不總是西方的模式才算合理，世上有千千萬萬種中國兒女，西方的女性主義，也不一定能普遍概括他們的心。

三、《錦繡谷之戀》

王安憶《錦繡谷之戀》（1987）就小說本身而言，只是一個平凡不過的已婚熟女的婚外戀故事，而且還是特定時間（出差）、特定空間（錦繡谷）的麥迪遜之橋式的結構，寫的其實是男女雙方在相對外於塵世的處境裡，因為愛情的滋潤與不確定性，而重新恢復了作為一個「女人」、「男人」的「感覺」。

作為三戀之中唯一沒有性行為出現的小說，《錦》中男人與女人的互動，之所以還能有藝術上的張力，主要是因為王安憶選擇的是張愛玲寫〈傾城之戀〉的老辦法——人物必定得聰明，並伴隨著高度的內斂與機智，若過於聰明而造成緊張時，再用純情或童心中和，在這種前提下，《錦》作，能看成是在寫一種「情感教育」，也劃出了它本身的限制。

戀情的主角仍是女人，已經結過婚，和先生在日常而瑣碎的生活裡，一點一滴磨損掉生命的激情。當然他們並不是沒有過那種強烈的感情，而是這個女人是一個過於熱切的想要探索一切的人，在作者不時的插敘判評中，對此種性格，進入愛情時的問題有其透明的掌握，

8 同上註，頁106。

9 同上註。

10 同上註，頁111。

似乎是精神上的探索從來沒有知識份子想像的那麼困難與高級，心靈交鋒之後的相處才是問題。《錦繡谷之戀》初出場的夫妻，彼此瞭解就是太深了，以至於最後還是要說：「沒有重建的勇氣與精神，也沒有棄下它走出去的決斷。」[11]

這樣的生命狀態，男女的婚外戀就是一種暫時逃避庸俗，與重新找回自我感覺良好的短程列車。王安憶給了他們十天，讓這個作編輯的熟女，上一趟廬山開筆會，與毛澤東共享一個「無限風光在險峰」的隱喻。為了要延長那精神與心靈交鋒的快感，小說的男女互動，自然得是一小步一小步接近，第一次是社交上需要的握手：「她與他的手卻沒有順利地握住，手指尖碰了一下，各自便都有些慌，慌忙地閃開，再去尋對方的手，又都落了空，然後才握到了一起，兩人都有些窘了。」[12]

王安憶的三戀中的情節，事實上也都靠這些焦慮情緒推動著，而且作者似乎特別喜歡拉弓，把各式的緊繃視為愛情的助燃劑，在《小城之戀》裡，是那青春男女一連串的髒話與幹架；在《荒山之戀》，則是那音樂家的有著鷹隼鼻子的爺爺打她媽媽的聲音，外加各式的艱辛不堪與一場大火。《錦繡谷之戀》的緊繃相較起來似乎更為日常。這也是《錦繡谷之戀》的情感的壯闊度不如《荒山之戀》與《小城之戀》的原因。

必定得要有人敢跨出那決定性的一步，在王的三戀系列小說中，這種「能力」自然是在女性身上。《錦繡谷之戀》的女人為男人的煙點火：「她終於看不不去了，便走上一步，走近了他，站在了他的面前，然後伸過兩只手，圍住他的顫抖的火苗，火苗在她手心連成的圍牆下顫抖，終於不滅了，他急急地用力吸了幾口，煙頭急驟地明暗明暗著，終於點著了。就在點著了的那一剎那，他抬起了眼睛，看著了她的眼睛。」[13]從此兩人都自以為多了一些默契，為了這種默契，她的旅程開始不一樣，日後似乎也有可能不同，這就是王安憶介入評述的：「今天的太陽和昨天的一樣地升起。她和他卻再不是昨天的她和他了」[14]的意思。

心靈的默契渴求再進一步，女人期望的是，刷新她那已經腐朽與麻木的感官及感情，愛情之於人與人生的創造力與想像力便在此，而且可能比跟第一任的對象更富強度——因為那時還無從比較。現在，這對男女竟然會惴惴不安了：「他們竟有了一種能力，便是將事實還原成希望，還原成理想，這樣，他們便可以永遠地惴惴不安著，永遠地激動著，永遠地像個孩子似的渴望著，不安著，胡思亂想著。因此，他們那份全心全意，真心真意，專心專意的愛，在冥冥中便有了安全與保護。」[15]

這樣的力量，讓男人與女人，重新又回到單純作為一個男人與女人的樂趣與差異性，女人才再注意到那男人的手：「正因為陌生，才使她更意識到這是雙男性的手，她顫慄了，是

11　王安憶《錦繡谷之戀》（北京：中國電影出版社，2004年），頁91。
12　同上註，頁22。
13　同上註，頁34。
14　同上註，頁41。
15　同上註，頁49。

一種幾乎是快樂的心蕩神怡。……正因為她是結了婚的人，她對男性熟稔到了已經覺不到性別的差異與相對性了。……夫妻間的一切是太裸露了，太不要費力了，也太不需害羞了，而有多多少少令人心曠神怡的感覺是與害羞同在，一旦沒了害羞，便都變得平淡無奇了。」[16]重新變得敏銳、溫柔，性格中美好的一面又能再展現出來。

《錦繡谷之戀》中的婚外戀，終究也只能是點到為止。隨著旅程的結束，車子終於要下了那有險峰的廬山，與廬山中的錦繡谷，霧氣散去，男人與女人又重回人間。而迎接著熟女回家的，是先生兩天前寫下的體貼紙條，再往前，映入眼簾的卻仍是亂七八糟又髒又有異味的房間，剛升起的溫情與愧疚感全沒了，她之所以能還和平而不憤怒（日後當然仍是怒氣處處的）面對先生，全因為那廬山行的男人，已成為一種「隱身的在場」，不然，誰來安慰？

《錦繡谷之戀》因此絕不是一篇「探討」中國現代男女婚外戀的「問題小說」，社會與歷史背景在小說中全被淡去，甚至可以說完全不存在。所以，我以為作者終究只是想表現，愛情對男人與女人，所能「恢復」人性中的想像力、創意、生命力、活力、甚至美好與慰藉等價值，道德和責任問題均不在這篇作品的考量範圍。

16　同上註，頁54。

召喚路遙——兼談其敘事困境

我並不是第一次讀到路遙（1949-1992）的作品，唸博士班階段的後期，我曾在賀照田先生的推薦下，陸續讀過《人生》、《平凡的世界》等代表作。畢業後，又在二〇一〇年的夏天，和台灣學界的友人到延安與延川，訪問過路遙的故居、中學母校和延安大學。二〇一一—二〇一二年，再以路遙及陳忠實等陝西作家為主題，申請到台灣國科會的科研案，較完整地將路遙的文集和相關材料再看過一遍，先後寫過及發表兩篇跟路遙相關的稿子：〈生活在他方——重讀高加林與路遙的《人生》〉（上海《現代中文學刊》，2013）及〈論路遙《平凡的世界》中的女性主體性——一種鄉土中國本土現代性的解讀〉（台灣《淡江中文學報》，2013）。在大學教學的工作上，只要一有機會，我也總是會優先推薦路遙的作品（包括小說及散文隨筆等）給本科生大學生和中學師資班的老師／學生，無論作為一位文學工作者或普通讀者，路遙一直是我心目中非常值得閱讀的大陸作家。當然，我也略知路遙的作品在當代文學史上的定位一直有疑義，在兩岸甚至廣義的世界華人文學圈，受到的關注也仍然不夠，但文學史標準和典律的更迭，仍應該有歷史化與動態的一面，因此，當雲雷兄邀請一起來談談路遙時，徘徊在我的腦海中的關鍵提問便是：我們今天為何要再次重讀路遙、重視

路遙與召喚路遙？

路遙作品的企圖雄偉、視野廣寬且情感濃烈有力，無論從早期的《在困難的日子裡》、《姐姐》、《人生》，到後期的《平凡的世界》（三部曲）及長篇隨筆《早晨從中午開始》，路遙總是想聯繫上各式各樣的中國鄉土在轉型時期的社會、歷史和個人命運等問題，舉凡城鄉交叉地的農村子弟的成長的奮鬥、中國農村內部社會發展變化的圖景，以及當中的人際、權利的鬥爭及平衡，而男女兩性間的交往與婚戀關係，似乎也成為路遙的主人公的一種主要生命動力與美感來源。同時，作為一個「文學」創作者，路遙更是極為自覺的，他企圖綜合與發展中國長篇小說（如《紅樓夢》）、中國的社會主義經典（如柳青《創業史》），以及十九世紀以降的現實主義的經典傳統，堅持以人物發展為核心，以廣寬的歷史社會為背景的書寫。當現代、先鋒、甚至後現代的實驗與實踐，已在上個世紀的八〇年代中後，取代現實主義成為新的「主流」，路遙的這種堅持，一方面既體現了他的眼界與執著，二方面自然將他自己推向悲壯與孤絕。也因此，從一種更廣泛的視野上來理解路遙，我們事實上並不是獨立地閱讀一個人及幾部作品，其實也是一種聯繫與檢討當代各種文學命題的資源。

一些在今天比較可能有新意的討論，我以為是路遙作品留下來的諸多矛盾，和他企圖解決這些矛盾的方式。作為一個第三世界國家的鄉土出身的文學寫作者，路遙在社會主義與革命資源的歷史洗禮下，擁有一種非常飽滿、新鮮、激烈的強悍人格和文學生命。這種主體從我這樣自小在台灣城鎮長大、深受「復興中華文化傳統」教育的人來看，其靈魂的剛烈令人印象深刻且敬佩。即使台灣戰後也有許多優秀的鄉土文學和創作者，如黃春明（1935-）、陳映真（1937-2016）、宋澤萊（1952-）等，但在情感和道德價值上，常常更多地突顯溫情與中庸，路遙和他的作品自然也有這種部分，但卻更為豐富與複雜。這些矛盾我簡略地概括為兩類：一是路遙的作品中的現代性和鄉土性間的掙扎，無論是《人生》或《平凡的世界》，我們都可以看到路遙的主人公的一貫形象與性格——出身底層弱勢，極度敏感的自重與自尊心，渴望現代性中的知識和秩序，自覺與不自覺地，吸收與接受因啟蒙而來的價值標準，其心靈也隨之被生產出過於纖細和敏感的觀察能力。所以，當他以這樣「新」及「進步」的靈魂和視角，看待中國鄉土時，自然產生過度超前下的緊張。

然而，作為一個鄉土中國的孩子，路遙的主人公們又是講倫理重承擔的，他們體貼父輩、崇尚勤勞、認同人情人品，也有犧牲精神，幾乎可以說有情有義，但另一方面，誠如早年費孝通在《鄉土中國》所意識到的農村狹隘的階序倫理與利益共構，也仍然普遍地存在於路遙筆下的鄉土社會裡。所以，有意思的矛盾恰恰在兩者中呈現——現代性與鄉土傳統的聲音，普遍地混雜在路遙的代表作品裡，不只在小說的人物中，更多的時候，作者／敘事者往往超越了人物，以自己的聲音來介入與展現作品的思想或世界觀。這樣的模式我以前曾在論文中分析過，許多學者也曾注意到，不再詳述。不過，之前我比較傾向——同情地理解與認同路遙這樣的寫法，歷史上許多現實主義的大家也曾如此實踐。但我現在慢慢認為，以路遙為個案，當作者聲音過多地介入小說時，其實要承擔更大的責任。路遙自然是有勇氣承擔的，但作為後發展的第三世界國家的文學，現代性的發展至今僅百餘年，許多現代性與鄉土性矛盾的限制與出路，可能需要更長的歷史與時間來檢驗，這是路遙當年不太可能有條件好好想清楚及回應的問題，尤其在八〇年代高度簡化與抬舉西方現代性與「進步」的氛圍下。例如，在《人生》裡，路遙最終讓主人公回到了農村，痛感自己虛榮與虛妄的錯誤，感謝農村鄉土親人厚實的包容，這一切雖然體現了路遙當年的價值傾向，但在小說的結構中，這種選擇終究是主人公在現代性追求失敗的後路，而並非是一種更完整與豐富理性判斷下的思考。尤有甚者，到了《平凡的世界》，路遙只能讓「現代」女性田曉霞死去，讓主人公孫少平選擇準備長期留在礦場，並承擔死去同志的妻子的倫理責任時，我一方面敬佩作者的道德理想，但也同時以為——路遙可能不覺地，再度弱化與迴避了現代性跟傳統鄉土性交會下的新路探討，他似乎太急切地想找到一種方法或意識，來終極地解決該歷史橋段下，他自己和主人公的困境，但是，他要處理的畢竟是中國人民的新命運——在高度轉型歷史與社會艱困下的新命運，這樣的限制恐怕無法完全以某種意識傾向來坐實與概括。

路遙的作品的矛盾與價值之二，還在於他敏感地突顯了中國的社會主義理念與實踐下的落差，或者說，社會主義革命本身的矛盾。在《平凡的世界》中聯繫上的面向尤其多，例如主人公孫少安有次意識到，雖然黨正在提倡抑制資產階級法權，但反映在農村的實際社會現實，以至於婚戀關係，仍然處處充滿階級、貧富、高下、強弱等無法跨越的鴻溝。是以，作品中也曾藉著女主人公田潤葉之口，批評學校裡動不動就在搞運動，學生根本沒有在好好讀書的現象，甚至更年輕的田曉霞也敢於跟孫少平批評時政，大膽地表示某些登在報刊上的文章的水平有限。路遙處理這類矛盾的情節，除了相愛卻無法結合的婚戀自不用說，在一些日常社交的細節設計中，也可以看出路遙政治上的敏感，例如在社會主義實踐多年後，社會集體裡也仍然存在著各式酬庸餐會與送禮文化，甚至連同學們畢業前都要互送禮物，貧窮且出身不好的郝紅梅，為了能在畢業前夕完成這種互惠，在一時邪念的動搖下偷了一些手帕，這個行為雖然最終在孫少平的協助下平息了風波，但也導致了郝紅梅後面的下場，換句話說，這種矛盾本身，是內在於社會主義實踐中的，雖然孫少平以另一種無私的同志之誼幫助紅梅，但這仍然可能只是以一種個人英雄主義的方式，作用於整個全局，中國社會主義實踐中的結構限制，鮮明地繼續存在歷史的縫隙與日常間。

第三，在我們這個虛無主義普遍存在的時代，我以為路遙的創作觀／世界觀，仍有值得再召喚、反思及辨證的內涵。他對自身的民族文化主體性有自覺、對社會歷史有高度的責任感，因此不怕繼承與使用經典的現實主義淵源。事實上，優秀的經典作品，應該永遠都是好作家發展的起點，許多現代甚至後現代作品中的邏輯與美感，其實也仍是從經典的現實主義文學派生出去，真正的大家追隨的是現實與靈魂的豐富性，而並非是某種主義與先驗。所以，我認同路遙在《早晨從中午開始》中的許多觀點，例如：「只有在我們民族偉大歷史文化的土壤上產生出真正具有我們自己特性的新文學成果，並讓全世界感到耳目一新的時候，我們的現代表現形式的作品也許才會趨向成熟。」此外，在創作的態度上，路遙有一種目空一切的魄力與勇氣，他曾說：「任何獨立的創造性工作就是一種挑戰，不僅對今人，也對古人；那麼，在這一豪邁的進程中，就應該敢於建立起一種無榜樣的意識——這和妄自尊大毫不相干。」（《早晨從中午開始》）這則高度自信的發言，是建立在他對中西經典文學淵源的吸收和轉化的意識下，這也使得他能夠有謙虛但當仁不讓的自尊，入乎其內出乎其外的掌控整體性與細節，當然這種整體性是就相對來說，路遙在這方面的材料與精神準備上，恐怕也是當代作家中極少見的。其三，路遙對人的社會、文化心理的探索，即使從今天來看，仍有一定的深度，他的作品事實上也如他所言，注重在中國歷史轉型過程下，各式的思想、欲望、行為、心理、感情、追求、激情、歡樂、沉淪、痛苦、局限、缺陷等等或美好或矛盾的許多切面，有些人物發展模式以至於其心理和情感，雖然在他的短篇到長篇，有一定程度的重複，但這種重複的意義也可以視作一種強調與強化——當某些農村、底層與弱勢的孩子並未獲得更多相對的公平前，類似一再出現的形式，就有其文學史及社會意義上過渡的合理性。

然而，路遙的創作觀中也仍有一些限制。只要我們願意認真進入路遙和他筆下主人公的靈魂，我時常覺得那裡面有一種強烈的悲壯感，這種悲壯感一方面是源於他年少也賤，多能鄙事的弱勢體驗，二方面來自於他強悍地想承擔歷史／文學史大任的胸懷。這使得路遙願意高度自苦，對自我極為嚴苛也自抑地投入他心目中莊嚴的勞動與寫作，不惜犧牲生命中其它的世俗趣味甚至情感代價。我甚至揣摩，路遙可能在某些程度上，陷入了王安憶以前在《叔叔的故事》中所意識到的困境——有時候，生命和情感都微妙地消耗在寫作過程中，寫作成了生命的主體與目的，個人的身體與生活反而退居其次，成了手段與不重要的過程，當然，每個嚴肅的作家可能都多多少少如此，一個追求高峰體驗的創作者，是不可能全然地在每種狀態裡維持清醒與不麻木的。但當他攀爬高峰，眼中只有最高的皓月與理想時，路遙和他的主人公們，生命餘裕或者說彈性可能也有一些不足，他之所以英年早逝，或許也跟這樣的生命失衡，沒有被徹底地自覺與反思不無關係。

也由於這種高度的自我要求與自我悲壯，路遙的作品有時候顯得掌控性與設計性過於強烈，放鬆與自然地的美學效果就有些許不足（雖然我認為他的農村自然抒情書寫極佳，但路遙似乎不願意過多地留連在此，而總是又快快地起程奔往下一個目的）。這種狀態在他的最好的短篇小說比較能避免，或許就像短跑與畫一幅較小的作品，他的才能與力量得以集中在一個較小的範圍，然而，一旦發展到長篇，那種過強的控制性、統一性、推向某種目的的意識性，有時候恰恰反而不現實或削弱了現實。例如，《平凡的世界》基本上乃是以各式人物和家庭關係一層層往外擴展，人與人在這樣的鄉土中，似乎都有各式各樣的勾連與關係，當然，在最高的意義上，無論是作者、主人公和配角們，都是無所遁逃於天地之間的，但是否需要勾連到如此牽一髮而動全身，我仍然認為，是可以再思考的。如果說生命、社會、歷史與文化的「現實」，具有包容與擴充意義的社會主義的「現實」，也應該保有對偶然性、神秘、輕快、淡然與平靜的空間，對無窮歷史階段性有意識有自覺，如魯迅的「中間物」意識，路遙或許就不會那麼緊張，而能調整呼吸，長跑地更長久了吧。

我希望不是在求全責備，或許是中國大陸解放後的世界觀以唯物論主導，在路遙的作品中，似乎超驗性的思考與實踐也仍然是不足的，儘管路遙在《平凡的世界》也刻意地提到了飛碟，但是超驗對作家來說，應該並非僅僅意謂著超越人類的經驗，而是不是有可能這樣思考——唯物主義既然也是人類歷史的一種生產，同時是跟宗教或唯心的路線所對舉出來的。如何展開「平凡的世界」裡，廣大的勞動人民更豐富的精神與靈魂世界，補充更多非實用主義意義上的相對完整的思考與人生實踐，或許，也可以視作路遙未完成，但留給日後文學工作者繼往開來的新責任。

逃避中的自我追尋
——重讀董啓章〈安卓珍尼：一個不存在的物種進化史〉

也許是我身上出了什麼岔子，破壞了文明和野蠻的規律，搗亂了城市和山野的秩序。我是一株插植在錯誤的泥土的花，四周的生態容不下我，但我也拒絕被天擇淘汰。……我便是安卓珍尼。——董啟章〈安卓珍尼〉

一

董啟章（1967-）是香港新生代作家中，為台灣文化圈所熟知且高度肯定的一位。他正式在文學上的「出道」，也起源於台灣——一九九四年，他以〈安卓珍尼：一個不存在的物種進化史〉，獲得當年度的聯合文學小說新人獎的中篇小說首獎；〈少年神農〉也獲得了短篇小說的首獎。同一年，他以〈雙身〉（原名〈女身〉）投長篇小說獎，雖未獲獎，但在次年大幅修改再投稿後，因陳映真的支持與推薦，終獲得了「特別獎」[1]。這些獎項奠定了他

1 陳映真當年對〈雙身〉的評審意見：〈一個人身上「住著」兩個人——短評《雙身》〉，後收入董啟章

在台灣甚至亞洲地區的優秀創作新人的地位，也讓他終於能一圓以寫作為志業的理想[2]。爾後，他的小說開始在台灣發行，截至目前（二〇一三年十一月）為止，果然以高度文學才能的爆發力，創作／出版了包括《安卓珍尼》（1996）、《雙身》（1997）等十部以上的作品[3]，實力備受矚目。

董啟章早期的作品，之所以能受到九〇年代中的台灣文化圈的接受，自然跟解嚴以後的台灣文化／文學圈的典律（Canon），如高度推崇解構、後現代的文風、思潮和實踐有關，也跟彼時台灣文化圈對西方理論的興趣和重視有關。無論是〈安卓珍尼：一個不存在的物種進化史〉或《少年神農》，評論者或任何一個受過專業閱讀訓練的資深讀者，都可以在他的這些作品裡，「發現」各式各樣當年頗為新鮮的命題，並以此來印證各式理論。例如：百科全書式的寫作方式、女性主義、陰性書寫、為藝術而藝術、為文學而文學等等，仿佛小說到了董啟章的時代，終於徹底脫離了世俗的實用性或現實的功能性，而成為另一種最純粹的宇宙和細膩的審美世界，而這也是過去的評論者，例如當年度聯合文學獎的評審：楊照、平路、鍾玲、馬森、東年等人，多多少少都曾關注過的角度[4]。

就藝術和思想上的獨創性／推進性或成就來說，在董啟章早期的這批代表作中，〈安卓珍尼：一個不存在的物種進化史〉應該是寫的最好的一部。但歷來對它的討論，正如筆者上段所言，由於後現代或先鋒意識，在九〇年代的台北實為主流，也遮蔽了一些素樸且更實在的理解視野與進路，例如：自嚴復翻譯達爾文的《天演論》以降，追求「進化」，一直是中國現代性發展的過程中，相當強勢的一套論述與社會實踐面向，〈安卓珍尼：一個不存在的物種進化史〉既然本質上也是在探討「進化」，但它究竟要「進化」到那裡去？過去的單性

二〇一〇年再版的《雙身》（台北：聯經出版事業公司，2010年）。當中展現了一個重視現實與社會意義的文學前輩，對文學視野與文學新人的寬容與提攜，陳映真說：「不可否認，作者在個別的段落，表現了對於身體、官能、愛欲獨特的敏感與表現力，雖艷而不淫，卻也難掩頹廢。性別倒錯之世界，乍看是愛欲的焦慮與喘息，但也不乏觸及靈魂深部的苦難（suffering）和約伯式的被棄置者為救贖而掙扎的獨白。只寫前者不免猥小，能寫後者，其成功者可以通大文學之心靈矣。」

2 董啟章是一個非常自覺的創作者，在他再版的台版小說合集《安卓珍尼》（收有〈安卓珍尼。一個不存在的物種進化史〉和〈少年神農〉）的序（2010）中，他曾這樣形容自己跟創作的關係：「把全部時間和生命投放於寫作的作家。直至今天，我依然為實踐這樣的理想而努力」，見董啟章《安卓珍尼》（台北：聯合文學出版社，2010年）。

3 董啟章曾出版過的台版專書，依出版時間，包括：《安卓珍尼》（台北：聯合文學出版社，1996年）、《地圖集》（台北：聯合文學，1997年）、《衣魚簡史》（台北：聯合文學出版社，2002年）、《體育時期》（台北：聯合文學出版社，2002年）、《東京・豐饒之海・奧多摩》（台北：高談文化，2004年）、《對角藝術》（台北：台灣高談文化，2005年）、《天工開物・栩栩如真》（台北：麥田出版，2005年）、《時間繁史・啞瓷之》（台北：麥田出版，2007年）、《物種源始・貝貝重生之學習年代》（台北：麥田出版，2010年）、《在世界中寫作，為世界而寫》（台北：聯經出版，2011年）、《夢華錄》（台北：聯經出版，2011年）、《繁勝錄》（台北：聯經出版，2012年）、《博物誌》（台北：聯經出版，2012年）。

4 可參閱當年度的評審會議對話記錄，亦有收入2010年的《安卓珍尼》，頁83-92。

相生及陰性書寫等相關的詮釋，實不能充份揭示其「進化」的意義與秘密，因為那僅僅只是對作品「本身」進行解讀。但此部作品、作家跟文學史間的關係，例如作家對作品高度的精神創造與投射，例如作家對既定文學史典律的超越，才是理解此作的關鍵環節。因此，需要進一步結合／參照更多的面向，才能彰明其獨創性和限制。

所以，換句話說，一個更重要的問題意識是——為什麼一個香港作家，在亞洲一般被視為相對世俗、市民及經濟社會優先的土地上，竟然會那麼高度的重視想像與精神世界？為何作者要執意地想像／創造出像「安卓珍尼」這樣的一種不願意被天澤淘汰的新物種？為何要強悍地為「安卓珍尼」爭取新的生存空間？這自然有回應香港社會與文化的意義，或許也有一九九七年前香港回歸中國大陸的文化心理焦慮。然而，這方面要結合香港歷史社會的清理，涉及到太大的問題視野，本文暫時難以處理。我主要想提出將「進化」跟「自我追尋」聯繫在一起，來反思與重新解讀董啟章創作〈安卓珍尼：一個不存在的物種進化史〉的意義，以作為日後理解董啟章回應香港社會，甚至回應台灣、大陸之於香港的存在意義／關係的一種基礎。

二

為什麼「自我追尋」這個角度是合理且有價值的命題？一則跟作者自身當年的實際歷史

密切相關，二則可透過十九世紀以降的現代小說的核心主題來參照理解。首先，我們不能不注意二〇一〇年台北再版《安卓珍尼》時的董啟章的序，在這篇序文中，作者正式告白了一九九四年間，他之所以書寫這批作品時的「現實」狀況與條件：

> 一九九四年初，我剛完成碩士論文，對前景還沒有定案。我正在考慮是否繼續念博士，將來從事學術研究。當時也試過找工作，但卻沒有被錄取。「當作家」從來也不是一個可行的選項，但在前途未明的懸空狀態下，卻正好埋頭把幾個寫作計劃完成。我就是在這樣的情況下，寫了〈安卓珍尼〉和〈少年神農〉，又把之前已經寫了草稿的《雙身》修改和謄寫一遍。[5]

所謂「這樣的情況」，其實也就是在沒有世俗前途與機會的條件下，創作變成是作者當時唯的一出口。因此，我大膽地認為，董啟章在創作〈安卓珍尼：一個不存在的物種進化史〉和《少年神農》、《雙身》等作時，為它們開發出一種在寫法上極為現實／寫實，但內容均為虛構想像的世界，甚至，重新推演出一種新的自然與人間秩序與倫理，並不能完全視為一種為藝術而藝術／為文學而文學的實驗。它們的存在本身，其實更適合看作一種，在香

5 董啟章《安卓珍尼．作家路的起步點》（台北：聯合文學出版，2010年），頁5。

港當年的歷史條件下，在一片後現代的思潮氛圍裡，一套抵抗外在庸俗社會和既定的現實秩序的「自我追尋」的寓言。在這個意義上，董啟章才能將他在香港現實所遇到的無出路的困境，轉化為小說，以求在個人的精神世界裡，獲得某種安頓。董啟章曾讓〈安卓珍尼：一個不存在的物種進化史〉的女主人公說：「我便是安卓珍尼」，這讓我們很容易聯想到，福樓拜（Gustave Flaubert, 1921-1880）也曾經說過：「包法利夫人就是我」。此言不虛。

〈安卓珍尼：一個不存在的物種進化史〉的故事並不複雜，小說主要分兩條線，一條線處理女主人公（一個生物學者）「我」離開先生與世俗社會，到香港的大帽山去尋找一種傳說名為「安卓珍尼」的新物種「斑尾毛蜥（Capillisaurus Varicaudata）」的經過和體驗，另一條線不斷地在介紹「安卓珍尼」這種新物種的單性相生的繁衍特質，兩者其實都是「我」的「自我追尋」的目的。女主人公和「安卓珍尼」的本質很接近，他們都幾乎不是一般人類或自然社會秩序的服從者，他們思考／不思考，或僅憑藉本能的性格，跟一般世俗也完全不一樣，所以難以被理解與發現。「我」尋找「安卓珍尼」的過程，展開單性相生的思考與選擇，因此也同時是一段追尋自我本質的過程。

那麼「我」在小說中究竟是怎麼樣的人呢？「我」一直是一個貌合神離的現代女性，在思想和行動上有不小的斷裂，也時常有很多非理性的，自己也無法解釋的行為，反映在「我」的婚姻選擇上，在還沒有想清楚時，「我」就已經嫁給了現在的先生。先生雖然滿足了世俗生活的一切，但「我」似乎很少感受到幸福，先生甚至覺得「我」有病，但不是不能療癒——他像一個啟蒙者，正派地總想要協助「我」解決「我」的問題。而「我」卻為了暫時跟先生隔絕，決定離家出走尋找「安卓珍尼」。然而，到了山上，「我」很快就發現，由於自然山林的秩序過於野蠻，「我」是無法單靠一個女人的力量，在叢林中找到「安卓珍尼」的，因此「我」開始希望身邊代管「我」的住宿地／房子的男人／獵人，能夠協助「我」尋找「安卓珍尼」。

作為一位成熟的女性，「我」自然知道，長期單獨與一個男性相處會發生的可能狀況。「我」有時候害怕，有時候又不害怕，「我」欣賞男性不同於女性的野性和力量，甚至對暴力，也有一種複雜的態度，有時候還希望對方來傷害自己，這樣對暴力的自主接受，在某種意義上，也隱含了反社會、反既定秩序的激進精神／實踐。事實上，「我」跟獵人之間完全無法良性溝通，就像「我」跟先生難以身心相契，但那一點都不重要，「我」有自己的目標，「我」和獵人之間，也似乎有一種神秘地的約定，他將會幫忙「我」找到「安卓珍尼」，而我也會將自己獻祭出去，甚至不惜一死。「我」真正的秘密是體驗「存在」——釐清生命中的各式知性，以交換／獲得「安卓珍尼」這一種新物種的所有知識、情感和意志，發現單性如何相生的各式細節和過程，並以這種對象化，轉化為自己的新的自我認同，完成一種生命的「進化」。所以，「我」其實根本不在乎，也不需要社會、現實和歷史，甚至是男人的任何感情，而這些幽微，這些非常人的存在選擇，正是世俗常人所難以理解的。小說描寫「我」對第一次跟未來的先生做愛的體驗，展現了「我」追求生命體驗的實驗性格：

那是我第一次實驗男女間稱為做愛、亦即生物學中稱為交配的行為，……我滿腦子教科書上的解釋和描述，竭力將我所知道的和我所感到的結合為一，但結果只得來強烈的挫敗感。我為著未能捕捉當中的精髓而沮喪不堪，於是我要求反覆的試驗，再三的求證。6

過去，許多評論家，如平路、楊照等，便將此作理解為一種女性主義式的作品，認為它的目的，在於反抗男性社會和父權秩序種種，或說它暗示了主人公轉向女性跟女性之間的特殊同志關係的必然，這樣說當然也有道理，因為「我」跟小說中先生的妹妹安文，確實有一種更深層的情感聯繫。然而，我們也不能忽略，其實小說並沒有真正將重點放在「我」和安文的女女關係上，甚至「我」跟先生、獵人等男性的互動，也都不具有更高的精神與價值上的意義，作品的關鍵，都是放在「我」追尋「安卓珍尼」的各式行動中。

「安卓珍尼」究竟是一種什麼樣的新物種呢？它恰恰就跟女主人公「我」一樣，從既有的大現實中逃離，但企圖發展出一套拒絕被天擇淘汰的抵抗性和生命力，小說這樣描述班尾毛蜥：

班尾毛蜥是進化競賽中的逃跑者。在眾多有機會發展為不同的哺乳類動物的類哺乳類爬行類之中，斑尾毛蜥的先祖極有可能演化為一種嶄新的動物，甚至有可能衍生成比進化自南方古猿的人類更有智慧和能力的物種。作為一種可能性，這種說法是無可非議的，但斑尾毛蜥的先祖卻在進化的道路上停住了腳步，甚至往回走。牠不單放棄了毛髮和乳房，也放棄了發達的大腦皮層、思維的能力、時間的感知、聲音的發聽、敘說的本領。牠放棄了清醒的意識和間歇的夢境，讓自己完全浸沐於造夢般的意識狀態中，讓五光十色的世界在眼前流過而無須通過大腦分析，在沉默無聲的存在中遺忘世代的過去。不，不是遺忘，因為牠從來不曾記起過，從來不曾知道先與後、生與死。[7]

這樣看似以本能存活的「安卓珍尼」，卻在小說的推演下，在大自然的進化過程中存活下來，正如「我」也總是能透過細緻地觀察，從他者甚至從暴力、傷害本身獲得力量。因此，當「我」終於認識且理解了「安卓珍尼」，也等於重新獲得了一種自我更新。以致於「我」再次受到獵人的不堪凌虐時，只要幻想「安卓珍尼」正看著我，它都能抵抗天擇而存活下來，「我」便相信自己也將可以：

這些毫無人道的場面，安卓珍尼一一看在眼裡，她經歷過比這更殘酷的自然競爭，但

---

6 董啟章《安卓珍尼》，頁 63-64。

7 同上註，頁 40。

> 她卻依然生存下來了。我們體內的某處，必定存在著生存下來的契機。[8]

「安卓珍尼」最後演化為一種單性生殖動物，為了自生和自保，為了排除雄性的威脅，她慢慢壯大自身，直到完全能獨立於雄性生存，並且以自己的力量傳宗接代，而雄性則因為無法自行轉生而滅絕。

但「我」的命運呢？當「我」終於獲得了「安卓珍尼」，雖然也讓它再度逃走（因為「我」相信，她逃走是因為她覺得有必要，就像她被抓，也是因為她願意，否則，人類是不可能抓到「安卓珍尼」的）。同時，「我」發現自己已在一次被男人／獵人的凌虐中懷了孕，在毒死對方不成後，最終選擇將馬纓丹（毒藥的一種）一飲而盡，在寫完「安卓珍尼——一個不存在的物種進化史」的研究報告後，和安文一起手牽手離開，小說以極為抒情的風格，生命一切回歸大自然的傾向，表現「我」最終／臨終的想望／結局／下場：

> 門外的宮粉羊蹄甲的莢果已經熟透，隨時也會剝爆開來，撒出新的種子。天空萬里無雲，乾燥的風中隱然有點秋意。安文，可以陪我去一個地方嗎？那是一個屬於我的地方，那裡有我可以生存下去的環境。在那裡我們不用再寫關於什麼的什麼了，在那裡我可以把女兒生下來；她是我的女兒，如果妳願意的話，她也是妳的女兒。但在到達那裡之前，我們要穿過一條長滿了馬纓丹的小徑。[9]

這段結尾也可以看成是一則隱喻，「我」已經完成了對「安卓珍尼」的認識，自我追尋之旅已經完成。死去後，「我」將可能活在另一個非現實的時空裡，像「安卓珍尼」一樣，「我」甚至可能還會認為，這是某種全新的生命進化與展開——因為我們不要忘記，在董啟章這類作品的思考和美學邏輯裡，生命裡的一切，包括自毀與死亡，之於「我」都只是存在、只是體驗、只是選擇。這樣的邏輯，雖然有相當的創造性與激進意義，但恐怕也有將自我、精神追求，往愈來愈窄化、愈來愈去生命力的事實。

三

十九世紀以來，在西方經典的現實主義小說中，一直貫穿著幾種以女主人公為核心的「自我追尋」的成長主題。例如追求愛情以豐富和證成生命價值的托爾斯泰（Leo Nikolayevich Tolstoy, 1828-1910）《安娜・卡列尼娜》、福樓拜（Gustave Flaubert, 1821-1880）《包法利夫人》與契訶夫（Антон Павлович Чехов, 1860-1904）《帶小狗的女人》；追求在資本主義世界裡的金錢或現實生存空間的德萊塞（Theodore Dreiser, 1871-1945）《嘉

8 同上註，頁69。

9 同上註，頁74。

莉妹妹》、《法國中尉的女人》，甚至《第凡內早餐》。而受了西方影響下的中國「五四」以降的文學，也有著將「自我追尋」的主題，更多地聯繫上了「革命」視野的面向，一方面是對社會的承擔，二方面也藉由承擔來安頓主體，例如丁玲的《我在霞村的日子》、楊沫的《青春之歌》、王蒙《青春萬歲》等，它們都或多或少地擴大了女主人公「自我追尋」的方式、空間，也展現了在不同社會歷史的條件下主體的限制。

這樣參照的邏輯意義是，當以上的主題／類型，在文學史上都已經發生、被體驗，也被文學／藝術家再現，作家勢必也要有所推進與創新，才能更新典律，開啟一個新的文學時代（董啟章對此是有大企圖的）。因此，無論是對愛情、對金錢、對生存，甚至對社會與革命的理想等主題，必然不再一定能夠召喚與打動他們，或者說，他們當下的新的歷史經驗與困惑，必然會引導他們生產出了另一種主題——例如追求至高無上，不同於現實的精神世界，甚至發掘或建構一整套非現實的倫理觀與秩序——這也不獨是董啟章的文學實踐，在文學史上，毛姆（William Somerset Maugham, 1874-1965）晚期代表作《刀鋒》（1943），也曾發現了這樣的傾向：男主人公拉里在一場戰爭痛失戰友，雖然倖存地回到了現實人生，但再也無法忍受或接受現實的物化秩序，他放棄了美麗的未婚妻、可能不錯的社會世俗前途，一心一意地尋求精神超越，一心一意地希望按照自己的打算行事，最終，主人公甚至可能還想去當出租車司機來渡過餘生。作為敘事者的毛姆，清醒也冷靜地評述拉里和他的自我認同的秘密：

他沒有野心，不要名；他最厭惡成為知名人士；所以很可能安心安意地過著自己挑選的生活，我行我素，別無所求。他為人太謙虛了，決不肯使自己成為別人的表率；但是，他也許會想到，一些說不上來的人會像飛蛾撲燈一樣被吸引到他身邊來，並且逐漸和他的熱烈信仰取得一致，認為人生最大的滿足只能通過精神生活來體現，而他本人始終抱著無我和無求的態度，走著一條通往自我完善的道路，將會作出作自己的貢獻。[10]

有意思的是，《刀峰》雖然企圖探索一種人類走向精神之路的終端，以及這種文化人格產生過程中的種種細節，但毛姆同時也將飽滿的形象書寫，賦予了其它活在現實裡的角色，相對來說，追尋潔淨精神之路的拉里，反而可能是小說中形象最單薄與不那麼立體的人物。當然，《刀鋒》其實並不以拉里這個人物形象為它勝出的焦點，用周煦良的話：「《刀鋒》之所以可貴，就在於為我們提供了兩次大戰之間那個時期的一個人物畫廊。」[11]

而董啟章或許不會意外，類似的創造傾向除了半個多世紀前的《刀鋒》外，上個世紀九〇年代，加拿大後現代主義電影導演艾騰・伊格言（Atom Egoyan, 1960-），一九九七年曾

10 毛姆原著，周煦良譯《刀鋒》（上海：上海譯文出版社，2012年），頁347。
11 同上註，頁11。

以《意外的春天》（*The Sweet Hereafter*，或譯：《甜蜜的來生》）獲得坎城評審團大獎。這部作品講述的其實也是類似於〈安卓珍尼：一個不存在的物種進化史〉的在後現代歷史下的極端個人的生命／精神選擇——年輕的女主人公在一場冬天裡的車禍中倖存，儘管知道只要她出來作證，罹難的家屬們都可以獲得許多賠償金，但她硬是沉默，甚至順勢將傷害進行心理翻轉，以讓自己永遠活在「甜蜜的來生」的精神世界裡，以迴避／拒絕接受「現實」的責任與再傷害。

當董啟章以「安卓珍尼」來平衡他當年現實的困頓時，那些飽滿的現實細節的想像和重構一種大自然的秩序，仿佛如造物者般的神蹟，或許也讓他充滿神啟與力量，他後面更大部的長篇作品，如《天工開物．栩栩如真》、《物種源始．貝貝重生之學習年代》，也才敢以高度氣魄的格局來繼續延展。而或許更令我們感到安慰的是，董啟章對人類和其它物種的差異，對作家創作的責任與倫理，也仍然有其自重的緊張性——在小說中，作者始終同時掌控了「我」與「安卓珍尼」，但也充份意識到，「我」終究並不是「安卓珍尼」，「安卓珍尼」最終仍是天擇下的勝利逃跑者，而「我」卻只能自盡，從精神終極解脫的意義上，「我」雖然獲得了自由，但從「現實」的角度上，「我」其實仍是以一種唯心自慰的想像，擱置了「我」的限制。

董啟章並不像他的小說那麼後現代（至少在《安卓珍尼》時期），他其實更接近的是後現代旗下的現實主義者。也因此，〈安卓珍尼：一個不存在的物種進化史〉，在文學史或激進意義上的進步性，其實正是在於：它不小心地推進了十九世紀以降，文學史上所開啟的女主人公跟社會互動的成長敘事，意外地發現了脫離／逃避現實，追求精神至上的女性知識份子，在後現代社會中必然遭逢的生命／自毀困境。僅僅就這一點來上來說，它確實是二十世紀末亞洲地區重要的文學收穫，董啟章也無疑地是一個清醒的優秀小說家，在想像的懸崖邊，在直覺到現實的殘忍裡，靠近了一些毛姆式的仁慈。

人在「中途」
——讀張楚〈長髮〉

張楚（1974-）是大陸「七〇後」值得關注的作家之一。根據中國百度百科的說法，他生於河北省唐山市，遼寧稅務高等專科學校會計系畢業後，一邊在灤南縣的國稅局工作，一邊維持著他獨立的寫作追求迄今。一些文學獎的榮譽，見證他一定的才華與潛力，例如，二〇〇三年的《曲別針》曾獲得河北省優秀作品獎，以及第十屆河北省文藝振興獎，二〇〇四年的〈長髮〉獲得河北省優秀作品獎，和同年的《人民文學》短篇小說獎，《櫻桃記》獲得《中國作家》的「大紅鷹文學獎」，《細嗓門》獲二〇〇七年河北省優秀作品獎，《剎那記》獲得二〇〇八年河北省優秀作品獎，等等。二〇〇五年，他曾當選為第二屆河北省「十佳青年作家」，也入選《人民文學》雜誌社評選的大陸作家「未來大家ＴＯＰ二十」，網路百科對他上榜的評價是：「張楚以誠實的寫作姿態，敏銳洞察小鎮人物所面臨的生存困境和精神焦慮，表達自己對於生活的追問和思索。他把社會底層的小人物塑造得個性鮮明，從而為讀者打開了一個沉默的世界……」。二〇一三年冬天，中國作家協會組織青年作家代表團來台參訪，張楚也是其中的一份子，我們在臺北有數面之緣，或許談過幾句無關緊要的話，記憶中的張楚有點沉默低調，並以一種小鎮鄉土作家的憂鬱、淳厚與善感，給我留下深刻的印象。

陸續追蹤一些「七〇後」作家的代表作時，張楚二〇〇四年的〈長髮〉引起我的注意。大陸的鄉土和城市題材，較具有爭議性與能見度，而張楚的〈長髮〉初看上去，只是一篇介在城鄉中間的小鎮書寫，在常識的視野中，很容易坐實到日常與世俗性，格局和思想縱深似乎不大。近年來台灣也有吳憶偉（1978-）《努力工作》、賴鈺婷（1978-）《小地方》、劉維茵（1975-）《小村種樹誌》等類似作品，但我以為張楚的這些小鎮小說，卻有著特殊的藝術與思想的追求——純熟地運用現代派的荒誕與陌生化的技法，堅持文學的獨立品格，目的仍導向了對中國當下社會和現實的反省與批判。而他的文風與人格特質中的細膩抒情，亦強化了批判的尖銳性和疼痛感，美學感染力不因其現實的針對性而消減。

〈長髮〉的故事不複雜，在主題上，可以用「人在『中途』」來加以概括。小說的背景／場景／空間，位在一個名梅鎮的小地方，是大陸改革開放後快速城市化的一種暫時結果——未能達到北京、上海等城市的規模，但也已經脫離了農村的景觀和原有的民俗和習慣。小說中的角色，是深受這種巨大社會變遷的一些底層人物，或者更精確地說，是大陸近三十年的高速的社會異化，直接地生產了他們／她們這種具有「中國特色」的底層命運。他們對於身處「中途」命運的生產基礎，沒有什麼自覺，但也因此更令人疼惜。

從底層的主人公王小麗的眼光來看梅鎮，充滿強烈的不耐。這裡不存在著任何知識份子由上到下，觀看「風景」的事不關己的詩意。對王小麗而言：「她討厭這個病殃殃的季節，梅鎮的冬天樹木枯澀，一隻飛鳥都沒有，而天空，天空被熱電廠的煙囪裡噴薄出的廢氣渲成死者臉龐似的暗灰，即便太陽蹭出時，也沒有班駁的、柔美的光亮，只是一隻守寡多年的老女人的乳房罷了，空盪盪地、憂鬱地垂懸著。」[1]這樣陰暗的色澤、情調貫穿整個背景，形成了一種氛圍式的命運隱喻。

王小麗長相平庸，在大陸改革開放後，仍在國營工廠工作，但工廠出了問題，好幾個月拿不到薪水，或許是已經習慣於早年的社會主義的集體意識，王小麗還是認份地繼續工作。她的家庭關係，也從傳統鄉土社會共同體的相濡以沫，走向「現代」化的瓦解——王小麗的父親，原本是梅鎮皮影戲的名角，現在卻成為只能每天看著各種通俗的電視節目打發時間的守財奴。同住的姐妹們，為了賺取多一點的金錢，在家裡總是在作手工，連對身邊親近的人，都無能力相處、關懷與愛。至於家中的外甥女，雖然有年少天真善良的一面，但也不足以安慰王小麗——因為在已經半「現代」的王小麗的感覺裡，她時常能聞到對方身上餿飯般半年沒洗澡的氣味，而外甥女卻不以為不自然。王小麗不是那種完全能靠精神、智慧過日子的人。

王小麗的婚姻與愛情，也位在「中途」。她離過一次婚，夫家對她不好，前夫又有陽痿，王小麗想要孩子卻不能得，所以她勇於離婚，也不吝於將身邊較有價值的財物賠給男

1　張楚〈長髮〉，收入《橋》第一期（2010年12月），頁19。

方，這是她很「現代」、獨立的一面。但她又有相當傳統的另一面——她的現任未婚夫一個也離過婚、有個四歲孩子，在劇團裡跑龍套的男人，成了她目前生活的唯一安慰，她因此「珍惜」著跟這個男人的純情往來，在正式二婚前，不打算發生性關係。因為有著這樣的「愛」與精神想像，「她覺得這樣的日子終歸是暖和的」。

但張楚顯然不是一個溫情主義的作家，他所塑造的介在城鄉「中途」的王小麗們，既早已經不同於二十世紀八〇年代初受啟蒙的主人公「香雪」（鐵凝《哦，香雪》，1982），也不若九〇年代後，直接大膽投入資本主義身體物化邏輯的「英芝」（方方《奔跑的火光》，2001），「王小麗」無論在工作、家庭關係和婚戀感情，跟整個小鎮的發展一般，都因為位在中途而進退維谷——不那麼純粹與無知，卻也還不願意或沒有勇氣真的「下海」——以物化換取自由／解放。我認為張楚的〈長髮〉所發現與提出的最好的文學叩問正是在這裡：她們要活，願意活，而為了活，她們生產出了一種獨特的、中國式的自我安慰的「中途」主體性，甚至可以說推進了阿Q的精神勝利法來平衡自身，同時，那樣的主體跟他所使用的荒誕技術一樣荒誕，張楚強烈地知覺並藝術化地對應這一點。

王小麗主體平衡的精神勝利法，在小說中核心地展現在兩個跟「現代」與「性」有關的情節與細節裡。其一，骨子裡仍傳統，不願跟未婚夫發生性關係的純情王小麗，有一天，發現未婚夫跟他的前妻仍有著「性」的往來，她本來非常哀傷，從情感邏輯來看，王小麗也本應如此，從傳統的意義上，她對愛情和婚戀的信任，可能就此崩毀，但奇特的轉折是——王小麗不但仍決定賣掉她美麗的長髮，繼續對未婚夫付出，同時強化她的自卑與自我貶抑：「可我還能找個什麼樣的？」甚至自我安慰——那至少證明未婚夫「性」能力並無問題，未來她很快可以有個孩子。從傳統到現代性，王小麗被逼迫快速地過渡。

其二，為了給未婚夫買一台二手摩托車作結婚禮物，王小麗在賣掉她長髮的過程中被買方強暴。張楚非常仔細地刻畫她被強暴的多個環節，展現了在社會和個人命運「中途」的王小麗的極端不堪和殘忍的主體平衡——王小麗由於不曾跟男人有過真正的性關係，或許再加上一些傳統的質樸，她完全無法直覺地理解男性的慾望、感官變化和靈魂的發展進程，也因此一直到要被強暴的最後一刻，才忽然意識到整個危機，以至於完全失去第一時間自我保護的機會。其次，在被強暴的過程中，王小麗在最初的掙扎過後，甚至很快放棄掙扎，她滿心只關心她剛剛賣掉長髮的五百元錢——仍然塞在胸罩裡。她想到自己只是想買輛摩托車、想到自己要結婚、想到只是想要好點的嫁妝……主體的被物化、罪惡、傷害、不堪……通通都不在王小麗的感覺與知性的意識裡。小說末了，張楚讓主人公王小麗，鬆開了被強暴者按壓的手，用力的拉掉了房間的窗簾（她仍然沒有掙扎），那瞬間的變亮的白，染滿王小麗的瞳孔，似乎是在暗示：有光，也亮了，但一切卻都看不見。張楚以存在主義的象徵手法，強烈地表現了王小麗「人在『中途』」的中國式底層命運。

作為始終在小鎮成長、工作的作家，張楚非常清楚自己必然的局限。在其〈長髮〉的創作自述裡，他曾這樣的表示對小鎮人民和寫作關係的見解：「作為小鎮上的居民，他們都保留著『複製人』的美好品德——你無法在他們身上挖掘出更多的情感類型和不安因數，你只能依賴自己的想像和略顯粗糙的技法，將降臨到你身上的靈感戰戰兢兢地轉化為人們稱之為『小說』的東西。」[2]這就是張楚了，他最好的狀態，我以為就是這樣的擔憂局限下的戰戰兢兢，只有戰戰兢兢才能讓他維持對普通人的各式小秘密、習性的探索耐性，只有戰戰兢兢才能讓他在各式的場景、人物、作為和心理的可能性上，一點一滴展開他的想像。而這種書寫方式，對他而言的階段性優點是：他得以大幅降低處理「底層」題材時的概念先行、大敘事的虛浮，甚至問題小說過於政治正確的蔽病，從而更靠近了某種靈魂的真實，達成文藝對社會解放的一種刺激效果。

當然，〈長髮〉也並非完全沒有弱點。但我傾向認為，這不只是張楚個人的生產，身為大陸改革開放後成長與成熟的「七〇後」世代，他們既沒有前輩作家的光環和寫作條件（如「右派」、「知青」世代，甚至隨後而來的余華（1960-）、蘇童（1963-）、格非（1964-）等先鋒一代），又不若八〇、九〇後作家能理直氣壯地向文化通俗消費市場靠攏，而張楚對所謂「文學」特殊性與獨立性的品格的堅持，又必然讓他和他的寫作工作，只能是一種孤獨者的實踐。在現今兩岸文學已失去社會話語權與影響力的時代，能夠堅持文學創作本身，就已經是一種非世俗意義上的精神工程，應該優先給予支持和扶植。也因此，如果真的要說「批評」，我覺得張楚在創作上的問題，恰恰是太自覺了一些、太珍惜了自我一些，在〈一個老文藝青年的夢想〉（《文藝報》，2012 年 11 月 30 日）一文中，張楚曾說：「有時我會很小農意識地想，我想要的生活，或許就是我已得到的生活，儘管從青春期就厭惡著它，且它不華美紛繁，它不強健壯碩，但與我這種散漫溫和的人而言，粗鄙、粗糙的它或許就是我的仙境，就是我的福祉。我寧願相信這是我最真實的感受。」

或許是千百年文明和智慧的積累，中國雖然有「詩言志」的傳統，但其話語的貌合神離、未盡、沉默與縫隙之處，可能更為關鍵。我因此並不完全相信張楚的「小農意識」說，也不認為他想要的生活，就是他已經得到的生活——尤其還有那麼多的中國人像王小麗一般，可能過著有光、卻不一定看得見希望的日子。即使不說勇於承擔，但像張楚這樣的作家，是不會過於善待自己的。儘管無論從他的性格或新的歷史條件——上個世紀九〇年代以來，過於後現代及世俗的風潮——都很容易讓作家找到退回自己的心靈世界的藉口，但這並不意謂作家不能提出對中國、甚至人類命運的更新的見解，如果我們中壯的作家們，不要過於妄自菲薄，不願簡單地認同今日的所謂「中國夢」的話。

李雲雷（1976-）在和張楚的一篇對談稿中曾說：「他的小說更接近波德萊爾以降的『現代派詩歌』，他不回避現實中的黑暗、醜陋甚至骯髒，相反在對這些現象或事物的描述

---

2 張楚〈從個人體驗到「中國故事」〉，《中國作家網》，http://www.chinawriter.com.cn/theory/2015/2015-12-07/259814.html。

中，讓人深刻地認識到當代人的現實處境與精神處境，逼迫人去尋找另外的出路。」[3]此特質評價到位。而我想再補充一句：如果張楚也願意逼迫自己，去尋找另外的出路——像世界文學史上長於中短篇的前輩：契訶夫、莫泊桑、甚至茨威格等，對社會、歷史、公共性、人心和苦難不懈扣問，在新的歷史詩意、感覺、知性的形象化上，繼續開墾、擴大、深化，張楚有潛力且值得期待成為更成熟的作家——這將不只是為了他自己，也是為了理想中的未來中國。

3　李雲雷、張楚〈黑暗中的舞者——李雲雷對談張楚〉，收入張楚博客《去年在馬里安巴》，http://blog.tianya.cn/post-80610-25968653-1.shtml。

讀石一楓《我在路上的時候最愛你》

石一楓（1979-）是中國大陸七〇後頗受關注的小說家之一，出生於北京，本科／大學和研究所就讀北京大學中文系，碩士論文研究社會主義的市民文化（《「社會主義市民社會」的文學刻畫——老舍建國後作品的一個研究視角》），這使得他甫出道，就有一種北京知識菁英的自尊心與較高的審美視野，對社會主義與市民文化的親切理解，又部分地節制了他的菁英姿態並豐富其寫作感性。短短幾年，除了英文譯作《猜火車》之外，他已出版數本小說／專書，包括：《紅旗下的果兒》（2009），《戀戀北京》（2011），《我在路上的時候最愛你》（2011），《我妹》（2012）及中篇代表作《世間已無陳金芳》（2014）等，目前在北京擔任編輯相關工作。相對於大陸其它七〇後的作家，石一楓目前整體上的相對特質可能是——以一種老北京精神的小知識份子的邊緣姿態或角度，來體察二十一世紀中國高速資本主義發展下的各式景觀——尤其以進入大城市讀書、工作的部分人民的具體生活為主。

《我在路上的時候最愛你》是他二〇一一年的中長篇小說，故事、情節和結構並不複雜，題材表層可概括為：一種第三世界小知識份子（男性）的青春史或情感教育。主要描述在北京就讀B大哲學系的「我」，與兩個年輕女性（莫小螢、林渺）間的愛情與曖昧關係，展示青春的任性、天真、初上人生征途的年輕活力，那種初次被看見、自我全心被認同，讓男主人公感覺無比良好，又不時以痞子式的聲音弄虛耍賴，精準地傳達青春愛情的頑皮與趣味。同時，由於時序已經來到新世紀，主人公雖然還是大學生，暫時不屑也不願意投奔資本主義的「成功」邏輯，但世俗化的卑微與犬儒的意識型態亦已滲透處處，對敘事者「我」和那些女孩們而言，成長與活著的目的，似乎只剩下勉強著讀著點書、享受著青春的激情與性，以及過著世俗的日常生活（中產階級的質感想像）和偶爾的出走旅行。然而，作為有相當審美才智與知性需求的作者，石一楓也不滿於僅僅「再現」這樣的生命和傾向。《我在路上的時候最愛你》的後三分之一，作者明顯地企圖為幾個主人公的命運加入希望與轉折——運用不少的分析與說明，處理兩個女主人公們跟她們的父母輩（應該為「知青」世代）的「傳奇」經驗，似乎暗示了只要理解了父母輩的人生，年輕的主體便能繼承與轉出新的生命，但是，我卻認為，恰恰在這種過於明顯的「說理」與「傳奇」的傾向，顯示了新世紀的這種青年主體，仍處在建構與發展的初階段。

《我在路上的時候最愛你》也因此更令我聯想到的是台灣小說家七等生（1939-　）的《沙河悲歌》。在七等生筆下，出身基層卻渴望追求自己的藝術生命的男主人公，受限於當時台灣鄉土社會和轉型期的各項條件，總是在現實壓力下受挫（或者根本沒有能力克服現實），他纖細的生命和感性，只能轉化到各種女性的身上暫時獲得一種安頓，女人是年輕男主人公靈感、情欲的來源與出口，但在一切沒有現實與物質的更多保障／成全下，個人的情感也顯得絕望，也因此，《沙河悲歌》的哀歌、憂抑情調更勝於情節。而石一楓《我在路上的時候最愛你》在整體色澤上明亮爽朗地多，這或許也跟主人公的上昇空間及社會的發展機會直接相關，在終極視野上，作者也想處理更大的世代和解與生命出口與意義等問題，不干於小說只成為一種小我情感與時代風格的展示與敘事，但《我在路上的時候最愛你》寫的較成功的部分，跟七等生的前作的傾向卻頗為接近。同時，由於石一楓筆下的主人公，幸運地更長於社會分析與自我解嘲，因此得以讓讀者在見證青春感情的各式調性外，亦相對完整地保留了一個第三世界男性小知識份子的整個「情感教育」的過程與結構——初戀、性關係、同居、分手、拜物、回歸、尋根、認知到對女性不曾真正理解的自省、再回歸與承擔責任等。

小說的背景時空介在轉型過渡的新世紀中國社會，石一楓這樣描述主人公「我」的初戀場景：「我們走出學校，沿著馬路向北去。萬泉河路正在施工，方圓幾里都塵土飛揚的，小轎車被大公共擠到了輔路上，我們又被小轎車擠到了土路上。馬路對面的一堵高牆裡裝著圓明圓，這附近還有B大的一個教師公寓；再往下走兩站地，就是農業大學了。我們身邊除了農民工，還多了幾個髒乎乎、背著吉他的身影。傳說這邊有一個『樹村』，是搖滾樂手群居的地方。」[1]放眼所及都在施工，現代性、鄉土性、歷史古跡、新興世代空間混雜共處，且構成「我」「在路上」的背景，不同階層的人民也散落在這個城市的各個角落。

1 石一楓《我在路上的時候最愛你》（北京：北京十月文藝出版社，2011年），頁15。

初入青春、愛情世界的「我」，是看不到更多他者的細節的，別人的生命困境也只能是自我的一種「風景」，但也因此小說才能很合理地集中描述「我」跟莫小螢戀愛的一切細節與感覺——那些青春的燥熱與神秘的探索、那些感性與激情的初體驗與認識，同時，儘管意識到：「這種狀態也讓我充實多了」（主人公本來就沒什麼在讀書），但兩人其實並沒有真正太多精神意義上的交流，雙方都不曾認真地想理解對方，男方尤其如此，似乎只是互相暫時補充了對方過剩的青春。男孩第一次體會到陷入愛情世界中的各種狂喜、占有欲與耽溺，互動過程中的小心機與小聰明，女孩也帶給他許多感性的新經驗，例如，哭的感覺，他的女朋友莫小螢常因捨不得他暫時的離開而哭：「後來回憶起大學期間的歸鄉路，總覺得整個旅行程是濕漉漉的。路都浸泡在莫小螢的眼淚裡了。」[2]這種感情讓已經有點世俗犬儒的哲學系男主人公充滿感動也感激——多年以後，令他懷念與信任的，大概也是這種接近本能、天真、純粹與被需要的情感。而並不令人驚訝地，這一切也不足以讓他能抵抗愛情歷程中必然發生的磨損、平庸與倦怠，他選擇克服這種倦怠的方法也很有新世紀年輕人的典型性，一種非常美學藝術化的方式——他開始跟其它女性往來（在小說中，主要是一個名為林渺的女孩），並發展出這樣的利己主義者的邏輯：「我只好這樣安慰自己：精神出軌是有利於我與莫小螢的關係的。我看過一部外國小說，裡面有個小號手一天到晚出去拈花惹草，而其心理動機，卻是為了讓自己對妻子懷有內疚，從而更愛她。」[3]

這是一個已然現代的、男性小知識份子「開發」與維持所謂「愛」的心理和作為，在情感和知性上的理直氣壯的粗線條，甚至形成了一種特殊質感，雖然有時候，小說中太多的年輕人同居的百無聊賴的日常生活、世俗計算，也僅僅只是一種「風景」，並不全都具備多有機的情節推進功能。終於，隨著同居時代的結束，兩人日漸準備各奔前程（女方出國、男方工作），雙方也都沒有什麼傷感與遺憾，似乎就是彼此互相選擇、打發青春、陪伴一段，儘管男主人公認為：「我在世上無法信仰任何抽象事物，只能信仰美好的女性，具體地說，就是信仰莫小螢……」[4]以小說的敘事，這樣的「信仰」實很難在形象與情感上有說服或感染力，看作成一種主人公自我諷刺的表述或許更為貼切。

有意思的轉折來自於分手後的多年——多年以後，「我」已經成為了一個長於混日子的文化雜誌工作者，在一次巧合與因緣際會下，「我」在出差過程中，再度聽說了昔日的戀人莫小螢的消息，同時也跟假冒她的林渺相遇。「我」終於間接地的得知，莫小螢的父親莫大衛，早在她十七歲時，即於一場山難中亡故的身世故事，但莫小螢卻在跟「我」交往多年的過程裡，從來不曾提起此事，「我」這才忽然意識到，當年相處種種細節的意義——如同釀酒一般至今才完成的理解：「我雖然與她共度了幾年的時光，但卻根本沒有真正安慰過她的

2　同上註，頁53。
3　同上註，頁52。
4　同上註，頁142。

孤單。因為莫大衛總在路上，她幾乎也是一個沒有爸爸的孩子啊。」[5]這時候的男主人公似乎終於明白了自己年輕時的被動、簡單與自私，以及莫小螢當年不斷容忍他的孤獨和恐懼。

但要如何處理這段情感中的另外一段關係（即另一個女性角色林渺）？石一楓的這篇小說，可能不自覺地流露出一種中國男性的共同「理想」——同時擁有喜歡的兩個人。小說的情節來到「我」發現林渺冒充莫小螢（在此作中，最後隱射她們倆可能是同父異母的姐妹），「我」相當不悅，因此在山林旅途中丟下她不管，從而間接導致了她中間的意外（被打搶與輪姦），但「我」在日後輾轉赴加拿大又回國終於找到莫小螢，揭開了整個林渺傳奇般的假冒她者的故事後，也心生悲憫——原來林渺也是一個「無父」的女孩，她的一系列詐騙的行為，從終極的意義上，不過是想要過一種有父親的正常女兒的人生。而最終，她在被捕的監獄中意外身亡，留下另一個莫名奇妙的孩子。「我」和莫小螢決定去接那個孩子，繼承了這樣的「因緣」。「我」似乎願意以做這樣的「父親」，重新展開新的人生，而林渺似乎也幻化為人影，跟在莫小螢後（「我」就這樣跟兩個「我」喜歡的女人在一起？），敘事者最後以這樣表述總結這部小說：「從此以後，我就是一個父親了。我們的父輩行過善，也作過孽，享過福，也吃過苦，指點過江山，也塗炭過生靈，揭開過一些謎，也留下過一些謎。我們沒興趣依附於他們，也沒資格指責他們，我們只能在印跡斑斑的世界上繼續活著，把離開者留下的因緣代代相傳。」[6]這是否能被詮釋為：男主人公不願意再讓另一個新生女嬰日後再因「無父」而孤單或遺憾而選擇承擔呢？小說沒有交待男主人公的基本身世與背景，仿佛如一個孤兒般活在新世紀以降的中國社會，所以，綜合來說，這本小說能否上昇並理解成一種在「無父」的集體無意識下，渴望世代和解，尋求「愛」並學會承擔的敘事呢？

嚴格來說，石一楓這部小說的「傳奇」色彩愈到中後愈強烈，太多的巧合、謎團，降低了現實感，儘管有其嚴肅的視野與關懷的傾向，但小說最終的形象與感性說服力，並不很夠。

我認為，石一楓處理現代的「愛」或「愛情」的題材，其實可以從中國當代文學史自身未完成的問題上自覺推進。一種思考，例如在上個世紀八〇年代初，張潔（1937-）在《愛，是不能忘記的》，首先處理在中國長期的革命歷史文化的發展下，或基於社會主義人道主義，或基於實用與功能性的婚姻，發現了「愛情」在兩性關係中的缺席，可能是中國現代轉型與長期革命歷史過程中，一種常見的社會現象。爾後，王安憶在「三戀」（《小城之戀》、《荒山之戀》、《錦繡谷之戀》）中試圖處理性與愛、戀母之愛與婚外之愛的感性及其意義，這些面向都或多或少豐富了中國當代自身對「愛」或「愛情」的理解，但比起西方現代小說對愛情與兩性範疇的思考與理解，我們的文化對此恐怕還是過於簡化。而從傳統的淵源來說，中國自古以來，言及兩性關係，恐怕也很少使用到「愛」或「愛情」這種概念或

5 同上註，頁218。

6 同上註，頁281。

視野的。換句話說，「愛」或「愛情」作為一種概念或視野，之於中國或華人世界，可能仍是近百年西方現代性發展下的新生產物，但由於它似乎太過泛化或常識化，以致於好像人人都有一點感受，但其實又好像人人都難以理解地深刻明白。

在《我在路上的時候最愛你》中，石一楓已經以一個好的小說家的感性，注意到了「愛」之於青春與人生路上的部分關係與現象，但這些視野或感情模式、發展結構，是否最終又只能回到一種傳統父權與家庭結構下作承擔或了結？當中國的現代性發展至今仍不過百餘年的階段，作為思想與情感載體的文學，如何更複雜地呈現個人與世俗秩序及體制間的關係與選擇，或許是未來石一楓可以再繼續擴充飽滿的美學世界。

那些孤寡殘弱者的抵抗與救贖
——讀路內《花街往事》

一

路內（1973-）的長篇小說《花街往事》原發表於二〇一二年的《人民文學》雜誌，二〇一三年由上海文藝出版社發行後，隨即獲得二〇一三年《人民文學》的首屆新人長篇小說獎。二〇一六年台灣《文訊》雜誌評選新世紀「二〇〇一—二〇一五華文長篇小說二十部」，此作亦雀屏中選，某種程度上，說明了《花街往事》在路內的創作史上的重要性，以及它在二十一世紀初期的兩岸文學圈的代表意義。

在《文訊》所作的專題報告中（二〇一六年三月），收錄了上海復旦大學中文系金理所召集的評選會議紀錄，其中一位學者／專家劉志榮曾指出對《花街往事》的一些理解：「是一部融合集體記憶與個人記憶的作品」，又說：「路內從青春抒情中緩步走出，以花街一隅，書寫『文革』至一九九〇年代的社會變遷，時代的洶湧與人性的明暗，盡入眼底。」此言有理。然而，當我進一步瀏覽完路內的相關代表作（如路內的「追隨三部曲」——《少年巴比倫》、《追隨她的旅程》及《天使墜落在那裡》），並仔細讀完《花街往事》後，我認為前者所作出的詮釋，雖然確實可以概括路內此作的特質，但嚴格來說，以大陸當代文學有著社會主義與現實主義的傳統，採用集體記憶與個人記憶為書寫方法，甚至以流變史的方式，或反映或表現社會、時代與人性關係，均為不少當代作家所共有。因此若放在大陸當代文學史的譜系來看，《花街往事》的特殊性可能仍未被道盡，所以本文尚能再展開一些分析。

《花街往事》全書共分八章（路內的用法是八「部」）：〈當年情〉、〈相冊〉、〈跳舞時代〉、〈瘋人之家〉、〈胖姑結婚〉、〈痴兒〉、〈日暈月暈〉及〈光明〉，如果仔細閱讀的話，不難發現每章主要均以底層的孤寡殘弱的人物們為核心，表現這些人物的命運片段的同時，一併反映上個世紀六〇年代至九〇年代的各式日常存在、情感狀態、社會變遷與歷史景觀。

第一部〈當年情〉處理文化大革命時期的一些底層的革命情感，首先出場的是一個國營肉店的營業員方屠戶，他是「我」爸爸的唯一的朋友，而「我」爸爸則是國營光明照相館的職工。首部的重點在寫方屠戶跟「我」未來的母親的妹妹——紅霞小姨，在文革間的一段故事與感情。方屠戶是一個賣肉的，紅霞小姨則是在文革中積極求表現的小紅衛兵，根本看不上方屠戶，但方屠戶一直私心戀慕著紅霞。若在某種「正常」世俗的條件下，兩人大概不太可能有什麼交集，但由於文化大革命廣泛地遷動社會的各種生活與日常，連像「薔薇街」這種小地方都深受影響，因此方屠戶得以有機緣在混亂的文革武鬥中，偶爾能跟紅霞小姨產生交集。以致於他人到中年後，回憶起這一切時，仍覺得既美麗又狂暴：「她的名字就像他用鼻血寫在牆上的樣子，在他年輕的時候曾有一晚上看著它，屋子裡亮著一盞燈泡，很多飛蛾從窗口的鐵柵欄縫隙中鑽進來，有一只還挺大的，停在名字上面，平攤著兩個眼睛似的翅膀。」革命的意義之於方屠戶，恐怕更多的是一種強烈的感情。

第二部〈相冊〉及第三部〈跳舞時代〉反映了八〇年代興起的個體戶與跳舞熱的發生、普及與退潮。〈相冊〉歷史時間從第一部分的文革時期，一路寫到改革開放的八〇年代，交待一九八四年「蘇華照相館」的歷史，「蘇華」是「我」的父親以死去的母親的名字命名的。那時候的父親仍相當的俊美，妻子死後無意續弦，開始練習舞蹈，後來甚至去教人家跳舞，是在改革開放初期的最早的個體戶與時髦人物。第三部〈跳舞時代〉除了描述「我」的父親在改革開放初期一方面繼續做照相館，二方面教人家跳舞的世俗公共意義——能夠認識較多的人，也能聯繫並獲得許多有形無形的現實好處，許多本來覺得跳舞不夠正派的人民，均紛紛轉向來找他學舞，因此可以看作成一種勾連八〇年代底層市民生活跟社會風氣變化的書寫。這一章也處理了方屠戶後來的命運，方屠戶竟然也找「我」的父親學跳舞，快速地跟上了時代的潮流，昔日國民黨和資本家的生活作派，再度移植到小市民的日常裡。

第四部〈瘋人之家〉開篇就寫一九七〇年代的水災，這篇的主人公穆巽亦出生於這個時期，似乎要以時代的災難預言後來的個人被霸凌的災難。第五部分〈胖姑結婚〉寫改革開放後世俗化的擇偶標準和底層人民的日常景觀，第七部〈日暈月暈〉寫八〇年代文藝圈的自由串聯，以及並非多有深度的文藝青年的浪漫生活，第八部〈光明〉則綜收前面的各章，藉由「我」與昔日「追隨」的女生羅佳的再相遇，透過翻閱相冊與觀看火炬的形象，一方面召喚昔日混沌混亂但也純潔的青春靈光與精神，二方面也以此作為面向九〇年代資本主義興起下的某種安頓與救贖。

而究竟何謂「花街」？小說中其實並沒有這樣的一條街，而只有「薔薇街」，有花的意義，但之所以被稱為「花街」，是因為九〇年代後，這條街成了一些風化工作者進駐的所在，再加上附近還有「白柳巷」，「花街柳巷」之名就此發展起來。然而，路內想要寫的恰恰是它們的前身，所以小說才會被命名為「花街往事」——以強調與回顧「花街柳巷」的風化前的純淨歷史。

此外，就視角的特殊性上，儘管過去也有學者與批評家曾言及《花街往事》每部／章採用不同的視角，甚至可以說有複調的聲音，但我以為，這整本小說主要仍以「我」為敘事核心——作者一方面使用全知，大幅形象化每個孤寡殘弱的人物命運與歷史景觀，二方面也讓角色們自行發聲，並且與「我」互動，讓「薔薇街」及其周邊的底層與弱勢者的生命、感情與內在聲音，挺立他們自身的主體性。從這個角度而言，儘管小說並無法提出與解決這些孤寡弱勢者的各種底層困境，但豐富地表現他們被同儕、家庭、社會、歷史霸凌下的不堪與抵抗，在一個「小時代」為主流的二十一世紀初期，不能簡單地說其毫無「進步」。

二

自九〇年代大陸高度資本主義化發展以來，城鄉與貧富差距日趨嚴重，科層體制與官僚資本再度同構化，有良知的作家，恐怕很少不意識到底層或「被污辱與被損害者」書寫的重要性，王安憶（1954-）的《富萍》（2000），便是新世紀初期這種思潮下的重要代表作之一，晚近的「非虛構書寫」的弱勢者的題材（如農民工、工人、移工等等）的再強調亦如此。然而，《富萍》以鄉下進城的「富萍」的幫傭及其成長為核心，其它角色多在襯托與成全富萍，路內的《花街往事》中的底層人民則更為多樣。同時，相比於碎片式的保留與描繪六〇至九〇年代的社會與歷史景觀，路內此書寫的較好也較有價值之處，也大抵是這些孤寡殘弱者。

主要人物包括：國營肉店的營業員方屠戶，由於出生卑微而難被女性青睞；出生即身體即有歪頭殘疾的敘事者「我」；中年體重過胖又有病一直想嫁人卻嫁不掉的胖姑；因為有一個精神病父親，以致於總是被霸凌的孩子穆巽；聾啞人方小兵；容貌美麗但在學習與世俗能力均不足，以致於從小就被師長惡意嘲笑的羅佳……等等。路內對他們似乎充滿悲憫，投以細緻的共感移情，並且透過同樣也有著先天身體殘缺——歪頭的敘事者「我」來訴說故事。但「我」何以能理解？路內塑造的「我」，比小說中的其它孤寡殘弱者幸運一些，雖然身體有殘缺，但「我」自小還曾經接受過比較多的鼓勵和關愛對待，實際所遭逢的歧視不若其它角色那麼嚴重，精神並未完全被擊倒，也因此，他才得以用平視的眼光，來感應「薔薇街」中的各種人事與情感的變化，以及各種的孤寡殘弱者的生命狀態。

例如小說的第二部寫「我」喜歡的女孩羅佳，她是一個自小就備受師長欺凌的女孩，雖然長的漂亮，但由於什麼都不會（世俗意義上的），因此常常被老師嘲笑，敘事者用「我」的眼光，來見證這些師長對羅佳的傷害：

美術老師發現她是色盲，綠和藍分不清，音樂老師發現她是音盲，唱歌基本跑調，體育老師發現她沒有一點運動細胞，連跳高都學不會。……有一次馬老師惡毒地嘲笑羅佳：一個長的不錯卻什麼都學不會的女孩子，她長大了只能去做……馬老師發出一聲冷笑。男孩心想，**她長大了只能去做冷笑的職業嗎？**[1]（粗體為筆者所加）

這段文字產生了一種文學效果——「我」不但看出「師長」、大人們以各種外在條件判斷人的價值的世俗性，還敢於以一種諷刺來坦露對馬老師的嫌惡——即使自身弱小，也並不臣服於成人的功利邏輯。同時，第二部的結構設計，也在突顯人的感情——與第一部分節的1、2、3的編號邏輯明顯不同，第二部的小節以各種情感狀態命名，包括黯然、迷惘、哀傷、啜泣、驚駭、失望、嘩笑、狂暴、驚異、癲狂、歡喜、悲慟，最後收在「羅佳」，可以看出作者對人的情感存在與意義的再強調——這些老師之所以會那樣對待羅佳，恐怕就是遺忘了人還有感情的存在吧。

第四部〈瘋人之家〉反映了一個名為穆巽的男孩的另一種被霸凌的命運——因為他是傻瓜的兒子，但是，這裡的傷害，比之羅佳有過之而無不及，他不但在學校被同學欺負，更關鍵的還來自於同為底層的家人間的彼此的惡意與傷害——穆巽的母親儘管在醫院中插了鼻管，但看到學業表現不好而回來看她的穆巽，也幾乎毫不留情地批評他：「你為什麼不表演個啞劇？」本來就是個長期被霸凌的年輕小孩，本來還存在著一點點願意去探望家人的溫情，但就在這樣至親長期的冷酷對待與磨損下，最終接近精神崩潰。小說寫到穆巽在被母親批評後終於離家出走，成日在戴城游蕩，最後選擇走向一個大家都不認識他的地方，孤獨地扮演著古裝劇中的小廝，而「我」即使再看到他，也不願把他的行蹤告訴長輩。因為「我」似乎隱隱中明白，由於底層人民長期生活的艱困，導致麻木與難以交流。因此，讓穆巽繼續出走（用路內自述中的話：「義無反顧地走遠」），很難說不是一種讓底層人民降低彼此傷害與生命困境的方式，從這個角度來說，穆巽仍是一個善良溫厚的孩子，以自我救贖解放自己與親近的他者。

第五部〈胖姑結婚〉寫已經三十七歲還嫁不出去的胖姑，長年在軸承廠做車工，又窮又胖，心臟不好，還有糖尿病，雖然喜歡「我」的爸爸，但自知條件不好，發現「我」爸爸

1 路內《花街往事》（上海：上海文藝出版社，2013年），頁128。

已經愈來愈有錢後，反而刻意跟他疏遠。用路內敘事者「我」的眼光，他看見胖姑「偶爾會拐進蘇華照相館，看一看我和小妍，打個招呼，然後把自己挪走。」這裡的「挪」字用的甚佳，帶有一種底層人民自我物化的自貶與自尊，反而能引發人的憐惜與敬意。但胖姑仍是想結婚的，小說設計一個叫「烏青眼」的人出場，他是做死人生意、開壽衣店的人，胖姑一聽是這樣的人要替自己作媒，自己也甚為嫌惡，但烏青眼也一樣瞧不起胖姑，他更為露骨的直接說：「別以為殘疾人就稀罕你們正常的，胖，也是一種殘疾。」儘管作者最後安排讓烏青眼與胖姑能相濡以沫在一起，但從情節處理及核心思想來看，這部分的形象說服力實在並不很大。

至於在第六部〈痴兒〉中，寫一個叫方小兵的聾啞人與「我」的交往——由於長年在底層的霸凌文化下成長，人與人之間彼此瞧不起與涼薄，「我」幾乎已經習慣被傷害，甚至慢慢發展出一種以沉默、陰鬱，卻不狂妄的方式來回應這個世界，但方小兵並非能完全無感，即使他是一個聾啞人——或許聽不見是非，也無法製造是非，但是對少有的朋友卻很專注且忠心。當「我」以各種奇特的機緣與羅佳重逢，甚至繼續想爭取及陪伴羅佳渡過她的難關，儘管仍被身邊的人嘲笑與羅佳的美完全不搭配，但仍有一個方小兵願意跟「我」一起分擔世俗的惡意，使「我」的生命意義得以並非完全被虛無化。甚至，當方小兵看著「我」喜歡的羅佳跟我漸行漸遠，還敢直接去找羅佳表態，以致於被羅佳身邊的其它男人打了回來，終於令長期被霸凌的「我」感受到一絲有義氣的例外溫暖，令「我」似乎也升起新的勇氣。

三

路內究竟如何理解這些孤寡殘弱者的出路？——誠如上面已然提過的形象個案，底層之間的霸凌有過之而無不及，溫暖只是一種例外。很明顯的，無論是小說寫到的六〇、七〇年代的社會主義時期，還是改革開放的八〇、九〇年代初，那種歷經社會主義革命的主體——弱勢者親同一家、聯合起來一起對抗一個更大的集體或社會霸權的可能，在小說中幾乎不存在。那麼敘事者「我」跟以上的這些主人公們，能活下去的力量究竟是什麼？

路內大概不相信任何來自於集體力量的救贖，他選擇了更為個人化的主體安頓方法——其一靠回憶，其二似乎是靠文藝，其三是同靠繼續傾慕著曾喜歡過的女孩們——「永恆的女性們」讓他上昇，或至少減緩男性的衰敗速度。在《花街往事》中是羅佳，在他的其它作品，則是「姐姐」。時常，在描述了整節或大段的底層人民的悲慘與不堪，路內會忽然插出一些極為抒情的印象回憶，例如前面描繪到穆巽的走投無路、精神崩潰的跡象後，小說忽然安插這樣無明確情節因果的主體回憶：

> 一九八八年的夏天是很寂寞的，天空萬里無雲，雨季推遲，腐朽而蒸騰的氣味奇跡般地遠離了我們。……甜絲絲的香味，聞起來終於覺得像一種米酒，而不是發臭的酒糟。街道干燥，鋪滿陽光，這種時候你簡直以為，一年一度的梅雨季節從此將不會再

出現。[2]

或是這樣跟羅佳在一起的回憶與抒情片段：

我們坐在一起，想念了一小會兒方小兵，用圓珠筆在小本上猛寫字，騎著他那輛破舊三輪的天真樣子，不禁很感慨，光陰如梭，一切都生銹了。很奇怪，時至今日我仍覺得八十年代是光彩煥然的，那種新鮮好聞的氣味引導著我，而九十年代在我心裡卻顯得陳舊腐敗，從一開始直到它結束都沒能挽回。……後來她又找到了一張更早以前的照片，七年前在照相館裡拍的。我坐在她身邊，彷彿感到最初的她又回來了，那個上課時拘謹美好的小姑娘，和賭博沒有一點關係的她。我覺得很傷感，我記憶中的羅佳已經不存在了，但我仍然喜歡眼前的這個人。

她看我的目光清澈而安靜，偶爾嘲笑我一下也帶著童年時的善意，沒有任何不甘。[3]

再度跟羅佳相遇後，「我們」回憶著過去青春的時光，尤其是八〇年代具有高度自由文藝傾向的時代——小說中落實在第七部〈日暈月暈〉中，藉由「姐姐」念大學後交過的青年作家、畫家、歌手等朋友、通常講普通話的朋友，讓這些似乎與自己所處的底層世界極為不同的文藝青年，來兌換一些救贖的契機，換句話說，類似於追隨文藝化的永恆「姐姐」，而在隱隱中共享了八〇年代以文藝為主潮的精神解放。以致於即使逝去後再回憶，即使現實與底層始終混亂，那種精神也仍然充滿著純淨與美好。

我相信美麗的羅佳與「姐姐」們將會繼續在「我」需要時被召喚前來，但我不認為那些底層的孤寡殘弱者，能共享這種以回憶、文藝及美麗的女性們作為上升及救贖之道。我懷疑路內自己也能說服自己相信。但路內仍「在路上」，而且至少還願意高度關注與書寫已不屬於自己階層的弱勢者，這可以說是一種慈悲（即使並非能完全平視），也因為慈悲，路內才能還原那麼多的形象。下一步怎麼走？我期待路內能對自己的作品與思想，有著更清醒的自覺與承擔的要求。

2　同上註，頁226。
3　同上註，頁371。

地壇印象

——讀史鐵生〈我與地壇〉

多年前有一部電影名叫《欲望之翼》（*The Wings of the Dove*），描述二十世紀初期在英國二女一男的愛情故事。這個故事的特色在呈現知識份子在金錢、愛情與友情間的掙扎，原相愛的情侶為了錢與另一名女性交往，待後者的女性最終因付出真情但絕症死去時，這一對情侶因為可以得到她的遺產而良心不安，最後男女主角都放棄了金錢、也放棄了對方，因為無法容忍自己在某個時空曾經以卑劣的動機獲得的這位絕症女性的金錢、友情與愛情。他們選擇精神與實體均放逐自我。

史鐵生（1951-2010）〈我與地壇〉這篇文章其實接觸到類似的欲望主題，只是電影的核心從金錢欲望展開，史鐵生則接觸一個更敏感的部分——我們對價值、愛情、榮譽，甚至是對所有理想與美好事物的欲望。

這是一個有意思的問題，人們常以為，只有對權力、金錢或看似負面的欲望才會讓我們變得可怕、孤獨或陷入絕境，所以人們常理所當然的譴責前者，可是更容易被忽略的問題應該是：我們對所有正面理想追求所帶來的不安與惶恐，才是導致我們寵辱若驚的原因。

我覺得這就是史鐵生在〈我與地壇〉真正想探討的——為了某種抽象、心理的微妙平衡，作者寧願讓母親擔心；為了能夠安靜的思考與獨處，他也必需拒絕親人的陪伴；長跑者為了榮譽、女工程師象徵愛情、小女孩代表希望、老年人隱喻平靜，每一樣我們這些看似對人生不追求外在貪心的人，也都陷入這些微妙的心靈精神的追求，它們跟權力與金錢一樣，在某種程度上，也都是欲望的分身。

可是，就如同史先生很誠懇的反省，就是這些，就是這些正面的想望造同時造就了史先生的才情、就是這些對生命的焦慮讓我們看見太陽與歲月中恆長的不變、就是這些不安與恐惶讓一個殘廢的作者、一個在悲苦環境遠大於台灣、甚至華人社會的作者，從自己的家中執意拐出「小院」，走向那一片寬廣的地壇，在地壇裡，史鐵生讓我們抽樣的讀到各種人的生命姿勢、各種正面欲望、希望的人類樣本。當然，這篇文章之成功，並不只於他所提出的抽象哲理，史鐵生的語言文字更是加深此文價值的原因。這些語言文字來自一個作者對世界真心的好奇，所以他才能看見那麼多微小的細節，當細節以排比、映襯的形式呈現，讀者等於隨同作者一起從各個角度觀看這個變化多端、但又井然有序的世界。從情感上來看，作者寫與母親的相處最令我感動，史鐵生以幾句他人說的話，如「沒想到這園子有這麼大」、「有一回你母親來這兒找你，她問我您看沒看見一個搖輪椅的孩子？」來烘托（我相信作者沒有刻意要如此作）母親對其極含蓄的關懷，要付出愛又怕孩子有壓力、不付出又不可能，作者明白這些，但是沒有辦法從自我意識跳脫出來，讓人讀了以後非常不忍，人類的自我意識，何嘗不是欲望的一種？

因為這些微妙的心情與人心總是無法避免的缺憾，任何一個讀者都可以在〈我與地壇〉裡看到自己從小到大與親人間相處、日以繼夜所追求的榮譽之間的弔詭，而且由於史鐵生以十五年以上生命親身的驗證，當他得以以獨白的方式提出他對生命傳承、融合與和解的見解，我們就不會覺得作者是在載道，他一點也不虛無的把生命還給了生命，以是我又無我的形式永恆來彰顯。

在我過去所讀到的哲學系統裡，其實有各式各樣的超越模式，可是，我必需要說，我很少被它們真正感動過，即使是在某個經典講堂裡，我們學習到一整套既超越又內在的生命修為：以老子的「道可道，非常道」回應孔子的「志於道」、「上德不德，是以有德」回應「據於德」、莊子的「大仁不仁」回應「依於仁」、老子的「大制不割」回應儒家的禮樂制約，這些東西可以在思想上使人醉心，但我曾經被深深感動過的，還是授課先生在講授這些道理時所散發出來「我真的相信、信仰這些」的精神，儘管這很可能是一個年輕知識份子簡化了的溫情理解。因此，我不得不說，當後來有機會再讀到史鐵生〈我與地壇〉時，我願意相信，作者是以一種接近宗教情懷的心情在省思自己的生命，當他提出「當然，那不是我；但是。那不是我嗎？」才能夠那麼有力量、胸襟與情感。

初讀到這篇文章大約在唸博士班的初期，因為我研究的範疇需要同時認識當代中國大陸的重要作家及作品，所以索性就找了來看，以專業文學工作者豈能搞不清楚周邊知識的工具理智，一讀後心裡非常難過、也非常高興，難過的原因是我終於有點明白，為什麼我們的生命那麼容易傾向虛無，高興的是史鐵生跟我們一樣都是人，不管他是那裡人。我為自己仍有繼續反省與改進的自覺感到欣慰。

中國夢的焦慮

——讀文珍小說〈我們夜裡在美術館談戀愛〉及〈安翔路情事〉

一

〈我們夜裡在美術館談戀愛〉（2012，以下簡稱〈我們〉）開篇在一個渴望「被看」卻沒有獲得回應的沮喪：

> 你不懂得。你們不懂得。那是一種很有趣的體驗，深夜在荒無人煙白天卻人聲鼎沸的公眾場合，只開一半的燈，剩下燈光下被隱約照亮的兩個人，互相辨認著輪廓，就好像第一天認識彼此般乍驚又喜，那種感覺多麼奇妙。
>
> 我轉頭的一瞬流下眼淚。你沒有看我，繼續往前看著別的畫作，似乎全神貫注。……請看著我，看著我一個人就好，在這個過於美好的夜裡，我將是你面前唯一的畫作，唯一的女人，唯一的世界。[1]

---

1 收入文珍《氣味之城》（台北：人間出版社，2016年），頁53。

女主人公即將離開北京城去美國紐約留學，臨行前相約同居多年的男友在美術館告別，原以為男人會深情款款依依不捨，但男人雖然並非沒有不捨，倒也能繼續看見／觀察外在世界（展覽），女人期望成為聚光燈下的焦點與對方心中的唯一，但她卻不願意多付出與再留下來。在這段發達資本主義時代北京城的愛情裡，兩人都意識到，「愛」已經不足已支撐兩人的關係。整段細節及幽微的指涉，可以被視為一種看與被看的視覺政治的症候——一種大陸新世紀以降兩性與社會關係的新現實縮影。

以兩人的隔膜為起點，文珍（1982-）進一步鋪陳她的小說敘事。這是一個新世紀北京的女主人公，知識水平不低，與同屬知識份子階層的男友在北京同居多年，男友對她很好，希望結婚生子，雖然一直買不起商品房，倒也能中規中矩的在體制內打了準備結婚分房的報告。儘管女主人公覺得兩人在一起並非沒有幸福，但長期同居的日常與世俗的瑣碎，長期僅能扮演著一顆小螺絲釘的卑微，均讓她難以再忍受。小說以女主人公的視角，描述屬於他們的尋常日子：「二〇〇八年八月的你朝九晚五，下班回家和我一起在公交車上用3G手機看中國小將如何險勝韓國射箭隊。血液賁張不為民主自由公正只為體育精神。偶爾唱一次歌也不是〈國際歌〉而是周杰倫的〈青花瓷〉；路過天安門也不過低低垂下眼睛，王顧左右而言他。」[2]主人公們過的看似「現代」，事實上只是活在一些個人式的器物感覺的現代性裡。

很明顯的，〈我們〉中的女主人公是一個已然轉型為現代性意義上的女主人公，作為一個已經受過現代啟蒙的小知識份子，她有一種不想依附或靠向傳統與主流世俗的選擇與意志，她想要探問更多與更大的生命意義與價值。所以，女主人公不時地向大她十餘歲的男友詢問他當年曾參與「六四」的經歷，企圖以愛人參與過的「六四」事件（那時男人剛大一，就讀北京某名牌大學）來獲得一種精神救贖。但男友對此總是保持沈默，不但認為她過於天真，同時對於昔日的社會主義革命的理想、對民族、家國、信仰，似乎均陷入一種犬儒狀態。小說中也並未能再展開男人擱置歷史與莫測高深的主體形象的深入邏輯。

某種程度上，〈我們〉中各式百無聊賴的日常景觀與這對情人必然分手的關係，或許可以看作對大陸步入「具有中國特色的社會主義」的資本主義現象的難以回應的一種結果。女主人公渴望轉向至另一個彼岸，尋找新的意義，無論是為了重構與想像中的革命歷史，甚或只是投奔一般的浮華生活，均不能不說有其生命自我更新的合理性。是以文珍也不時地讓女主人公的話語和調性充滿自嘲與譏諷，畢竟新世紀「娜拉」的再次出走，更多的是為了一種個人式的中國夢。

2 同上註，頁71。

二

文珍的短篇小說〈我們〉處理了小知識份子，尤以女性小知識份子在大城市的浮沉命運與下一個新階段的選擇。在中篇代表作〈安翔路情事〉（2011《當代》第 2 期，獲 2014 年第五屆老舍文學獎中篇小說獎），文珍另有一種底層視野，透過在北京安翔路上賣麻辣燙和灌餅的青年男女主人公的情感與命運發展，連動地反映了大陸新世紀以來，從底層視野下的另一種中國夢與焦慮感。無論從內容和藝術而言，〈安翔路情事〉明顯地更細膩與具有社會分析的深度。

不同於石一楓〈世間已無陳金芳〉的女主人公的出場時的「土」，〈安翔路情事〉的女主人公小玉一開始就被塑造為肌膚白晰緊實、外貌條件好，又年輕，出身哈爾濱，嚴格來說並不能算是「底層」，但當她和姐姐從哈爾濱來到北京大城市後，卻也只能以在安翔路上賣麻辣燙／小吃的工作謀生。但她有自知之明和自尊心，安翔路上總不缺對她有興趣的男人。然而，初入北京大城，涉世未深，尚有著一些純情的小玉，她更執著於想獲得一種強烈與飽滿的愛情，因此不願意依照姐姐的暗示與建議，跟比較有錢的「能人」小方在一起，寧願選擇另一家賣灌餅的小吃攤的小胡。小胡是農村青年出身，但從小玉的最初的情人眼裡所看見的，卻是：「個子高撐門面，皮膚不白，看上去卻並不土，是城裡人流行的古銅色。還愛笑，看上去總樂呵呵的。」同時她還喜歡小胡的現代性式的上進，除了賣小吃，小胡偶爾在店內亦讀書，讀的是《新概念英語》，小玉看著他覺得：「那姿態就是動人的。」

女主人公看上小胡，關鍵仍是「城裡人」與「現代」的標準與想像，但她已然同被現代性生產出的細膩與實用理性，更讓她在交往的過程中，一步步發現兩人性格和價值觀上的距離與差異。因此〈安翔路情事〉以「情事」的發展和變化作為主要情節，在美學上的具體性、豐富性和感染力可以說比〈我們〉更為有效且成功。

小說第一個主要的情節轉折，就在小玉開始擴充「現代性」的物質之後——暗戀小玉的小方，有一天帶著小玉和她的姐姐一同去看電影《阿凡達》。小玉瞧不起姐姐僅僅因為小方請客，「眼皮子這麼淺」地就想將妹妹推向小方，反而昇起了一種企圖抵抗世俗的叛逆意志，瞬間強化了對小胡的傾心，這種傾心除了最初階段的「城裡人」的想像，至此亦帶入現代通俗社會媒介的影響：「像日劇裡的那個什麼木村拓哉。他也從不像阿杜小方這些人亂獻殷勤，卻不知道女生就吃這一套：酷一點，就是要酷才賣座。她打賭小胡不知道自己招人喜歡。她有點可憐他，也可憐自己。」

兩人正式定情的地點／空間，是在充滿著大城市現代性意味的「鳥巢」，而不是他們的工作與生活核心的「安翔路」，這樣的設計可以說是一種反襯，預告了他們日後情感與命運的斷裂的必然性。小說的整體敘事結構仍與情感發展同構，起於第一節：「鳥巢」，轉折回到「安翔路」，過度在抒情與哀婉樂章的第三節：「圓明圓」，最後仍又回到主循律的第四節：「仍然安翔路」。

最初，他們在「鳥巢」和「水立方」週邊散步，一直到「鳥巢和水立方的燈早關了，他們卻還在路上」，這無疑是個隱喻，「鳥巢」之於兩個北漂的底層青年而言，只能是生活中的一種偶然的點綴，甚至不能看作小說的背景。小說的主要空間，還是在開小吃攤的「安翔路」上。因此，到了第二節，就在「安翔路」的對面的路上，開了一條安翔路食街，而原來的「安翔路」主街道上的小型市場可能要拆遷，這些條件的轉變，在在影響了小玉的麻辣燙小攤的生意。同時，隨著兩人情感關係的確定，現實經濟的世俗與壓力，亦讓她不得不正視小胡的「條件」，開始弱化觀看小胡的「木村拓栽」式的眼光。從一些兩人相處的小細節中，小玉慢慢得知小胡的農村家累。她被資本主義調動的「個人」主體性，再度讓她回到「自我」：「小胡知不知道她是犧牲了多少人的喜歡才和他在一起的？他知不知道？」當然小胡對小玉仍是好的，在生活和工作上都幫助她許多，在情感上也體貼地維持她的自尊，但在生活困窘的壓力下，兩個人的矛盾愈來愈多。

就在安翔路確定要遷，麻辣燙的攤位被迫將撤離，小玉和姐姐決定暫時回到哈爾濱。男女主人公遂在「圓明園」展開一場約會與談話。小玉心中已然決定要分手，她不可能跟隨小胡回到農村過日子，儘管她不知道自己還能有什麼樣的豐盛富饒的一生，但至少知道她不想要的世界。

作者不時以全知的觀點或女主人公的心理書寫，來為小玉辯護：

她不是個貪財的人。她只是心氣高，不想那麼快對這個城市認輸。……小玉想：「我只是想隨便坐一輛什麼汽車裡面，只笑不哭。」已經見識過大城市的小玉不願意回到農村過著可能日復一日的日常與世俗生活，不願意生活裡只是種地、生孩子、照顧家庭。[3]

小說第四節「仍然安翔路」的寫法甚至有超視的眼光，作者以全知的視角，描繪出被人遺忘的、介在大北京城裡的相對位置的「安翔路」，即使位在具有中國崛起與現代性象徵的建築物與都會化的設施中，它與眾多北漂的小人物的命運，終究形成了一種隱喻式的同構：

盤古往南一千米，就是奧林匹克公園南區，裡面有一個建築物叫鳥巢，毗鄰的藍色方形建築就叫水立方。再往西走一千米，就又回到了這條街上：著名的中國音樂學院的正門就開在這條街。

就在巨大的液晶電視屏幕和渺小的中國音樂學院之間，這條與北辰西路平行、京藏高速以南、健翔橋以北的街，就叫安翔路。

安翔路和鳥巢一樣名副其實，安靜地蟄伏在巨大的ＬＣＤ屏幕污染源下，如同一個

3　同上註，頁174-175。

> 孩子縮在角落裡玩捉迷藏，結果真被人遺忘了。[4]

小玉對分手有沒有後悔？她是後悔的：「她最稀罕的人都被她的貪財愛慕虛榮氣走了」。但這個被現代性與城市啟蒙、開了眼界（儘管目前只限於一些世俗物質生活）的女孩子，她仍舊覺得自己不可能再回到過去農村時代的生活。小說的情節發展，愈到男女主人公將分手之際，情感愈形強烈，調用的詞彙也以層疊累加的修辭，強化小玉對小胡與北京城的「愛」：「她所熟悉的、深愛的、痛恨的、來不及要扔下卻又永遠忘不掉的微笑。……還有不到十個小時她就要離開這個城市了，也許是暫時，也許是永遠。」〈安翔路情事〉最終仍收在一種戲劇化如電影般的對望中：

> 她眼睛直直地看進灌餅店裡，裡面那個身影果然停下手來。就像電影裡的慢動作。……真的就像那個夢一樣小玉想，小胡在夢裡面遠遠地看著她，既不說話，也不過來，看不清楚表情。就像最初一樣，就好像從來沒有看見過對方一樣：他們看見對方了。隔著街道，他們安靜地，天長地久地，望著彼此。[5]

很大程度上，這段細節顯得過於抒情與戲劇化，被拋棄的小胡仍很快的恢復了日常生活，繼續回去做灌餅，但小玉卻浪漫式的找了他一夜，最終發現他仍然、竟然還能工作。她心中充滿少女式的悲傷，那種想要成為聚光燈及被凝視的欲望如此強烈，但更具有悟性及深刻性之處，或許仍在於，文珍與女主人公都體會並明白，這種看與被看、這種被凝視的渴望，根本上無法成全與推進兩人的關係，對方僅僅只能是你／妳生命中的一種客體及審美對象。

三

整體上來說，〈安翔路情事〉的結構比〈我們〉要來得更完整且具有社會分析的深度。它以中篇小說的篇幅，有效地濃縮與處理了安翔路上的兩個北漂小販的戀愛的發生、關係的確立、情感的變化轉折與再消逝，同時聯繫上大陸城鄉巨變下的城市空間轉型與變化，由此體現一種大陸底層青年男女在城市發展的命運、情感與社會發展的困境。

同時，〈我們〉和〈安翔路情事〉均不時使用看及被看的視覺化藝術。小說處處散佈著女主人公被現代性調動後，渴望能成為被看／被凝視的主體。而當時序已來到了二十一世紀，我們已經不能夠簡單地以《包法利夫人》或《嘉莉妹妹》的邏輯來譴責她們的虛榮，她

4 同上註，頁 183-184。
5 同上註，頁 188。

們對社會和情感，實不能說犯下什麼嚴重的錯誤，小玉的輕淺的虛榮心，甚至可以說更具有「現代」的典型性。男性在發達資本主義的世俗社會的上昇或發展亦另有心酸、委屈與難度，但文珍跟石一楓選擇「陳金芳」一樣，都將代表作的重點放在女主人公的身上，證明文珍有相當程度的現實主義社會分析與情感結構的掌握的才能。終究發現了在一個大國崛起的時代與時勢下，無論是小知識份子或底層人民，在新型態中國夢的理想與召喚下，生命中不得不暫時擱置／抑制真情的焦慮及困境。

第三輯　文學／文學批評的再閱讀

讀洪子誠先生《閱讀經驗》

洪子誠（1939-）先生是中國大陸著名的當代文學與文學史研究的權威，出生於廣東揭陽，一九六一年從北京大學中文系畢業後留校，接著任教直到二〇〇二年退休。上個世紀八〇年代中以來，洪先生以其含蓄低調的治學品格，逐步將積累的史料視野、歷史經驗與文學感性形諸文字，重要代表作包括：《當代中國文學的藝術問題》（1986）、《作家姿態與自我意識》（1991）、《1956：百花時代》（1998）、《中國當代文學史》（1999）、《問題與方法》（2002）、《中國當代新詩史（修訂本）》（2005，與劉登翰合著）、《我的閱讀史》（2011）等。二〇一〇年，北京大學出版社更出版八卷本《洪子誠學術作品集》，公開地賦予洪先生遲來的、實至名歸的榮譽與學術地位。

洪先生曾三度受邀至台灣講學：二〇〇九年在彰化師範大學國文系客座，二〇一三年在交通大學社文所客座，二〇一四年在清華大學中文系客座，在台期間，常不惜辛勞，應允赴各大學演講，目前在台灣專攻中國現當代文學與文化研究的青年學者，大概很少沒旁聽過洪先生的課的，也因此，台灣對洪先生並不陌生。然而，或許是洪先生過於謹慎，他的專書一直到近年才正式有繁體中文版，例如他的學術代表作之一的《中國當代文學史》，二〇〇八年才由台北秀威出版公司分成上、下兩集出版，而《閱讀經驗》（2015）則是洪先生應台北人間出版社呂正惠先生的邀請，為台灣讀者親自編選的第一本台版文學評論集，主要選錄他在北大中文系退休後至今的最新讀書、研究、講學間的「閱讀經驗」，當中有一些篇章，甚至尚未收錄在大陸版的專書中。

洪先生不喜重複，尊重獨創性，包容差異性的治學品格與性格，大概從早年就已經奠定。這或許也體現在他一生的研究取材、評價的視野與方法，甚至跟大陸「主流」學界所保持的距離上。身為中國當代各種革命現場的「倖存者」之一，他深深理解道德評價的抽象危險，重視實事求是地回到歷史語境與高密度的史料聯繫。然而，究竟「選擇」什麼樣的對象、史料來進行問題的討論，不只考驗著文學史家的才、學、識，更是回應與重構當時的歷史現場的一種文學、甚至政治價值的決斷。在八〇年代中還高舉文學啟蒙的功能下，洪先生出版的第一本書《當代中國文學的藝術問題》，卻花了非常多篇幅來討論作家的藝術個性、感性生活、小說的風格、流派，甚至藝術境界等關係；而當九〇年代追求「文學」的主體性已蔚為學術時尚的「主流」後，洪先生又在他的《中國當代文學史》中，重著處理非個人意義的文學生產與機制，這樣的選擇，與其說是洪先生研究視野與方法的「錯位」，不如說是他在不同歷史條件下，實踐文學與學術自由、多元及特殊性的一種辯證方式。

當然，在文學研究的個案上，洪先生確實比較欣賞主流中的邊緣，大敘事中的例外，集體中相對獨立的作家與作品。那些帶有悖論、矛盾意義的歷史主體，似乎總能召喚看似嚴肅的洪先生的慧詰目光。因此，許多學者便認為，洪先生在自由主義跟左翼的立場上偏向自由主義，在「文學」與政治（或廣義的社會實踐）上，選擇了「文學」。然而，這樣的劃分與認識中國現當代文學的方式，恰恰是洪先生一生自覺要克服與打破的——無論從研究對象與教學工作的事實，洪先生都更為重視左翼作家與文本。在台北人間出版社所出版的《閱讀經驗》收錄的答冷霜〈回答六個問題〉時，他說：「我的重點是討論『左翼』（「革命」）文學和文學家的內在矛盾，自身存在的悖謬性因素：在對一個理想化的『完整世界』的追求中，對『純粹』、『絕對』的無止境的強調。不斷對『不純』的因素的剝離，結果是『革命文學』失去血肉，成為空殼」[1]。而在〈答李雲雷先生問〉的類似追問時，洪先生更明白的澄清：「我覺得『自由主義作家』在當代的命運，他們遇到的矛盾和做出的反應，相對起來較為清楚，而不同的左翼作家的當代命運就複雜的多，那種各個層面的『悖論』情境，值得做更深入的探究」[2]。這種細緻地剝顯中國當代作家相對特質的善意與耐性，拒絕簡單地坐實在某種主義與立場的姿態及願望，每每也給他帶來研究、備課和演講上的麻煩，所以即使年過「從心所欲」，洪先生還是常調侃自身缺乏靈性，自認跟不上新形勢與作品，時而還戰戰兢兢地露出腼腆的苦笑。

洪先生也常在課堂間作「自我批評」。我偶爾會揣想，這樣的「習慣」不知是否跟大陸

1 洪子誠《閱讀經驗》（台北：人間出版社，2015年），頁14。

2 同上註，頁228。

長期的革命傳統甚至文革有關？先生「自我批評」最多的一個問題，似乎總覺得自己的研究視野過於狹窄。他常舉錢理群等先生為例，認為他們所選擇的魯迅等研究的對象，恰恰才體現了學者的能力與品味，言下之意，自己僅僅處理「中國當代文學」，格局和趣味實在有待加強。洪先生這種念頭自然是謙讓，姑且不說他上課時，如何錯綜複雜地聯繫當代文學的各式淵源，如何地貫穿當代文學跟現代文學、社會主義傳統、革命與現代性、民族國家、甚至知識份子轉型等縱橫關係，他對一些非中國當代文學的參照批評，也相當可觀。例如，晚近以「我的閱讀史」系列，發表在大陸的期刊，後收在大陸版的《我的閱讀史》與本書中對契訶夫、帕斯捷爾納克《日瓦哥醫生》的點評與延伸，便有極多精采且睿智的文學見解。王曉明先生最近在接受一篇專訪時曾間接提及——他認為俄羅斯文學深受東正教的影響，視野比中國現代文學更大（王曉明〈抗拒庸俗的轉身〉），如果這個說法可以成立，洪先生對俄羅斯文學細緻化地接受與品評，或許更能看出他作為一流批評家的才能與深度。

在〈「懷疑」的智慧與文體：契訶夫〉中，洪先生以難得的抒情筆調，描述了他從六〇年代至二十一世紀間的契訶夫的「閱讀史」。從早年欣賞的「對細節關注」、「害怕誇張，拒絕說教，避免含混和矯揉造作，以真實、單純、細緻，但柔韌的描述來揭示生活、情感的複雜性的藝術」[3]。到後來，透過契訶夫，擴充了對庸俗與慵懶、溝通與隔膜、對勞動價值、剝削性質及跟人的精神、創造力的壓抑的綜合理解，這些視野早遠遠超過分析「文學」本身，尤有甚者，洪先生對契訶夫「懷疑的智慧」的分析也令我印象深刻，這段話相當有意思：

> 他暴露事情的多面性……思想捕捉各種經驗與對象，而未有意將它們融入或排斥於某種始終不變、無所不包的一元識見之中。……他為這個越來越被清晰化，日漸趨向簡單的世界，開拓小塊的「灰色地帶」，並把這一「灰色」確立為一種美感形式。這種思維方式和美感形態，其獨特性和弱點、弊端，都同樣顯而易見。而且，說真的，這個具有「懷疑的智慧」的人，從根本上說也不是一個可以親近的人。[4]

這已經不只是對契訶夫及其文學作「中性」的分析了，在洪先生否定辯證的敘述話語裡，我們能夠直覺體會他對契訶夫關鍵特質的掌握，同時，也不因契訶夫已是今日文學史上的大家，就省略對契訶夫作品和人格弱點的暗示。

洪先生談《日瓦戈醫生》（台譯：齊瓦哥醫生），也是我私心衷愛的一篇文章。他認為此作最大的特質之一，是儘管作者將主人公的生命，跟俄國革命的各階段歷史聯繫起來，但此作並沒有「讓豐富的生存之謎，隱沒、消失在『政治的確定性』之後」，而什麼是豐富的

3 同上註，頁 51。
4 同上註，頁 70。

生存之謎呢？其中之一二，洪先生認為應該包括對俄羅斯壯闊的大自然的融入，洪先生說：「俄羅斯的平原、高山、森林、河流廣袤而且神秘。……俄羅斯作家和他們創造的人物的生活和性格，與大自然一樣也有許多神秘的東西。這種神秘，是大自然賦予的。大自然對他們來說，不是外在的被征服、待欣賞的對象……。他們的生命融合在裡面，由此形成有關生活、愛情、死亡、苦難、幸福的觀念。……生活有很多的面向，有許多我們所不了解的謎。」[5] 對人類渺小的謙遜自知，對大自然與神秘世界的好奇與敬意，跟人追求更美好的生活、回應弱勢者的革命、社會與政治解放，其實並不矛盾吧？

回到「中國當代文學」。洪先生始終對這門學科的方法論有極自覺的推進與反省。在跟吳曉東對話的文章〈提問吳曉東：和他的回答〉裡，洪先生提出學界近年過度高喊研究的「歷史化」或「語境化」的問題，儘管它是企圖糾正過去數十年來，粗糙地理論先行的詮釋限制，但是，洪先生更敏感地發現，過於強調文學研究的「歷史化」而忽視「本質化」的深度，也一樣容易陷入歷史的「抽象化」，甚至迷失在歷史材料中，導致淹沒與遮蔽了應該有的問題意識與獨特訴求。而在討論可分析性與好作品的關係時，吳曉東在洪先生的「引導」下的回應也值得深思，吳曉東說：「具有『可分析性』的文本往往是研究者更喜歡的文本，但卻不必然是「好作品」。……我認為當前的文學研究的危機之一就是審美判斷的能力日漸匱缺。……作為一個文學研究者，具備一定的審美判斷力也同樣應該是職業倫理的體現。當然對審美和藝術性的關注也要警惕美學專制主義」[6]。這樣有不同階段針對性的具體反省，大概也只有在雙方均有善意，且對此學科有高度責任感的學人，才能相互促成與推進吧。

大約在二〇〇八年前後，我因為申請到台灣陸委會赴大陸的研究案，曾以電郵請益過洪先生諸多問題。爾後，也幸運地在先生來台講學的過程中，陸續聆聽過他的諸多講座。私心視洪先生為老師，故承呂正惠先生指示「讀書心得」，焦慮有餘又限於篇幅，只能粗略成章，三千餘言，未足以盡道我對洪先生治學與靈魂上的理解與敬意。

5　同上註，頁106。

6　同上註，頁260。

但開風氣

——王曉明和他的《橫站》

王曉明（1955-）與蔡翔（1953-）、陳思和（1954-），甚或年紀稍長的趙園（1945-）等先生們，在文革後重入大學／研究所讀書，八〇年代初開始正式工作。那個階段，某種意義上來說，是新中國建國後難得的一種文學的黃金時代——在反右運動受到政治清洗的知識份子因改正而回歸，知青世代也日漸崛起，並生產／發表了許多優秀的文學作品。曉明先生跟蔡翔、陳思和、趙園都是文革後，新中國所培養出的第一批新知識份子，也因此自八〇年代起，他們也就成為首波清理五四，以及回應八〇年代許多優秀文學作品與思想的重要批評家。當然每個人的起點與進路不盡相同，例如蔡翔在八〇年代剛開始，以點評路遙（1949-1992）《人生》、蔣子龍（1941-）的《赤橙黃綠青藍紫》起家，趙園的《論小說十家》主要處理五四時期的代表作家老舍、郁達夫、張天翼、沈從文、蕭紅、張愛玲等，陳思和則是以一種比較概括的視野，寫出了《中國新文學史研究的整體觀》、《中國新文學發展中的現實主義》、《中國新文學發展中的浪漫主義》等重要文章。王先生跟這幾位批評家雖然共享同一個歷史語境，也力求重新辨證極左的教條，但他的研究，或說批評的起點和方式，跟前面幾位並不很相同。以我目前的理解，這不只是說曉明先生較為人所熟知的——以魯迅起家的文學研究，例如他一九八一年就發表了《論魯迅性格的幾個特點》，以及他後來九〇年代初，出版了兩岸學界印象深刻的魯迅研究專著《無法直面的人生》等。而是，即使是一開始，王曉明教授可能跟趙園更為接近，王老師有一篇評論趙園的文章，名叫《更為艱難的選擇》，收入《刺叢裡的求索》（1995），我感覺寫的相當「心心相印」。不只是他們兩位在早期的文學批評中，都相當重視個案的具體性大於先驗性，重視文學文本的細節、縫隙、社會與個人感情與心理的探索，可能更關鍵的交集是——用曉明先生評趙園先生時所問出的話：「一個人只要吃飽了肚子，就不由自主地會要想到這個問題：活著為了什麼？」我以為這才是他跟趙園先生共同關心的靈魂的主題。

活著為了什麼呢？這是一個非常素樸且關鍵的提問。從一九八一年的魯迅研究起，王曉明先生陸續藉由許多不同的文學個案，接近歷史上也曾努力回應這些問題的靈魂。例如他的碩論，研究的其實是五四時期起家的作家沙丁、艾蕪，一九八七年，王曉明出版了《沙汀艾蕪的小說世界》，以細評的方式，討論了沙汀（1963-）的《淘金記》、《困獸記》、《還鄉記》，和艾蕪的《南行記》等，我們寫過文學碩論的可能都有個經驗，至少在台灣，在這個已經被資本主義異化的學術體制，我覺得文學碩論、甚至博論，很大程度上，僅僅是在學習或演練一種操作與分析的技術，甚至有陣子淪為印證各式西方理論的材料。但我讀王老師八〇年代起的文學批評，覺得他就不是這樣，一九九三年，他還有一篇文章叫作《冬天的回憶——懷念艾蕪和沙汀》，在這篇散文中，王老師敘述在八〇年代初期，他去成都和北京分別訪問艾蕪和沙汀的印象。這一類的學者散文，跟他的文學批評可說互為表裡，曉明先生試圖刻劃與保留——艾蕪和沙汀晚年仍作為一個「全人」的身影，他也以就當時來說，必要也難免的、外露的激憤，去貼近所研究／分析的對象。那種執著與飽滿的熱忱，使他的文學批評，接近了某種美感與智慧風貌的境界。因此，閱讀王老師早年的文學批評，很容易受到他的感染。我記得好像是二〇〇七年，還在念博士班時，跟老師和同學們去西安開會，參加完研討會後去參觀兵馬俑，呂正惠老師也在吧，我們遇到了一個極佳的導覽員，他帶有充沛的激情和豐富的歷史知識，仿佛與兵馬俑神交多年，在他的引導下，我們仿佛也走進了那樣具有張力的先秦歷史，理解那些古墓中的夢想與孤獨。我以為王先生當年寫的沙汀和艾蕪論，也具備朝向類似特質的執著。

一九九一年，王先生出版《潛流與旋渦——論二十世紀中國小說家的創作心理障礙》，這一本書除了收錄兩篇魯迅研究外，還有對茅盾、沈從文、張天翼，以及新中國建國後的作家，如高曉聲、張賢亮、張辛欣、韓少功、阿城等的評論，這些材料有一部分也收在之前的《所羅門的瓶子》。我大概是在二〇〇七或〇八年，第一次在呂老師的介紹下讀到這本書。因為我的博士論文其中一部分，處理的就是高曉聲。《潛流與旋渦》對我當年非常有啟發性，雖然王老師分析的重點，或說目的，最終導向了所謂的創作心理障礙，換句話說，他企圖藉由這些文本／材料，去思考之所以讓這些作家，難以寫出好作品——真正大格局或具有世界文學史價值的作品的原因與心理基礎。王老師一方面能居高臨下掌握材料的整體關鍵特質，二方面又有落實到細節與肉身的感性。這種能夠「入乎其內，出乎其外」的眼光，讓他在不斷出入作品、作者、時代環境的向度間，展現了一種將心比心、融會貫通的批評品格。例如《潛流與旋渦》中，最後這樣總結高曉聲：

> 苦難對他的摧殘本來就是雙重的，既泯滅他知識者的覺悟，又損害他藝術家的心境，他對這摧殘的反抗，也就勢必要在這兩方面同時展開。在現實生活裡，他並無力解除陳家村人的苦難。能夠不被這苦難吞沒，在心底始終保持住火種，就已經是十分難得了。但在想像的世界中，他卻能夠居高臨下去俯瞰陳家村，用藝術描寫的火光照亮那苦難的秘密，在讀者心頭也燃起憤懣的大火——這才是他戰勝苦難的最合適的方法。[1]

我不知道高曉聲生前，是否曾讀過這樣的批評。但我相信，如果他讀過，以高曉聲的自省，他也一定會感到如獲知音的安慰。即使當時的曉明先生對高曉聲的限制已看的如此清楚，對他的缺點偶爾也並不很同情。

此外，九〇年代王曉明先生的著作還不少，但應該許多都是八〇年代以降，一路積累與面對新的社會問題下的思考結果——例如《魯迅傳》（1992）、《刺叢裡的求索》（1995）、跟羅崗、倪偉、毛尖等人的對話錄《無聲的黃昏》（1996）、《太陽消失以後》（1997）。這些材料大抵包括了王老師的一些序跋散文、較簡短的作家論（包括台灣學界一向很欣賞的張愛玲、沈從文、周作人等），但是，我覺得在這個階段，對台灣文化圈，可能更具有介紹意義的，是曉明老師跟這些青年學者的對話錄，例如：《無聲的黃昏》。在這本小書中，我們能夠看到一種，一組讀書團隊，如何在作出充足的準備下，針對某些共同的文本，作出有撞擊力道的討論，似乎真正落實了某種無視於輩份、條件的多元對話激盪的空間。現今我們已不難明白，多元並不是自以為各說各話就是、並不是眾聲喧嘩就算，深度和廣度可能都還是需要有人引導與包容，曉明先生適切地扮演這樣的社會角色。他早年在學生工作下的努力，也可以說奠定了二千年後，上海的文化研究能夠發展的人力資源。不確定是否在二〇〇九年春天，我二度訪問上海，也旁聽了王老師他們的演講活動，當天好像是賀照田先生的演講吧，整體感覺就是如這本《無聲的黃昏》的狀態，令我印象極深。相對於很多時候，台灣學界期望我們刻意避免衝突的溫順，以至於最終常造成的無言及自我複製，我覺得《無聲的黃昏》的形式，即使內在不乏對話的緊張，但應該是我們可以自覺學習的方法之一。

當然，九〇年代一直到新世紀初，王曉明先生最具有轉型意義的作品，應該還是他二〇〇〇年的《半張臉的神話》（或《半張臉——中國的新意識形態》，OXFORD 版）。我們從《橫站》附錄的王曉明先生的小傳中，可以簡略地得知他的生涯流變，尤其是他二〇〇〇

1 王曉明《潛流與漩渦——論二十世紀中國小說家的創作心理障礙》（北京：中國社會科學出版社，1991年），頁180。

年以後，自覺地往文化研究的方向正式轉型。對應到他的著作／文本，或說文學批評，反映在《半張臉的神話》中最大的變化，就是更強調思想，或說某種思想傾向的建構書寫。最具有代表性的篇章之一，例如討論王安憶的《從淮海路到梅家橋》，這篇文章主要是分析王安憶的《富萍》與《上種紅菱下種藕》的意義。本來，王安憶的作品的向度和內涵，由於她的高度自我成長和變異，一直以來就是複雜且難以評斷的，但在這樣的評論裡，曉明先生試圖用「從淮海路到梅家橋」來概括，突出王安憶寫作中的某種底層取材與弱勢認同，當然還有她那細細密密間的善意與挑剔，這樣的文評書寫，既是一種策略，也是一種理想。強化批評家主體的選擇性的目的的背後，其實要抵抗的，正是所謂的「中國的新意識形態」——那些已經日漸被資本主義、商業邏輯，甚至所謂專業主義的意識型態滲透的——以資本為高的中國新世界。

也因此，在這樣的流變中，我們大略知道曉明先生在二十一世紀初，正式從華東師轉戰上海大學，協助他們成立了上海大學文化研究系，也曾整合跨校的文化研究團隊（包括蔡翔、羅崗、倪偉、薛毅、毛尖等）開設文化研究相關課程，主編包括《熱風》在內的文化研究相關專論，同時也帶領研究生，以更具有實證性、介入性的方式，進行城市文化與基礎的城鄉交叉的文化研究，在大陸的文化研究圈，有一定具體且指標意義的影響。而在跨區域整合上，曉明先生近十年亦關注所謂的「現代早期思想」與中國革命的關係，自覺地從中國本土經驗中，清理出尚未被五四運動及新中國政治運動窄化下的思考視野，並推動它們在亞洲地區的再認識與傳播。二〇一二年秋季起在台灣交大的講座，亦是這樣的理念的實踐之一。

也就是在這樣的因緣際會下，當二〇一二年九月初王先生正式來台，九月七日，我們即和呂正惠老師等一行人，邀請王老師到苗栗灣寶農村走走，在當地鄉土畫家洪江波先生家裡畫陶、聊天，也在當天達成了要編輯一本王曉明先生的選集的共識。本來，我們的計畫，是採用之前編輯人間版《神聖回憶——蔡翔選集》的方式——以流變史的形式，展現八〇年代至今，一位重要的大陸知識份子／批評家在品味和思想的各階段風貌，以利台灣讀者認識與掌握其各階段的特質與轉折。但《橫站》這本書，最終是僅收近十年曉明先生代表作，同時本來計畫要收的文學批評類的文章，最後也都刪除，這些都是王曉明先生自覺的選擇與結果。我揣想王先生可能更希望讀者瞭解他的，也就是這個部分——節制審美的傾向（儘管這其實是王先生更明顯的優點），在無法迴避虛無的同時嘗試直面人生，無論它們在實然的社會實踐的結果是否有效。因此，《橫站》集中收錄的，都是王曉明先生對大陸當代、甚至當下社會、文化、城市化等的批評，以及他企圖藉由清理晚清民初中國革命的思想遺產，作為再反省今日中國大陸日益窄化的公共視野的資源。我相信這些篇章中的很多部分，就像呂正惠教授為此書的序文標題：「橫站，但還是有支點」一般，不只是中國大陸社會歷史問題的支點，我們推動它在台灣出版與流通，也是希望這本書，能夠作為我台的「他者」——照見我們的不足，也作為我們反躬自省的媒介與支點。

我曾經跟上海師範大學的薛毅教授請教——曉明先生的人文精神的關鍵特質？薛毅用了

「易懂，但不容易理解」來概括王曉明先生。我思考了一些時間，覺得這樣的概括很有意味，但可能終究仍然只是一種概括。例如，王先生在《橫站》中所使用的語言和行文方式，確實是相當流暢易懂的白話。但其實，也不難理解，這本書從頭到尾，並沒有故作艱難的姿態與敘述，相對而言，甚至這樣的書寫和形式，恐怕還會引起某些追求深刻的心靈與愛智者的微言，我自己也曾經如此，至今可能也未完全克服。坦誠來說，在我參與這本書的編輯前，我個人較欣賞的，仍是王曉明先生的早期著作，但這次處理《橫站》的經驗，讓我重新仔細反省，自己在某種程度上，確實有過於狹窄的審美品味與思考傾向。因此，我相信《橫站》的直白表述，正是王曉明先生自覺的追求。作為一位以文字媒介思考的知識份子、作為一位置身於曾有幾千年優秀文明的後輩，誰又沒有渴望玄妙境界的那一面呢？但面對大陸當下日益嚴重的社會問題、人間世俗功利的交換關係，以及冷戰以降亞洲急待更新的知識格局，我揣想王先生在《橫站》論述中的不惜直白，甚至也不迴避簡略必然帶來的粗暴，都是為了召喚回更多的讀者的先行接受與理解，如此，才有可能與更多的人一起，鼓動新的歷史條件的發生，進而促進這個社會的再變革。在這層意義上，《橫站》的讀者或許應該不只是我們文化圈的知識份子，也是你、我身邊的各種階層的朋友和人民。也因此，在我心目中，曉明先生仍是一個知其不可而為之的但開風氣者，而《橫站》所作出的社會思考和歷史清理，也仍應該是我們關懷此道的共同責任。期待《橫站》作為台灣社會與文化人格更新的一種火苗與力量。

一種歷史的見證
——呂正惠的現代文學批評

二〇一四年二月，呂正惠（1948-）先生從臺灣淡江大學中文系榮退，開始了在中國大陸學術客座與文化交流的新里程。

呂先生以研究中國古典詩歌起家，八〇年代中起，轉進兩岸現當代文學研究。先後任教於臺灣清華大學、淡江大學，近年來，繼承陳映真的理想，擔任起臺北「人間」出版社的發行人。在兩岸的文化交流工作上，呂先生也是極具代表性的前輩。我在二〇〇五年夏天開始跟隨他攻讀博士，陸陸續續讀過他大部分古典文學與現代文學研究、批評的材料和隨筆。

現代文學在臺灣，受限於二戰後，國民黨禁絕五四左翼文藝和日據時期左翼文學的條件，因此，雖然自五〇年代起，臺灣就有一些現代文學的創作與批評，但將來有多少能通過典律與歷史的考驗，還有待時間證明，呂先生寫的最好的一些批評，應該會是日後留下的少數清醒且到位的聲音。他比較重要的現代文學批評的合集有：《小說與社會》（1988）、《戰後臺灣文學經驗》（1992）及《文學經典與文化認同》（1995）。二〇一四年一月十日，先生在榮退之際，又以「驥老猶存萬里心」之勢，發表《臺灣文學研究自省錄》，綜收二十一世紀以來，他對現代文學研究和方法論的再省思與推進，維持一貫寬廣的文學、社會與歷史的互涉視野的同時，對中國和世界現代性的前途，也慢慢形成自己的見解。

呂先生的現代文學批評，在評論對象上，我認為仍是有典律（canon）意識的，雖然他甚有「齊物」的修養，對本土平民文學也極能將心比心，但更多的時候，他仍兼融了銳利的審美品味和社會感，選擇現代文學史上具有代表性的作家和作品，並將他們放在中西文學正典和歷史的視野裡，進行相對化的理解。

在臺灣作家部分，他曾點評過黃春明、王文興、白先勇、陳映真、王禎和、七等生、陳若曦、李昂、朱天心、張大春等。解嚴後（1987-），他也是極少數，迅速吸收與接受大陸現當代文學作品的臺灣批評家，曾為臺北「新地」文學出版的大陸當代文學叢書寫序（1988），引薦過不少「右派」及「知青」世代的作家作品，近年更在臺北「人間」出版社的運作下，將更多優秀的大陸文學、文化批評家的代表作引入臺灣。而更令我覺得有意思的，還包括呂先生晚近幾年的「發現」，收錄在《臺灣文學研究自省錄》（2014）中的評論個案，很多其實是呂先生的「不平之鳴」，他時常見不得與心疼某些真正有才華、才幹的作家與批評家被埋沒，或被濤濤庸俗世故的文化圈所遺忘，作為一個文學、文化批評家，呂先生似乎偶也想幹英雄豪傑之事。所以，他要談談一九五〇年代的林海音、臺灣早期現代詩人方思、王文興的大陸遊記，以及默默為臺灣的現代文學付出，作了許多重要基礎工作的顏元叔等。而在作家論外，呂先生具有總論性質的長文亦可觀，收在《戰後臺灣文學經驗》中的作品，就廣泛地涉及思考西方現實主義、現代主義在臺灣的本土流變、國民黨與五四新文化傳統在臺灣的接受限制、戰後臺灣文學的語言問題，甚至兩岸文學文化的交流與發展等，都是呂先生「見賢思齊，見不賢而內自省」下所開發的議題。

在文學方法論的使用與更新上，呂先生重視西馬的盧卡奇的典型、社會整體性等理論，已廣被兩岸文化圈所熟知，對布萊希特如何理解及補充盧卡奇，也曾經為文辨證檢討（1993），在文本細讀的方法上，他曾翻譯過〈俄國形式主義〉的一些觀點（收入《中國文學批評》第一集，1992），對布柯洛夫斯基式的「藝術是體受事物的藝術性方式」有一些會心——閱讀文學耐心之必要。但是，這種「陌生化」的技術，畢竟只是一種形式手段，是批評家用來細讀與發現作品特殊性的方法之一。所以，我認為呂先生其實更靠近的，仍是中西老派的批評家的傳統——在吸收各大家理論與新觀念的同時，更看重的還是大量的、古今中外，不分文史哲的博雅閱讀與參照定位。

在呂先生寫的最好的文學批評裡，能夠充份看到，他在整合各種視野後的獨特領悟與關懷。以他的文學批評的作品來進行分類，我以為大致可簡略概括為四大面向。

第一，對臺灣戰後的各類型人物與知識份子的命運和社會關係的探索。例如，在論黃春明〈黃春明的困境——鄉下人到城市以後怎麼辦〉（1986）一文中，呂先生從作家姿態出發，分析出黃春明較少知識份子的習氣，和會說故事的傳統特質，由此一併討論後發展國家的現代小說，常以西方文學重視情節為標準，貶抑自身文化的敘事困境。但是，呂先生又並非簡單的傳統或復古論者，他認為歷史仍將往前，自我也必需在當中動態調適。所以，當小說家黃春明到了城市，他也需要面對新的現實，並變化新的寫作意識。然而，黃春明在這方面的實踐並不成功，因為傳統的鄉土農業社會必然會被工業現代文明改變，而小說家仍然執意給他筆下的小人物保有最多的溫情時，作品反而不能見證與突顯更大的社會矛盾。

而在論王文興及七等生的個案中，呂先生從他們的出身、階級及所受的教育，來討論他們跟臺灣現代性之間的關係。在著名的王文興論：〈是生錯了地方，還是受錯了教育〉（1986）中，呂先生尖銳的指出，王文興《家變》的最大價值之一，乃是他寫出了一個臺灣知識青年所受的西化教育，跟他的鄉土傳統之間的斷裂。同時，藉由這種斷裂，王文興開展出來一個獨特的內心世界，讓讀者得以看出，主人公身上難以調和的矛盾，由此間接也突出了彼時社會的病態。而在談七等生的篇章：〈自卑、自憐與自負——七等生「現象」〉（1987），呂先生則是認為，七等生過於敏感於他的底層出身，但他又不若黃春明那般「混沌」、陳映真那般能「上升」，因此早期的作品，總耽於活在幻想的內心世界，主人公多自卑、自憐、暴烈、憂鬱，但又要硬生生地以深奧的哲理來自我救贖，使得作品不忍卒讀。而到了後期，當七等生以較為現實主義的方法，來反映他所經歷過的一些保守的教育和教師時，反而在不自覺中，觸及了臺灣早年教育界的一些重要惡習，也是他真正成功的作品。其它類似主題的文章，還有對外省上層知識份子白先勇「傳奇」式的小說的批評、陳映真介在文學與思想間的意義與限制，對陳若曦文革小說的分析等，都是從作家作品本身出發，縱橫求索、交叉思維分析後，才落實出論文的主題。因此，當有些人認為呂先生的文學批評可能過於簡化、社會化、不夠重視「藝術」時，如果他們稍微理解呂先生整合式的思維邏輯，或許會考慮修正他們的想像。

第二，貫穿在呂先生一生的文學批評中，我認為有一種高度重視青春、自我與愛情主題的現象，或者說，是對人的靈性、精神性出口的關注。如果說呂先生在評述轉型時期社會的各種狀態和人物命運（多為男性）的小說時，較為突出它們的公共價值與視野，那麼，在另一些現代文論裡，則是多展現了靈性與精神探索的這一面。這可能跟批評家自我的生命經驗也有關係，在〈青春期的壓抑與「自我」的挫傷——一九六〇年代臺灣現代主義文學的反思〉（2008）一文中，呂先生以上個世紀六〇年代的臺灣現代主義文學為例，討論到當這些作品的青春主人公的生命開始成長時，他們時常遭遇愛情與性無法妥善抒發的挫折，然而，在當年臺灣保守的文化環境下，他們不可能像五四時期的青年，有各式各樣的解放論述，能適當地自我瞭解並安頓自身，再加上，當時臺灣的知識份子，活在國民黨的白色恐怖之下，也無法轉化這些青春的激情，關懷與實踐政治。在一切壓抑難以清楚言說的時代，此階段的文藝狀態自然生產出現代主義，並將自我隱藏在最抽象的精神藝術裡。

這樣的自我，或說個體，除了文藝之外，又如何解決他青春焦慮與孤獨的靈魂呢？不要誤會呂先生永遠認定「社會化」是解決人類困境的唯一方式，作為一位對人類和人性抱持著高度好奇的批評家，呂先生在同屬於六〇年代的現代派詩人方思身上，似乎發現了另一種出口。在〈方思初探——其淵源及其詩中的「自我」〉（2003）中，呂分析了方思跟里爾克的淵源，跟戴望舒、穆旦和馮至的仿擬關係，重構出方思獨特的靈魂發展——歷經被誘惑的痛苦，意識到愛情和性卻不能得的渴望，最終上升、歸依到神秘的美、豐富的痛苦的自覺，自我也在當中飽滿，暫獲平靜。

第三，社會轉型時期的女性命運，也是呂先生的文學批評中很重要的一部分。在〈1950年代的林海音〉（2003）中，呂先生以看似「落後」的角度，反而發現了林海音極少被前人注意到的價值——她描述難以轉型的現代「傳統」婦女的書寫其實很成功，因為林海音長於關懷每一個具體生命，算得上是真正的「人文主義者」。同時，林海音對什麼是知識女性的合理幸福的人生，也有她獨特的見解。呂先生分析了她的〈婚姻的故事〉，在這篇小說中，林海音最後讓曾被情人拋棄而發瘋的女大學生，跟精神病院裡的一個只有小學畢業的管理員結婚，且留在醫院工作，獲得一種幸福，似乎這也是一種對階級差異與認知心的一種克服。呂先生甚至延伸評曰：「瘋人院之所以成為樂園，不正反襯了『人間實際上是一個大煉獄』，這樣極具創造性的闡釋，更讓這篇小說的價值，遠遠超出一般的道德和女性視野了。

其它跟女性有關的議題，呂先生還討論過閨秀問題，甚至女性在資本主義社會中，跟男性、經濟與權利之間的關係（如分析李昂的一些小說），總的來說，作為一位敢於承認自己有一定「大男人」傾向的批評家，呂先生其實對臺灣女性（無論傳統還是現代）的同情，還是遠遠大於批判的。這可能是因為，表面上，臺灣現代化早於中國大陸，但事實上，現代兩性解放的觀念、理論、多元的道德觀、生命實踐方式，恐怕仍是在上層知識份子圈或最基層社會裡，才可能有較多的流動空間，因此，女性如果對「現代」啟蒙不深，也還不懂得自我保護，在臺灣社會所會遇到的生命困境，恐怕將遠遠大過男性。同時，我以為呂先生在處理這些女性「情感教育」的作品時，並不遮掩他能看出的男主人公們的世故與庸俗，部分地將資本主義社會中，男性對女性的掌控欲望和低俗趣味不客氣地彰顯出來。

晚近幾年，或許是全球資本主義的力量愈加強大，中國大陸的崛起也成為新的現實與事實，而兩岸的文化與社會，卻都出現了某些共同與差異的危機。呂先生似乎愈加想重新反思——反思西方現代性與中國自身傳統間的辨證關係。反映在文學上的討論，就是對中西文學本質差異比較的論文有〈悲劇與哀歌〉（2006），但早在上個世紀八〇年代末，呂先生即撰有〈「內斂」的生命形態與「孤絕」的生命境界——從古典詩詞看傳統文士的內心世界〉（收入專書《抒情傳統與政治現實》，1989），探討中國古代文士與君王的遇合，由於生命幾乎難以掌握在自己的手上，因此產生長期自比女性的傳統，和「內斂」與「孤絕」的心態，頗有現代反思的自覺。九〇年代中後，當臺灣已歷經各式黨外民主運動，迎來解嚴與看似開明的「自由」與「民主」後，呂先生進一步延伸前作，在《閉鎖的生命型態與孤絕的人生境界——從閱讀古典詩詞所到的一點感想》中，繼續反省——為什麼知識份子還是會限於一己之私？長期的、公共事物與價值還是難以開展？他引用托爾維爾在《舊制度與大革命》中對法國大革命的分析，困惑的追問：究竟個人主義是源於長期專制？還是資本主義下的民主與自由的必然歸結？而這些子題，也都是西方現代性與中國自身傳統交雜困限的一些重要部分。

呂先生也明白，這些問題恐怕都非一時一人所能回應，所以，他常藉由一些自敘性的批評，例如〈我的接近中國之路——三十年之後反思「鄉土」文學運動〉（2007），以及為臺北「人間」出版大陸學者的專書寫序的機會，綜合地提出一些在不同的歷史時機下的見解。他自然是欣慰的——欣慰能夠從一個「中華民國」的小知識份子，轉化為一個「全中國」的小知識份子，所以對大陸人民辛苦從社會主義走到今天的結果，也深表認同與敬佩。儘管他也看出，中國的社會主義實踐的挫折與陰影，也是未來必需再被克服的歷史，我們都是歷史「中間物」，呂先生也仍繼續承擔屬於他的一份責任。

但他顯然更樂觀與自在，付與時人冷眼看又算得了什麼！在二〇一四年的《臺灣文學研究自省錄》的代跋中，他引用錢穆《國史大綱》對一己民族歷史尊嚴的悍衛，表達了不願作一個民族虛無主義者的執著，呂先生更直接地呼籲——重溫與肯定中國文明與文化的歷史階段已經到來，正如同里亞・格林菲爾德（Liah Greenfeld, 1954-）在《民族主義：走向現代的五條道路》序中的自白——太多的矛盾超支，導致歷史上「歐洲時代」的創造潛力已經快要耗盡，亞洲文明已然崛起。當然，他關心的更多仍是中華文明、那仍然年輕的祖國的修正與成長，以及，海峽另一邊的臺灣未來。

「我希望，你們能友好地對待我們，而且比我們更好地照料這個世界。」——里亞・格林菲爾德說。我相信，這也是呂先生對中國未來的心聲與期許。

在普世與入世間

——七〇年代後夏志清的現代文學批評

一

二〇一三年十二月二十九日，一代文學批評家夏志清（1921-2013）病逝於美國紐約。眾所週知，冷戰初期，夏志清曾接受美國政府的資助，和饒大衛（David N. Rowe）等人編寫過一部「中國手冊」（*China: An Area Manual*），並以一九六一年出版的英文著作《中國現代小說史》（*A History of Modern Chinese Fiction*, 1917-1957），奠定他在美國漢學圈的學術地位。這部專書的中譯本，主要由劉紹銘（1934-）、李歐梵（1942-）等編譯，於一九七九年台北的傳紀文學出版社及香港的友聯出版社出版。夏志清後來的主要著作與中譯本，也多在台灣先出版[1]，中國大陸在改革開放後亦陸續引進。在二十世紀下半頁的冷戰歷史條件

1 夏志清在台灣曾出版過的專書，包括：《中國現代小說史》（台北：傳紀文學出版社，1979 年）、《愛情・社會・小說》（台北：純文學出版社，1970 年）、《文學的前途》（台北：純文學出版社，1974 年）、《人的文學》（台北：純文學出版社，1977 年）、《新文學的傳統》（台北：時報出版公司，1979 年）、《夏志清文學評論集》（台北：聯合文學出版公司，1987 年）、《雞窗集》（台北：

下，夏志清和他的著作，在兩岸甚至美國、西方的中國現代文學批評圈，都有相當的影響，具有一定的地位和代表性。

夏志清的反共立場清楚明確，在著作裡也並不遮掩。在《中國現代小說史》中，他抑魯迅揚張愛玲的批評，以處處類比西方經典的比較，反襯與相對化中國現代文學的特色，自然引發不同學術或實踐立場者的回應與爭議。除了二十世紀六〇年代與普實克（Jaroslav Průšek, 1906-1980）基於不同的治學立場、方法和意識型態，針對《中國現代小說史》展開的論戰外[2]，九〇年代亦有劉康以〈中國現代文學研究在西方的轉型〉為題，間接批評夏志清的文學史對中國左翼文學理解的限制[3]。近年來，孫郁（1957-）、陳思和（1954-）、陳子善（1948-）、王德威（1954-）等，也都對夏志清的文學批評，提出過一些研究與看法。[4]

孫郁、陳子善和陳思和觀點的交集，主要是將夏志清《中國現代小說史》的文學批評方法和視野，作為改革開放後大陸文學批評的一種補充——畢竟，新中國建國以降的文學批評，尤其在十七年和文革階段，確實有極左與教條化的部分歷史事實，八〇年代後，需要引入另一種西化參照和不同方法的視角，從辨證的角度上，不完全沒有健康與過渡的功能。而王德威與夏志清一樣出身外文系統，同站在西方自由菁英和普世價值的立場，以世故精緻、文學大同來理解夏志清，也不乏沒有為某種文學場域的話語權護衛的意義。

在兩岸一片去中心與後現代的新歷史條件下，呂正惠曾對爭議中的細節，開展了倫理關注。他曾提出：「跟夏濟安相比，夏志清比較沒有強烈的『歷史感性』，比較沒有身處於

『社會變遷』中的那種『切膚之感』。他在論中國現代小說家時，雖然『理性』上知道他們都在『傳統』與『現代』之間掙扎，但夏志清卻以『客觀』的立場去看他們小說中的文化與道德問題」[5]。呂正惠想強調的是，不能過多地以西方的經典作品和價值取向，來參照與評

九歌出版公司，1984 年初版，2006 重排增訂版）、《談文藝、憶師友——夏志清自選集》（台北：印刻出版有限公司，2007 年），及夏志清編註《張愛玲給我的信件》（台北：聯合文學出版社，2013 年）。

2 普實克和夏志清的論戰，中譯版後收錄於普實克《抒情與史詩：中國現代文學論集》（上海：三聯書店，2010 年）。後來，陳國球曾疏理與回應兩造的爭議，撰有〈普實克與夏志清的「文學史」辯論〉，收於其《文學如何成為知識》（北京：三聯書店，2013 年），網路版可參見：http://www.guancha.cn/WenZhai/2013_12_31_196560.shtml。

3 參見劉康〈中國現代文學研究在西方的轉型〉，香港《二十一世紀雙月刊》，1993 年 10 月，頁 119-127。

4 由於篇幅的關係，本文不展開更精細的文獻檢討，但相關的原始文獻，可參閱以下諸篇：孫郁〈在眾人嚷嚷之際靜者獨難〉，http://www.chinawriter.com.cn/wxpl/2014/2014-01-21/189426.html，陳子善〈編後記〉，收錄於夏志清《文學的前途》（北京：三聯書店，2002 年），頁 258，陳思和〈假如中國現代小說也有偉大傳統〉，http://www.chinawriter.com.cn/wxpl/2014/2014-01-21/189426.html 及王德威〈重讀夏志清教授《中國現代小說史》〉，http://www.frchina.net/data/detail.php?id=12928 等。

5 呂正惠〈戰後台灣小說批評的起點——夏氏兄弟與顏元叔〉，收錄於其《台灣文學研究自省錄》（台北：學生書局出版，2014年），頁 163-164。

價中國現代文學及其優劣，各個國家、民族文學都有其自身的本土特性，和他們企圖要回應與承擔的社會歷史責任。批評家跟研究對象的關係，或許不應該也不可能完全「客觀」，或者說，排除自身主觀／主體性上的緊張。

斯人已逝，更豐富化地清理反思夏志清，和他的現代文學批評的時機已經來到。當我較完整地蒐集與閱讀夏志清一生的文學批評著作後，我注意到前述各大家對夏志清和他的文學批評的理解，仍多集中在他一九六一年的《中國現代小說史》。但夏志清在七〇年代以降，開始在許多的批評中，反省了他早年諸多批評觀與實踐，有些部分，擴充了對中國現代文學的理解，表達了對中國知識份子、作家「感時憂國」的同情。同時，對台灣文學一些代表作家，也有一些雖然不無保守，但仍然可謂之細膩敏感的見識。在具有總論性質的批評文章中，亦曾對一些台灣鄉土文學的作品給予應有的肯定，相當程度地修正與節制了，他早年在《中國現代小說史》中，以西化菁英為上、過於去中國社會與歷史化的方法與史觀。因此，本文想重新疏理與脈絡化夏志清在《中國現代小說史》後的文學批評的發展歷程，重構七〇年代以來，夏志清逐步調整與展開的批評環節與視野，以讓我們更充份地認識夏志清，和他為中國現代文學所作出的歷史「基礎」工作。

二

《中國現代小說史》階段的夏志清，曾受F. R. 李維斯（F. R. Leavis, 1985-1978）《偉大的傳統》（*The Great Tradition*）與T. S. 艾略特（Thomas Stearns Eliot, 1888-1965）《傳統與個人才能》（*Tradition and the Individual Talent Selected Essays*）等批評觀的影響，在李維斯的信念裡：「所謂小說大家……他們不僅為同行和讀者改變了藝術的潛能，而且就其所促發的人性意識——對於生活潛能的意識而言，也具有重大的意義。」[6]但要如何生產出這種藝術與生活的「潛能」？李維斯談到珍・奧斯丁（Jane Austen, 1775-1817），除了作家個人的才能，他更為看重的是作家跟傳統的繼承與創造性的關係，李維斯說：「奧斯丁本是博覽群書之人，舉凡有益，便吸納不拒……她本身就是『個人才能』與傳統關係的絕佳典範。假使她所師承的影響沒有包含某種可以擔當傳統之名的東西，她便不可能發現自己，找到真正的方向；但她與傳統的關係卻是創造性的。」[7]這種接近中國古代的「正變」史觀，可以作為我們理解夏志清的關鍵起點。

在現代文學詮釋與分析作品的方法上，夏志清非常重視作品在傳統同類型主題及文學史

6 F.R.李維斯《偉大的傳統》（*The Great Tradition*）（北京：三聯書店，2009年），頁3-4。

7 同上註，頁7。

間的排比，但早期的夏文背後的文學傳統與典律（Canon），確實主要常以西方資本主義上昇階段的經典為參照和標準，因此看待中國現代文學作品時，他自然會省略作家作品的在地歷史與社會，更快地上昇到普世性並加以批判。所以夏文特別看重有深刻性、人間永恆的矛盾和衝突的細節，主張好的作品應該超越作者個人的人道主義精神，傳達出具有道德意味的內涵等。類似的批評信念和實踐，運用在比較好的總論或作品的分析時，別有一種視野寬廣的智慧風貌。其優點處，我們日後挪用作參照，也不能說完全沒有價值。例如，在〈現代中國文學感時憂國的精神〉一文中，夏志清曾說過這樣的話：「中國作家的展望，從不踰越中國的範疇……以為西方國家或蘇聯的思想、制度，也許能挽救日漸式微的中國。假使他們能獨具慧眼，以無比的勇氣，把中國的困蹇，喻為現代人的病態，則他們的作品，或許能在現代文學的主流中，佔一席位。但他們不敢這樣做，因為這樣做會把他們改善中國民生、重建人的尊嚴的希望完全打破了，這種『姑息』的心理，慢慢變質，流為一種嫌狹窄的愛國主義。」[8]此說雖然欠缺對晚清以降的鄉土中國和歷史，之所以會日漸走向革命的理解，對現代作家和歷史的階段性成就和發展，也期望的過於急切，但既然是普世性話語，如果放在今天世俗化、民族主義式的中國熱之下，作為一種對兩岸目前及未來的作家眼界和實踐的反省，仍然不失為一種帶有責任感的呼籲。

所以，夏志清在早年批評上比較明顯的限制，恐怕不能完全從他去歷史與社會化、重視普世性的角度來批評，因為這樣批評他也是一種外於夏志清的抽象性，更何況文學確實該有一定的普世價值，社會主義國際主義式的通感與理解，也不可能不應該完全排除普世性。問題在於夏志清文學批評觀中的普世價值究竟是什麼？夏早年比較少思考到文學和文學批評工作中，真善美的層次和綜合的考慮。夏志清早年文學批評的後設標準，極看重真和美，他對魯迅的許多批評、對張愛玲的過多讚揚、對共產黨的不以為然、對左翼作家欠缺同情的理解，在本質上，都跟這些理想的原型設想有關。他對「真」的追求，帶有明顯的個人性，因為要求作家「個人」的真誠，他對左翼作家和相關作品，包括魯迅晚期的作品和雜文，便以為過於教條和簡化，例如他談晚期魯迅時說：「一九二九年他皈依共產主義以後，變成文壇領袖，得到廣大讀者群的擁戴。他很難再保持他寫最佳小說所必須的那種誠實態度而不暴露自己新政治立場的淺薄。為了政治意識的一貫，魯迅只好讓自己的感情枯竭。」[9]在這裡，夏志清關鍵重視「真」、他所謂的「誠實」——在他的文學思維邏輯中的內涵，主要跟深刻與複雜性聯繫在一起的，因此如果有了一定的政治立場，文學在「真」的意義上就淺薄了、情感就枯竭了，從他自身的邏輯上來推演並沒有錯。但更有意思的問題是：為什麼一個如此成熟且敏感的作家，會寧願暫時選擇讓自己的思想和情感簡化（邏輯的意義上）？這樣的「個人」和「真」的內涵，夏志清並沒有進一步以他長於深入的才能來加以再分析與辯護。

8 夏志清《中國現代小說史》（台北：傳記文學出版社，1991年11月再版），頁536。

9 同上註，頁77。

當夏高舉「真」為標準時，並沒有綜合思考到其「善」的作用問題。用孟子的說法，「善」乃是「有不忍人之心」，有時候運用在文學上，是不惜簡單化自我的文藝世界，也要將可能影響他人／讀者的綜合作用考慮進去。如此，我們才能理解，魯迅晚期選擇雜文書寫而非小說的意義，選擇時而面向普羅而非絕對菁英化的立場，這種情感並非僅是知識邏輯意義上的淺薄與枯竭。

類似的限制也發生在夏志清對丁玲（1904-1986）作品的評價，夏志清批評丁玲時說：「由於對馬克思主義過於簡化的公式信仰，使他們的頭腦陷於抽象的概念，而對人類生存的具體存在現象，不能發生很大的興趣。」[10] 夏所批評的這樣的現象，確實不能說沒有，但與其說丁玲的寫作失誤也是在於抽象或簡單化，不如說，延安時期的丁玲，所面對與書寫的某些人物，就是單純且善良的，她們的轉折因此也不若知識份子那麼自苦，甚至產生了自苦下的無力與軟弱。例如〈我在霞村的時候〉裡的慰安婦貞貞，簡單無懼——已經失去到一無所有，沒有什麼不能從頭開始。因此，知識份子和鄉土社會中的保守和道德都無法再摧殘或干擾她，她有生命力再往前走，並且能在革命工作的學習裡，爭取更大的成長。這是作者抑制了知識份子「個人」的偏好，而將真善美的內涵擴大化理解與實踐下的綜合產物。所以，問題還不在於夏志清沒有階級與左翼視野（他本來就不是這種立場），而是即使是從普世的理想，夏的一些論述恐怕仍然需要再周延一些。

三

然而，七〇年代的夏志清，也開始有一些不同的反省。這個階段他在台灣出了四本評論集：《愛情‧社會‧小說》（1970）、《文學的前途》（1974）、《人的文學》（1977）和《新文學的傳統》（1979），八〇年代以後的選集也多以七〇年代為基礎，一九七八年，他的《中國現代小說史》也正式出了中譯本，可以說，七〇年代才是他文學評論的高峰與成熟期。

就批評觀來說，首先，夏志清開始檢討過去唯西方是尚的評論標準，在台灣版的傳紀文學出版社的《中國現代小說史》中文版的〈原作者序〉（1978）中，夏志清作了這樣的反省與表述：

> 本書撰寫期間，我總覺得「同情」「諷刺」兼重的中國現代小說不夠偉大；它處理人世道德問題比較粗魯，也狀不出多少人的精神面貌來。但現在想想，拿富有宗教意義的西方名著尺度來衡量現代中國文學是不公平的，也是不必要的。到今天西方文明也已變了質，今日的西方文藝也說不上有什麼「偉大」。但在深受西方影響的全世界自

10 同上註，頁88。

由地區內，人民生活的確已改善不少，社會制度也比較合理；假如大多數人生活幸福，而大藝術家因之難產，我覺得這並沒有多少遺憾。[11]（底線為筆者所加）

夏志清明白的指出，以西方菁英的尺度為批評標準的不公平，甚至上昇到對西方文明質疑的見識。過去的夏志清引述西方文學為標準看待中國現代文學時，目的多在突顯中國現代文學的缺點，但在七〇年代後的諸多批評裡，夏志清更加自覺地意識到，中國現代文學跟中國傳統聯繫下所能產生的相對特質，恰恰是有了中國傳統（無論是古典傳統或其衍生出來的封建傳統），中國現代文學才真正得以有不同於外國文學的特殊性，也只有在這樣的意義下，中國現代文學的優點與缺點，能夠提供給世界文學以滋養或參照。在《愛情・社會・小說》中的同名論文〈愛情・社會・小說〉（1970）中，夏志清曾這樣說：「不久以後，我們生活方式受美國影響太深，可能會全盤美化，……但是我們的小說家不能再觀察到禮教社會的特性，和在禮教社會下培養的處世方式和待人接物的種種特點，他們在世界文學上對人性觀察這方面也少有獨特的貢獻了。」[12]夏此言似乎也成為一種預言。

另一方面，夏志清對於「文學」、藝術，跟思想、內容的關係，也有進一步的反省。本文前面已述，過去的夏非常看重作家作品「個人」式的「真」和「美」，過高抬舉為藝術而藝術的信念，仿佛創作的目的，最終只在成就藝術和人性上的終極自由，但「善」的向度始終未能充份被同等地理解與展開。但顯然七〇年代的夏志清也慢慢認清，這種為藝術而藝術的限制，尤有甚者，質疑起五四以降「為人生而藝術」、「為藝術而藝術」的二元對立的簡單化，他似乎有意在七〇年代的文學批評中，把「文學」再重新擴大化，其方法之一，是要再一次跟中國古典傳統勾連。在〈人的文學〉（1976）中，夏志清曾這樣說：「漢代以來，真有好多部具有思想性、學術性的精心巨著，研究文學的人因為它們不是『文學』，而不加理會，真是作繭自縛，剝奪了自己對中國文化有更精深瞭解的機會。」[13]在這裡，「文學」跟傳統、思想與文化，再度被聯繫在一起考慮。同時，作為「文學」材料的現實，夏志清也開始能接受，書寫他們的史料價值和社會責任。也是在這個認識的前提下，即使是五四左翼作家初階段難免較為粗糙的寫作技術，對中國舊思想、舊道德、舊社會的抨擊和揭露，也有其不可忽視的內容價值。是以我們才能歷史化地理解，他在〈人的文學〉中，對艾略特這段話的引用意義：「一部作品是否為文學誠然全靠文學標準來決定，一部作品的『偉大』與否則不能單靠文學標準來決定的」[14]，在「文學」標準之外，與中國傳統的關係，和作品的思想內容（及善的作用），已成為夏志清七〇年代以降，品評作品時綜合判斷的方法與環節。

11 同上註，頁14-15。

12 夏志清〈愛情・社會・小說〉，收錄於《愛情・社會・小說》（台北：純文學出版社，1970年），頁14-15。

13 夏志清〈人的文學〉，收錄於《人的文學》（台北：純文學出版社，1977年），頁234。

14 同上註，頁234。

當然，作品的思想水平，仍是一部作品能否「偉大」的重要標準，「文學」絕對不只是藝術與技術的手法，但七〇年代後，夏志清理解中的思想內容又是什麼？雖然他對「感時憂國」的中國現代文學已能更多所同情，但窄化下的普世價值，仍是支配著夏志清思維模式中的關鍵信念。就整體上來說，即使是七〇年代後的夏志清，還是比較強調作家應該從忠於自己的感性出發，表達自己對「世界」和「人生」的看法，他仍然對中國作家、作品以及具體的社會和歷史的關係，沒有更深的知性上的興趣，但比起英文版的《中國現代小說史》階段，他已經對社會和歷史多了從感情上的認同，在〈文學・思想・智慧〉中，聯繫上的是普世價值中的「人類文明的傳統和習性」的說法：

> 創作所運用的思想，雖和純理智的思想不是一回事，……。這種考慮不是以哲學的眼光去鑑別其思想的真偽，而是以人類文明的傳統和習性去鑑別其思想的成熟或幼稚。[15]（底線為筆者所加）

夏志清這樣的理解，是站在比較博雅的人文主義者的立場，這時候批評家本身的文史哲的會通能力和格局，將是決定他能否作出相對準確評價的關鍵，但因為參照的標準或說範疇太大，很容易在品評過程中失之粗糙，甚至易流於抽象。整合他七〇年代以來的相關批評觀的擴充，有一些很少被前人學者充份領悟其細膩的部分，值得我們再看重。

首先，七〇年以降夏志清選擇品評的對象、材料大致分兩類：一類是跟他一樣有留美讀書、治學或有一定往來、瞭解的外省籍知識份子或作家，除了已經廣被人所熟知的張愛玲、錢鍾書外，比較重要的還有吳魯芹、林以亮、余光中、白先勇、陳若曦、琦君、陳世驤、盧飛白、何懷碩等。另一類則是台灣七〇年代的本土與鄉土代表作家的總論和印象點評，如陳映真、黃春明、宋澤萊等。

就前者而言，夏志清欣賞多為文人型的作家（man of letters）[16]，舉例來說，他談余光中的核心觀點，主要落實在余光中作品的中國鄉愁，有點為「文化中國」的意識辯護，至今已廣為學術界熟悉。六〇年代中到七〇年代中，中國大陸發生文化大革命，國民黨亦積極繼續推動「中華文化復興運動」，因此余光中和許多同世代或更年輕的外省作家，以「文化中國」式的傷感書寫，在懷國與鄉愁間，將典律上溯中國古典傳統，也不能說沒有其歷史的合理性，某種程度上，這可能也是冷戰結構下的文化生產的必然結果。但更有意味的是，夏志清也看出了這種書寫下，之於外省作家的整體藝術特質，在〈余光中：懷國與鄉愁的延續〉

15 夏志清〈文學・思想・智慧〉，收錄於《愛情，社會・小說》（台北：純文學出版社，1970 年），頁24。

16 夏志清在談到吳魯芹和一些英美作家時，曾說他喜歡的其實都是讀書多，有批評頭腦的文人型作家（man of letters），這也可以從他特別欣賞錢鍾書、沈從文、張愛玲來理解。參見夏志清《雞窗集》（台北：九歌出版公司，1984 年初版，2006 年重排增訂初版），頁 223。

（1976）一文中，他點評到：「這些散文詞藻華美，韻律動人，把回憶、描述、冥想，巧妙地編織成章」[17]，懷國與鄉愁等主題，本來就極為切身，但卻需要多以回憶、冥想、巧妙編織等技術來成章，處處聯繫上古詩來自我安慰與安頓，夏反而間接地不小心看出此類作品的限制。

因此，在夏志清七〇年代評論的台灣外省作家中，他敏銳地看出他們最好的特質，我以為並不是過去廣被眾學人所熟知的「文化中國」式的視野或感性，儘管他在七〇年代以降的批評觀，開始意識到中國古典傳統與視野的重要，但就整合他的批評實踐來說，他對琦君的評論可能更為到位且有長遠價值。夏志清為她提出了一個「傳統型感性」的概念，並將譜系上溯到蕭紅（1911-1942）的《呼蘭河傳》，同時，他雖然也將琦君跟李後主、李清照的傳統聯繫在一起，但重點並不在於突出「文化中國」，而在於突出真情實感，有「文化中國」不一定有真情實感，但從真情實感出發，最終若能導向「文化中國」，那樣的中國的內涵才可能具體且厚實，並有傳統下的創造性推進。琦君何以能如此，夏志清以她的散文作品〈髻〉為例，認為如果歸有光的〈先妣事略〉可以傳世，〈髻〉更應該傳世，相比許多外省籍小說家、作家幻想中的「文化中國」，或懷念昔日在大陸的光輝歲月（如白先勇的一些作品），琦君的作品，從生活出發，不但事實與形象細節飽滿，以〈髻〉寫女人與女人間從怨恨、冷淡到包容，自有一種同是天涯淪落人的善意，這種寫法尤其適合散文這種文類。夏志清說：「假如我們覺得『親情、友情、愛情』以及對於祖國、故鄉思念之情是值得珍貴的，直抒真情的散文永遠會有人寫，也永遠延續了我國『傳統型感性』的活力」[18]，此言並不過時。

〈台灣小說裡的兩個世界〉（1976），是夏志清綜合閱讀齊邦媛主編的《「中國」現代文學選集：1949-1974》（英文版）、劉紹銘編《台灣短篇小說選：1960-1970》（英文版），以及他在一九七一年編的《二十世紀中國小說選》（英文版）的論文，該文印象點評了包括陳映真、於梨華、楊青矗、陳若曦、張系國、七等生、黃春明、白先勇等作品的作品，以及戰後台灣小說家的相關特質。非常有意思的是，即使不從左翼的角度，夏志清在這批作家中，特別肯定鄉土小說家黃春明，並將他的作品《看海的日子》，跟中國傳統《詩經》以降的平民文學的典律聯繫起來，甚至，大為欣賞主人公妓女白梅的崇高的品格，和作品的那種鄉土與光明的現實主義傾向。他曾這樣說：

> 在墮胎已在世界各地成為合法的今天，能夠讀到一個以如此莊嚴穆肅的筆觸，去描寫為了生孩子而性交、為了自我救贖而分娩的故事，實在是一種——容我再用一次成語

---

17 夏志清〈余光中：懷國與鄉愁的延續〉，收錄於《人的文學》（台北：純文學出版社，1977 年），頁157。

18 夏志清〈琦君的散文〉，收錄於《人的文學》，出版地同上，頁 151。

——感人肺腑的經驗。……黃春明的信念與福克納相同，福氏相信作家的職責是教人想起人類昔日的光榮——勇氣、榮譽、希望、自信心、驕傲、同情心、慈悲心、犧牲精神——藉以鼓勵人心，使人增加忍受苦難的能力。[19]

雖然仍援引西方文學大家福克納（William Cuthbert Faulkner, 1897-1962）作為參照，但夏已似乎更靠近了台灣實際鄉土經驗與感性——一種中國傳統裡為母則強的力量。其實，如果就文學求「真」的目的來說，《看海的日子》裡，長期身為妓女仍能保持高尚品性與希望的白梅，其現實度令人懷疑，但似乎此階段的夏志清，不但願意相信這樣的「現實」，還可以認同黃春明創造的「善」的信念。如果說社會主義現實主義的創作終極理想之一，是指出光明、給出希望、承擔個人之外更大的責任，夏志清似乎在不自覺間，發揮他具體出入文學的敏感度，靠近了社會主義現實主義的內涵（儘管他必然不會使用這個概念）。是以他才能進一步在〈正經危坐讀小說〉中說：「鄉土文學假如專寫貧苦社會的醜惡面，就一無足觀了。只有在看似絕望的生活裡，找到了希望，找到了相濡以沫的愛，這才是真正『人的文學』。」[20]

是以，夏志清最終不見得不能更靠近中國大陸，在六〇年代末，他曾在評述白先勇早期的短篇小說時，肯定白先勇（1937-）的《芝加哥之死》的成熟乃是在於：「他忘不了祖國，他的命運已和中國的命運戚戚有關」[21]而八〇年代初，夏在談台灣作家張系國與鄉土文學時，也明確地說過：「我不願放棄中國是一個整體的理想。對我來說，『鄉土』應包括中國所有的區域。……中國現代的文學既然一直都維護人的尊嚴和自由，我們如果滿足於僅僅改善台灣窮人的生活，而忘了大陸上的億萬同胞更加的窮苦，絲毫享受不到台灣人民大致都享有的尊嚴和自由，那我們就背逆了中國現代文學的傳統。」[22]這話當然仍是從自由主義菁英立場出發，但是，當中也不乏——一個批評家只要能具體地回應與貼近文學作品，有可能節制先驗的意識型態並且更體貼複雜的歷史現實。

四

夏志清一生致力於現代文學批評，他的博雅和才能，許多部份至今仍值得肯定，是我們

---

19 夏志清〈台灣小說裡的兩個世界〉，收錄於《新文學的傳統》（台北：時報文化出版公司，1979）年，頁 202-203。

20 夏志清〈正經危坐讀小說〉，收錄於《新文學的傳統》（台北：時報文化出版公司，1979 年），頁 259。

21 夏志清〈白先勇早期的短篇小說〉，收入《文學的前途》（台北：純文學出版社，1974 年），頁 153。

22 夏志清〈時代與真實—雜談台灣小說〉，收入《夏志清文學評論集》（台北：聯合文學出版公司，1987 年），頁 265。

繼續發展現當代文學、小說批評的重要「基礎」（呂正惠語）。他對「文學」、思想與現實的關係與理解，事實上早已遠遠超過為藝術而藝術的主張。他的中國歷史感性，也並非未曾發揮。一九七七年，在評述山水畫家何懷碩（1941-）的散文《域外郵稿》時，他曾類推地想起了 T. S. 艾略特的一段話，或許，這可以作為一種綜合知識、情感與意志的總括——夏志清作為一代批評家所曾到達的自省與自覺的高度：

艾略特雖然有意寫達到音樂境況的「純詩」，可喜的是他的詩並不純，其中包涵了潛藏內心深處的欲望和回憶。一開頭，他也想寫「純」詩評，寫到後來也愈來愈不純，實在發現詩的了解和評判同詩人的時代和社會關係太大了。他創辦 criterion 季刊後，更是每期都寫有關當時西方政治、社會變動的社會。……他也寫過幾本討論宗教、社會、文化的小冊子。這些書想來讀者也愈來愈少，艾略特傳世的作品無疑是他的詩、詩劇和詩評。但艾略特這樣一開頭深受法國象徵主義影響而抱著詩人寫詩以外不問世事的態度，後來變得這樣入世，極端關心英國和歐洲文化的前途，也正是他的偉大處。[23]

23　夏志清〈何懷碩的襟懷〉——《域外郵稿》序，收入《談文藝‧憶師友—夏志清自選集》（台北：印刻出版有限公司，2007 年），頁 112-113。

具有創造性與社會介入的文學批評如何可能

——兩岸青年學者談羅崗《英雄與丑角》

黃文倩、金浪

黃文倩：

羅崗是大陸現當代文學、思想史研究的中壯輩代表學者。生於一九六七年，在上海麗娃河畔師從王曉明先生。如果說曉明先生那一代，是親身經歷文革及投身中國改革開放的第一代學術工作者，羅崗可以說就是第二代。他們多從鄉土社會起步，在對父輩的記憶與身體感中，保留了一些早年社會主義的經驗與感覺，爾後，進入了八〇年代重新建立與恢復的一種「現代」知識體制，並隨著大陸改革開放以來的歷史、社會和思想巨變一起焦慮與成長。或許因為這種駁雜性，羅崗關心及感興趣的對象、問題很多，從五四以降的文學史、文學教育到各式文學生產；從王國維到胡適、魯迅、周作人等的主體建構以及其困限；也透過丁玲、鐵凝、方方的作品，檢討女性在現代性轉化中的傷害；在西方理論上，羅崗也廣泛涉獵且重視它們的參照價值與功能，本書中對福柯（Michel Foucault, 1926-1984）、本雅明（Walter Benjamin, 1892-1940），甚至齊澤克（Slavoj Zizek, 1949-）的豐富吸收與靈活運用，部分地體現他出入內外與上下求索的嘗試。

羅崗和他的研究理想，目的並不僅僅在於博雅的「學術」追求。大陸的現當代文學與思想史研究，自五四運動以降，就一直有著反映革命、回應現實、改造社會、檢討歷史、促進人民解放的進步傳統，甚至最終是生產與形成現代民族國家的整體工程的核心精神部分。因此，羅崗對所謂的「文學」和文學研究，早有檢討與警覺——朝向文學與文化研究整合的視野和詮釋，試圖介入與回應中國當前各式社會問題，是他多年來一直努力維持與發展的路線。近十年，他出版過的代表作包括：《危機時刻的文化想像》（2005）、《想像城市的方式》（2006）、《人民至上》（2012）等。有鑒於台灣學界、文化圈目前對羅崗還不很熟悉，在呂正惠先生和台北人間出版社的支持下，羅崗自選了他尚未在大陸成書的文章，合輯為《英雄與丑角》。承蒙呂先生信任，囑咐我和重慶大學人文社會科學高等研究院的金浪老師，共同撰寫本書的代序（即本文），希望能呈現兩岸青年學者對此書的理解，或許也作為一種粗略的羅崗導讀。

《英雄與丑角》書名典出馬克思（Karl Marx, 1818-1883）在《路易・波拿巴的霧月十八日》：「黑格爾在某個地方說過，一切偉大的世界歷史事變和人物，可以說都出現兩次。……第一次是作為悲劇出現，第二次是作為笑劇出現。」羅崗在進行文學、歷史、社會材料的清理時，似乎也是帶著這樣的警惕在工作。他自然是期待並要求自己，能從過去總結一些有價值的養份，但近百年來的文學史材料如汪洋，文學、影像的跨媒介互文，也已成為現代文本的重要組成部分。在生有涯，知無涯的主體限制下，很多時候，論者帶著一定的問題意識、或說社會關懷，尋找適合的詮釋方法來面對歷史，也不能說沒有一定的合理性。因此，在《英雄與丑角》中，羅崗將此書分為二輯：「視覺的政治」與「文學的能量」，他企圖以此接近百年中國現當代文學的複雜性與層次性，重新開展一些被上個世紀八〇年代的新自由主義意識型態所遮蔽的文學史命題。同時，在一個解構與虛無的時代，羅崗也總以他具有社會實踐性格的書寫，企圖為我們建立更多對文學的信心，從書桌到酒桌，從清談到大笑，他時常以對學術工作的巨大熱忱鼓舞著同志與後進。儘管，毛尖在〈面具背後的羅崗〉早說了：「他的內心未嘗是那麼光亮」。

金浪和我都注意到，一種可能不無粗略的讀法——貫穿在羅崗《英雄與丑角》的材料視野、核心關懷與方法意識，主要落實在：文學研究與文化研究的關係，以及文學研究、批評方法論的使用及中國式實踐等向度上。為了能較中性且完整地保留我和金浪對羅崗此書的理解的交集與差異，我們在多次書信往返地討論後，採用「各自發聲」的方式，由金浪和我各自獨立撰寫我們的「心得」。所以下面的第一部分即由金浪撰寫，第二部分則為我的感想。

一

金浪：

首先要說一下閱讀感受。我在翻看該書目錄時，第一印象是似曾相識，因為其中如論魯迅幻燈片事件、丁玲（1904-1986）的《夢珂》和汪曾祺等諸篇，都曾在大陸的學術刊物上發表過，還有的則以演講的形式宣讀過；之前閱讀與聽講的初步感受是，這些論文和演講所提出的問題雖然極富啟發，論證上卻多少有意猶未盡之感。直到讀完本書，我才恍然大悟，原來之前讀到、聽到的皆非全本。正是因為填補了先前的「遺憾」，這本書讀起來才有種特別過癮的感覺。雖然這些論文論述的是大陸的作品，針對的也多是大陸的研究風氣，但首次結集出版卻是在臺灣，臺灣讀者會如何閱讀它們，我不得而知，只能交由文倩老師來討論。這裡我主要談談方法論問題。

之所以集中來談方法論問題，是因為本書作者羅崗老師一直以來的著作，都體現出強烈的方法論自覺。雖然是治中國現當代文學出身，但他並非謹守專業地盤的學者，他與後者的一大區別，便在於將文學研究與文化研究相結合的思路。儘管在後者眼中，這種「越界」有不務正業之嫌，但作者對此卻有著清醒的認識：文化研究非但不是文學研究的反動，反而能在文學被邊緣化的時代為文學研究提供出路。這一思路早在〈從文學研究到「文化研究」〉（收入羅崗《想像城市的方式》）這篇與倪文尖老師的對談中，得到了清楚說明，而本書則可視為將此思路進一步付諸實踐的成果。「視覺的政治」和「文學的能量」兩個部分，都不同程度地展示了文學研究與文化研究相結合的可能。

「視覺的政治」部分乃是作者長期以來，從事視覺文化研究的一次論文集結。然而，與通常視覺文化研究僅僅關注圖像或電影不同，該書對視覺文化的考察卻與文學保持著親密關係：視覺性非但不外在於文學，反而深刻地嵌入中國現代文學機制的構建。對作為中國現代文學起源的「幻燈片事件」的解讀，便揭示了魯迅獨具特色的歷史主體性恰恰誕生於視覺與文字的複雜纏繞，而丁玲的〈夢珂〉則展示了「技術化觀視」如何促成了現代文學的「新的媒介化」，正是在凝視邏輯中，視覺形式與文字形式發生了重疊；同樣地，作者對《海上花列傳》的討論，也匠心獨具地分析了作為器物與技術的馬車在觀看機制和敘事形式上的革新作用。

通過對視覺與文字之複雜關係的揭示，該書以豐富的實例駁斥了那種認為文化研究乃文學研究之反動的杞人憂天說法。事實上，二者的結合非但沒有毀滅文學研究，反而通過將文本分析方法運用於文化研究，不僅擴展了文學研究的範圍，也從根本上改變了新時期以來從審美來界定文學的狹隘理解。作者過去跟李歐梵（1942-）的對話錄〈視覺文化‧歷史記憶‧中國經驗——與李歐梵對話〉（收入羅崗《想像城市的方式》）也可見類似的信念：「現代文學研究的需要擴展文本研究的範圍。原來文學作品是一種文本，後來範圍擴大，報刊雜誌也是文本，現在圖像是文本，電影是文本，甚至整座城市也可以當作文本。……以前把背景和文本分成兩截的做法太簡單了，作品是文本，背景也是文本，需要將這幾個文本交織在一起才能有新的發現。」

與通常對「文本之外無他」的庸俗化理解不同，作者把作品和背景都納入文本的做法，並非意味著對文本外部的歷史與社會現實的取消和無視，恰恰相反，歷史與社會現實只有被納入文本並且恢復為話語實踐，才能避免僅僅被理解為先定的解釋框架，並為文學批評提供大有可為的空間。對此，作者曾用「讀出文本」和「讀入文本」來加以概括：「讀出文本」是對文學文本的解釋不能封閉在文學內部，而必須把它放置到一個更開闊的社會歷史文化語境中予以理解；但僅有這步是不夠的，所謂「社會歷史文化語境」不是一個先定的解釋框架，而是一個需要在文本中加以檢驗的話語實踐，這樣就必須把「社會歷史文化」的因素讀入文學文本。

這種「讀出文本」與「讀入文本」的互動，不僅體現於對「視覺的政治」的分析，也是「文學的能量」部分考察文學問題的基本方法。〈作為「社會主義城市」的上海與空間的再生產〉一文便通過城市文本與媒介文本的互讀，揭示了作為社會主義城市的上海在處理生活、生產以及階級關係上的內在矛盾，而〈「讀什麼」和「如何讀」〉一文則以〈班主任〉和〈牛虻〉為例，通過將閱讀史納入文學史研究，在更加開放和辯證的歷史視野中，暴露出歷史斷裂背後的連續性；同樣地，通過對汪曾祺的文體與延安文藝以來所形成的社會文體的互讀，作者揭示了文學史敘事上的四〇年代與八〇年代的接通背後，其實是對社會主義遺產的刻意遺忘。

正是由於有了「讀出文本」和「讀入文本」的互動，「文學的能量」部分對文學問題的討論，才沒有回到傳統意義上的文學研究，而使得「文學的能量」被充分地啟動。作為虛構和想像的文學絕非雕蟲小技，而是時刻折射並回應著社會現實中的重大問題。比如趙樹理（1906-1970）〈「鍛煉鍛煉」〉中的「小腿疼」、「吃不飽」的出現，就被認為並非純粹的文學問題，而是中國在「農業社會主義」建設中出現的「勞動」與「生產」之間的結構性矛盾的體現。作為結構性矛盾的文學反映，趙樹理的「問題小說」試圖在作為「具體的普遍性」的「倫理性法律」中尋求克服的方法。在此意義上，這一「文學性結構」既是社會主義危機的體現，也提供了危機的想像性解決。

「讀出文本」與「讀入文本」的互動不僅豐富了文學研究，同樣也推動了文化研究的本土化實踐。追溯文化研究的兩大源頭，不難發現，無論是在法蘭克福學派那裡，還是在英國文化研究那裡，實踐都被視作文化研究的靈魂：文化研究不是作為某種既定的理論知識，而是作為介入現實政治的策略出現的。然而，這種實踐性卻面臨被削弱的危險：一方面是市場和資本力量對文化研究的同化和利用，另一方面則是體制化力量對文化研究的招安和收編。雖然曾經遭遇傳統文學研究的強烈抵制，但今天的文化研究不僅得到了體制的認可，而且還擁有了大批的從業人員和研究產出。然而，這種火熱景象的背後卻是文化研究被庸俗化的危險。

庸俗化的文化研究最大的危險在於，它不僅不去追問西方文化研究的理論範式在非西方國家的合法性問題，反而默認其作為抽象知識的普世性，並且不加反省地將其套用於對中國問題的分析。由此導致的對實踐性的取消，使得文化研究在中國面臨墮落為各種時髦理論雜耍的危險。大量自詡為文化研究的論文產出，不僅毫無知識難度可言，甚至於在研究之前就已經得出了結論。儘管也標榜自身的政治性，但由於缺乏歷史感與現實感，這種庸俗化了的政治性僅僅成為西方文化研究之政治正確的鏡像複製。更為諷刺的是，這種庸俗化的文化研究非但沒有繼承西方文化研究中的反西方中心主義議題，反而落入西方中心主義的窠臼之中。

與之相反，本書作者在謀求文學研究與文化研究相結合的過程中，卻始終保持著對庸俗化的警惕。通過將西方理論與中國歷史和現實緊密結合，文化研究的實踐性品格被重新置於批評的首要位置。這一實踐性品格的確立，使得西方理論不再被奉為放之四海皆准的普遍真理，而是被創造性地運用為討論中國問題的視野和方法。在對《神女》和《胭脂扣》的分析中，作者便清醒地意識到將身份政治理論直接運用於文本分析將會導致的去政治化和消解民族國家的危險。雖然同樣把女性問題作為文本分析的重要視野，但作者並沒有搬用西方女性主義理論的既有結論，而是始終將女性問題與中國的歷史與現實相聯繫，從而避免各種政治正確的陷阱。

作者的貢獻並不僅僅體現在對庸俗化文化研究惟西方理論馬首是瞻的「破」上，同樣也體現為從「立」的方面，試圖對中國近代以來的歷史經驗進行理論把握與總結。如果說《人民至上》一書從宏觀上論證了近代以來的中國從革命到建國的歷史合法性，那麼《英雄與丑角》則從微觀的文本分析層面，揭示了文學在構造「國家想像」上的作用。正是在近代以來「國家想像」所遭遇的危機，與應對危機的各種方案與實踐的競爭過程中，中國現當代文學才形成了自身的豐富性、複雜性與獨特性。因此，對中國現當代文學的理解，絕不能照搬西方現代民族國家的解釋模型，而只能從中國在地化的歷史經驗中開闢批評的空間，並將此前「反思現代」思路推進為理論創造的自覺。

總而言之，對實踐性的堅守，使得作者不得不採取兩面作戰的姿態：一方面批判將文化研究視為反動的傳統文學研究，打破其固步自封的局限，從邊緣化和僵化中拯救文學和文學研究；另一方面又批判體制化和庸俗化的文化研究，使之避免惟西方馬首是瞻和不接地氣的危險，從體制化和庸俗化中拯救文化研究。正是這種清醒的態度和兩面作戰的姿態，使得該書充滿了或明或暗的論辯性。儘管只是一些個案研究的結集，但該書卻通過方法論上彌足珍貴的創造，再次強化了文學研究的真義：只有在作為政治介入的批評實踐中，在與本土歷史與現實的複雜纏繞中，在「國家想像」所遭遇的危機和對危機的應對中，文學作為無能的力量才變得可能。

二

黃文倩：

羅崗在《想像城市的方式》（2006）中談論文學、跨文本時，曾經說：「與其把『文化研究』當作一套固定的理論方法和一組既定的知識譜系……不如把它視為一種批判的實踐精神、一種開闊的理論視野、一種靈活的分析方法和一種權宜的介入策略……如果承認這樣的理解是有道理的，那麼『文化研究』對現代文學研究的『介入』，很可能會帶來意想不到的生機和活力」。

在《英雄與丑角》中，羅崗基本上繼承了這樣的信念，同時更長於引用適當的西方理論來深化他的論述，對魯迅和丁玲的討論方式是可以優先參考的個案。在〈幻燈片・翻譯官・主體性——重釋「幻燈片事件」兼及魯迅的「歷史意識」〉一文中，羅崗從魯迅在仙台讀書時，著名的殺頭的「幻燈片」的文本出發，一併聯繫上〈藤野先生〉和姜文《鬼子來了》（電影），討論觀看者在這個視覺對象物中的主體問題，進一步，深入分析此一主體跟國民性話語，以及使用白話文的關係。換句話說，這是一種很典型的，從文學文本出發，最終走向的廣義的文化研究的視野（主體和國民性問題是當中重要的一部分）進路。

眾所週知，魯迅觀看這個「幻燈片」的經驗，時常被用來解釋他之所以要「吶喊」和走向「為人生而文學」的動機，但是，如果僅僅停留在這樣的解釋，就只是一般的傳記文學批評。為了推進、為了往前，甚至「重要的不是解釋世界，而是改變世界」，羅崗在此引進了拉康（Jacques Lacan, 1901-1981）和齊澤克（Slavoj Zizek, 1949-）的理論來深化論述。他精到的指出，某種程度上，這個幻燈片可以看作承載魯迅欲望的「小客體」，欲望並非是事前賦予，而是後來建構的。所以，有意思的問題反而是在於——觀看者（魯迅）何苦要為自己創造出這種必然會令人痛苦的小客體和幻象？這個幻象對觀看者而言，不但更具有身體感和真實，主體也因此得以維持活潑與緊張。用羅崗更嚴謹的說法是：「『文學』的作用在於如何讓被喚醒的人們時時刻刻意識到必須直面無法忍受的『現實』」。……通過創作和翻譯策略性地使用國民性話語的要旨，並不在於重新建構一個形而上學的主體，而是在創作和翻譯之中，使斷裂、彌散、差異和不確定性成為主體的生存方式。……使過去、現在和將來發生聯繫，在取消原有問題主體的安定性的同時，不懈地尋求新主體的可能形態。」這種對魯迅的文學和主體的理解，不但深化了「魯學」，而若將它視為一種主體學的論述，這當中的內涵，參照目前台灣某種主流「文學」觀——強調審美的和諧、道德或溫情主義的靜態主體亦大異其趣，實更具有一種強悍的歷史感和生命力。

歷史的動態生產出新的問題，同時不見得能以過去的普遍性的解答來類推。羅崗對丁玲〈夢珂〉的討論（見〈視覺「互文」、身體想像和凝視的政治——丁玲的〈夢珂〉與「後五四」的都市圖景〉一文）大概就屬於這種類型。羅崗首先將「視覺文化」的指涉拓寬，將它視為「描繪既有事物或將其視覺化」的現象。在這則邏輯下，羅崗分析丁玲的《夢珂》（1927），他認為此時的丁玲，已經不是想討論「娜拉出走後怎樣」的問題，而更多的是在思考，女性在進入都市的消費文化、階級分化下的主體和社會限制。透過視覺方法論的援引，羅崗清醒地看出，當現代社會媒介化後，女性事實上更不自覺地內化資本主義物化觀看女性的方式，換句話說，丁玲〈夢珂〉的解放性恰恰是在於，她不只是簡單地寫一個女性主觀地追求現代的自我變化及成長，更重要的是丁玲把夢珂受控制的「眼光」擴展為一種社會和歷史的「視野」，這就跟張愛玲把女性問題，縮限在自我和家庭結構下完全不同了。總的來說，羅崗透過這種「視覺互文」的文本分析，最終點出五四時期都會女性的必然絕望：「一方面女性解放的口號因為無法回應分化了的社會處境而愈顯『空洞』；另一方面剛剛建立起來現代體制已經耗盡『解放』的潛力，反而在商業化的環境中，把對女性的侮辱『制度化』了。」類似地運用視覺研究的方法，還有對電影《神女》和《胭脂扣》的分析，作為一個馬克思主義文學批評家，羅崗深知大眾通俗文藝的重要性，有時候電影等多媒體，確實可能比文學的文字媒介，概括更多底層或新的命題，我覺得這一部分也是台灣較忽略的材料視野，羅崗的分析方式給我們帶來啟發，具有一定程度的參考價值。

另一方面，在本書第二輯「文學的能量」裡，羅崗處理了包括趙樹理、汪曾祺、鐵凝、方方等的代表作，將材料範圍重新拉回文學作品。當然他的目的仍是廣義上的文學與文化研究。在最好的狀況下，羅崗既能看出文學細節的獨特和生動性，又能指出它的文化研究上的典型或關鍵價值。事實上，我們在處理「文學」研究和文化研究關係時的困境時常是在於，如果論述的目的，終極是為了介入與改造社會（無論其效果是直接或間接的），我們不能不承認，即使不使用文學材料，運用社會學、歷史、理論，似乎更富有思想的深度與密度，我相信羅崗對這個問題完全有自覺的反思，因此一個仍然相信「文學的主體性」的批評家，必須要能夠在論述上，分析出文學如何以其原創及獨特的組織或藝術化的方式，洞穿並還原社會和歷史中的視野、矛盾與感覺結構。例如羅崗談趙樹理〈「鍛鍊鍛鍊」〉（1958）時就充份看出它的結構特質：「趙樹理很懂『農活』，但不是就『農活』寫『農活』，而是把『農活』問題化了，把『問題』具體到生產勞動過程中。」還有在談論到趙樹理和費孝通，對農村和鄉土的思考的共同特點：「趙樹理和費孝通對於『農村』和『鄉土』思考的共同點是，不以接受現實的『鄉土中國』為前提，而以改造『農村社會』為起點，這既包含了他們成功的經驗和失敗的教訓，同時也顯示了他們思考的當下性和難題性。」羅崗在此明確地點出，趙樹理不同於過去的五四時期的鄉土作家的特質，趙關心的視野更接近的是柳青（1916-1978）《創業史》的命題——新中國建國後的農村社會的動態問題與改造，這其實也是中國社會主義現代性發展的最重要的一環，趙樹理透過文學之筆，將這些歷史中的視野形象化，某種程度上，這樣的書寫才真正具有新中國社會主義的進步性。

同時，誠如金浪和我在前面已經提過的——羅崗的文學批評時常都指向著一種中國式實踐。這當然不是時下「中國夢」的半張臉邏輯。據我所知，羅崗和他的許多前輩及同輩，如蔡翔、賀照田、薛毅、倪文尖、張煉紅等先生們，都共同關心如何在這樣的一個普遍去歷史和去理想的時代，重新檢視中國的社會主義歷史裡的正面資源，進而抗衡資本主義與全球化、普遍化的威脅，儘管他們對社會主義的挫折也並不迴避。而除了思想，文學語言問題也是其中的一個重要部分。因此，羅崗在分析汪曾祺的文學史意義時（〈一九四〇是如何通向一九八〇的——再論汪曾祺的意義〉），就特別關注汪老在口語白話和保有民間生命力的生產關係，當八〇、九〇年代的文學史敘述，過於突出汪曾祺跟四〇年代的沈從文師承與現代主義的影響，甚至他的傳統文人特性時，羅崗企圖重構汪曾祺跟延安傳統的關係，分析出汪曾祺對延安文藝的某種同情的理解與認同，使得五〇、六〇年代的思想文化，能夠再度成為對汪曾祺的「前理解」的一個重要組織部分。羅崗這樣做的更大企圖，自然亦是作為一種示範——歷史從來就不曾斷裂，再度突出延安傳統也不是要否定其它的文學淵源，而是恢復歷史現場的駁雜性，還原一個看似文人作家豐富的「人民」視野的主體。

最後，我想再度談談羅崗對女性議題的敏感。在這本書中，他將鐵凝（1957-）的〈哦，香雪〉（1982）和方方（1955-）的〈奔跑的火光〉（1999）聯繫起來，討論介在現代城鄉發展過程中的女性命運，令人印象深刻（參見〈歷史開裂處的個人敘述——城鄉間的「女性」與當代文學中的「個人意識」的悖論〉），這篇方法論的使用跟「視覺的政治」有異曲同工之妙，但羅崗在討論底層女孩們香雪、鳳嬌因「被看」而獲得一種現代主體後，他更進一步揭示，大多數的她們進入城市後必然遭逢更被物化的命運。這個觀察非常到位，以我目前有限的理解，如果對大陸的語境不太熟悉的台灣讀者閱讀〈哦，香雪〉（1982），很容易為香雪的素樸、純潔，以及追求現代知識的希望所打動，而忽略了小說中的作為配角的鳳嬌們，對髮卡、紗巾和金圈圈的欲望，並未有效處理的問題。羅崗有意思的指出，兩者其實在八〇年代同時存在，但當時以「鉛筆盒」作為現代光環的力量更占上風，恰恰是在這種以知識和現代力量為「上風」的新意識型態裡，物欲的問題被過於簡單地擱置了。

九〇年代方方〈奔跑的火光〉（1999）在這個邏輯下企圖接續〈哦，香雪〉留下的命題——未能或未必要走上現代性的知識世界的底層、農村女性們，在城市裡的新出路何在？她們應付「現代」的能力必然不足，她們的身體卻已經被現代性喚醒，同時，八〇年代重新捲土重來的啟蒙思想，又讓她們發現了個人意識，但是，當金權邏輯成為主導的新意識型態，底層女性的個人意識又沒有別的發展空間時，〈奔跑的火光〉中的女主人公，只能在看似虛妄的「自由」選擇裡，讓身體成為進入城市的交換媒介，並最終導致自身的全盤物化與毀滅。

羅崗對這個問題的追問，恐怕不只是在回應上個世紀八〇至九〇年代所一度擱置的底層問題，事實上，直到目前，這仍是第三世界國家發展現代性的過程中的共同危機——尤其女性的困境又遠比男性嚴重。中國在這個問題上之所以可能更突顯，乃是在於曾有的社會主義的共同體全面瓦解所造成的張力。誠如羅崗精確的分析：「一方面『個人』努力從各種似乎束縛了『個人意識』發展的『共同體』（集體）中掙脫出來；另一方面從『共同體』中『解放』出來的『個人』，卻只能孤零零地暴露在『市場』面前，成為『市場邏輯』所需要的『人力資源』，『個人』的『主體性』被高度地『零散化』，『解放』的結果走向了它的對立面。」羅崗因此最終要呼籲：個人與共同體的關係，在新的市場條件下如何理解，是當代中國文學和文化需要迫切解決的問題。

作為一個台灣的文學工作者，我對羅崗的這種文學批評的敏感和社會介入的自覺，頗有敬意。台灣的個人和共同體的關係也一樣充滿困境，而且恐怕不只在底層，但我們很少有、甚至能容忍像羅崗這樣的文學研究和文學批評模式——或許覺得太過「主觀」、不夠「學術」。但也因此，我相信「人間」引進羅崗和他的著作，從辯證的意義上，反而是另外一種成就更為多元和客觀的方式。當然，受限於能力的有限，金浪和我也僅僅只能拋磚引玉，閱讀並引發出羅崗此書的一小部分價值，更深入的有意義的閱讀和介入，仍希望有更多的兩岸讀者共同參與。

代後記：遙寄蕭紅、丁玲

親愛的蕭紅、丁玲：

二〇一二年七月十六—二十三日，跟隨台灣人民文化協會訪問團，我第一次來到了你們曾長期待過的哈爾濱與北大荒。對於蕭紅來說，前者是妳出生和長大的原鄉；而對於丁玲而言，後者這是您一九五七年因「反右運動」被下放之地。

親愛的蕭紅，我們在七月十七日，首先就到了您小時候的哈爾濱故居。坦誠來說，這裡跟我想像的差距並不大。近年閱讀過許多五四作家的傳記，也曾在大陸也參觀過許多作家的故居（如魯迅），你們家的格局雖並不算最大，但即便是在當年，這樣的條件在哈爾濱，應該也算是富裕的地主之家，生活大概不曾匱乏。而臨近俄羅斯的他者，亦助長了妳日後想向外發展的視野與想像吧？無論妳如何敘述，妳那略帶憂傷的封建家庭的成長經驗，那樣的物質環境，跟大多數當年中國人民相比，應該仍算幸運的。而妳最大的不幸，或許仍是妳太敏感，同時又長期僅僅是一個「女孩」（在二十一世紀初的台灣，我們稱這樣的妳們為「少女」）有關。那樣的時代，一個單純與純情，還來不及成熟長大的女孩，如何能只以真誠的唯心主體，來回應高度變動、轉型甚至扭曲的社會？如何能一方面既想擁有新女性的自由，但又渴望從男性那兒獲得穩定的資本與救贖？

帶我們參觀妳老家的導覽人員說，就在登堂、入室後，一間不大房間的左邊的窗，就是妳當年爭著要離家的偷偷出口。正廳後面的小房間，也仍然放有磨豆子的器具。妳曾經在那門縫，偷看過馮歪嘴子和他的娃娃吧。妳家的屋頂，現在也都修整成瓦片狀，且維持了八旗式的滿族風格。妳會不會嘆氣，覺得那兒一定長不出磨菇了呢？妳的後花園仍在，後人在那給妳和妳祖父，修了個紀念的雕塑品。那小女孩淘氣的身影，仍然求寵且溺纏著戴著草帽的祖父。妳的後花園仍然開滿了花，綠意活潑地跳染到我們的身上。還有一種向日葵，比我在台灣的花園農場看過的更大。中國社科院賀照田的夫人臧清也是東北人，她告訴我，那向日葵還會再長大，長的比人的臉還大。是這樣嗎？我猜妳小的時候，一定常常將妳的小臉兒藏在那花兒的背面吧。

親愛的蕭紅，妳離世如此的早。其實一九三八年妳就認識了丁玲，她日後在一篇散文〈風雨中憶蕭紅〉（收入《丁玲全集》第五集）中曾紀錄過她對妳的印象。丁玲說：「大概女人都容易保有純潔和幻想，或者也就同時顯得有些稚嫩和軟弱」。就起點來說，丁玲的觀察很準確。妳和丁玲都是文學式的生命，不過是完全不同的兩種詩人典型。她勸妳去延安，妳仍執意繼續向南。那時，一向支持妳的魯迅已經過世了，妳跟蕭軍也分手，又從日本回國不久，經濟和情感都極為緊張吧。但在抗日戰爭開打的顛沛流離中，妳一路逃到了香港，拖著虛弱的病體，及為愛傷神靈魂的妳，竟然還能繼續創作。妳心愛的童年回憶錄《呼蘭河傳》，和反省一個不上不下的小知識分子，企圖參與革命的喜感諷刺小說《馬伯樂》前後腳誕生。最後的〈小城三月〉，妳也似乎更能看清，中國社會、傳統與革命不是速成的事業，而且如愛情般的千絲萬縷，需要在各式環節上，不斷努力與克服。妳終究明白了自己性格上的侷限。記得丁玲以前給馮雪峰寫情書（〈不算情書〉），說到若能獲得馮雪峰的愛，她對人生一定更不會放鬆，一定能更有精神起來！親愛的蕭紅，其實對人生不肯放鬆的豈止是丁玲！渴望要活的豈止是丁玲！妳也是。都說丁玲是飛蛾撲火，其實妳也是非死不止。不過，我想妳那善感而哀怨的心，不會永遠停在自己，一定也會為妳今日奮起的祖國高興。我問同行的王中忱老師，妳家附近大街上的坑坑洞洞呢？就是那種有小豬小鴨會掉進去的坑洞？妳一定忘不了。王中忱老師笑說，它們已經不在很久了。

我們是成長於二十世紀後半葉的台灣文學青年。在不短的讀書與做所謂學術研究的時光裡，我曾經自覺到，儘管我們還沒完全喪失對弱勢與不公的痛感，但中國近百年來的歷史和社會的醜惡跟腐朽，對我們這類人來說，更多的僅僅是一些用來觀看的靜態現象、一把把惡之華式的美學細節。像王安憶（1954-）〈叔叔的故事〉說的那樣——我們可能更接近的是那種，不斷地閱讀書本裡的冒險，而在現實人生裡卻不敢、也不願付出更多肉搏的主體。從這點來說，我真心更傾慕丁玲的決斷與生命力。

我們在十八日正式來到北大荒，參觀了寶泉嶺、普陽等農場。這裡是親愛的丁玲妳曾經下放、生活與工作了十二年的地方，如今，此處當然也今非昔比了。妳的北大荒、人民的農場，已經幾乎落實了大型農業的現代化，成為中國、甚至世界最大的戰備糧食準備地之一。

我們在微涼的二十多度的氣溫中，放眼一望無際的綠色農作，參觀一個個輪胎比人的身高還大的農耕機械設備，聽取中國如何從小農式的耕種模式，轉化為今日氣象的種種歷史。我不禁聯想到柳青（1916-1978）的《創業史》，困惑地思索：這算不算終究還是靠了資本主義的力量，才完成的社會主義改造？這是不是就是具有中國特色的社會主義農村？只需要使用最少的人力，其它的農民跑到那裡或做些什麼去了？他們轉型的焦慮與現實如何平衡？……北大荒的黑土，也遠比我們想像的更肥沃。在行程中，一不小心連接送我們的大巴的輪胎也深陷其中，完全無法靠師傅個人駕駛的馬力，將大巴拖離黑土。我不確定是不是就在這樣等待「救援」的空檔或是前後，許多師長和朋友們，為了親近那些麥子，腳也陷進了黑土。那沾滿黑土的感覺，跟走在台灣鄉間小路的濕泥土上完全不同，更黏更貼。施淑老師甚至拿了小袋子裝了些這種黑土，我也趕快跟進。它們也能給台灣的蝴蝶蘭滋養嗎？藏在行李箱的衣服中，我帶回來實驗看看。

親愛的丁玲，如果妳還在的話，看到如今的光景，一定還是會激動振奮，甚至繼續爭取做下一個工作吧？在台灣，無論是學者或一般人民，很多人都將中國社會主義時期的知青下放、下鄉及改造等運動，想像的異常可怕。許多在台的知青論述，多以自由主義的立場，敘說當年如何被動員、被迫害，以致於最終只記得在這類荒涼農村工作的傷痕。我讀過一些材料，也不願意懷疑那些痛苦的存在感。但應該不完全沒有大方康健的面貌，與基於對集體、對理想的另一種自由意志的選擇。

例如妳到北大荒，例如我們此次同行的長輩——也曾在北大荒當知青，在改革開放後，曾當過您祕書的王增如和他的先生李向東，都給了我們更豐富的北大荒生活的細節，與更不抽象的理想感覺。一九五七年，當妳已被認定為「右派」，妳的第三任愛人陳明已經先下到北大荒，妳跟著就要來。那時妳已超過了五十歲，還爭取要跟一般農民一樣工作，不要特別照顧。我想那並非矯情。我讀到妳的傳記中說，妳在湯原農場將弱雛養的很好。以前，那些虛弱的小雞只能被拋棄，甚至最終當成了肥料，妳給它們改善條件。到了一九六三年，妳本來有機會回北京，連周揚都開口說話了，妳卻還說自己鍛煉不夠，還要再繼續留在北大荒，一直到文革時期的一九七〇年，你和陳明被押往了秦城監獄為止。我揣想王增如老師一定也跟您有類似的特質。她仍有信念的身影，時常吸引我拿起相機不斷地追隨。回台後，葉芸芸老師在臉書（FB）上看到了照片，遂說，王增如老師回到了北大荒，眼神完全是閃亮的。她說的真好，北大荒早就也是妳們的原鄉。

近十年來，我到過大陸不少地方，見識且明白中國內部的城鄉差距仍然不小。北大荒在過去的政治空間下是荒原邊境，至今在地理上也不能化約為近與繁華。人們更多的願集中到北京、上海去開展新的事業。北大荒將繼續留給大型的農業，默默作中國奮起的底層支柱。但親愛的蕭紅和丁玲，妳們的文學生命終究紮根於斯，終究會滲透進土地並成為儲糧中的營養吧。以前，我有個好浪漫的老師，總是強調地引導我文學價值的高低，正在於美酒與米飯的差別：醉意更甚飽足。我至今仍不願放棄他的判斷、仍爭取作他的知音，但文學至少也得同時願人不餓、好好長大，否則杜甫也會慚愧吧。親愛的蕭紅與丁玲，妳們一定會同意，在那文字的最深處，我們終究會節制修辭。

主要參考及引用文獻

一、文學與非虛構作品

毛姆（William Somerset Maugham）原著，周煦良譯《刀鋒》（上海：上海譯文出版社，2012年）。
王安憶《小城之戀》（北京：中國電影出版社，2004年）。
王安憶《荒山之戀》（北京：中國電影出版社，2004年）。
王安憶《錦繡谷之戀》（北京：中國電影出版社，2004年）。
文珍《氣味之城》（台北：人間出版社，2016年）。
史鐵生《我與地壇》（北京：人民文學出版社，2011年）。
石一楓《紅旗下的果兒》（北京：九州出版社，2009年）。
石一楓《我在路上的時候最愛你》（北京：十月文藝出版社，2011年）。
石一楓《戀戀北京》（北京：新世界出版社，2011年）。
石一楓《我妹》，《百花洲》雜誌（北京：外文出版社2012年）。
石一楓《不許眨眼》（陝西：太白文藝出版社，2014年）。
石一楓《世間已無陳金芳》（台北：人間出版社，2016年）。
吳億偉《努力工作》（台北：INK印刻文學出版公司，2010年）。
呂途《中國新工人：迷失與崛起》（北京：法律出版社，2012年）。
呂途《中國新工人：文化與命運》（北京：法律出版社，2014年）。

周志文《時光倒影》（台北：INK 印刻出版有限公司，2007 年）。
周志文《同學少年》（台北：INK 印刻出版有限公司，2009 年）。
周志文《記憶之塔》（台北：INK 印刻出版有限公司，2010 年）。
周志文《家族合照》（台北：INK 印刻出版有限公司，2011 年）。
林婉瑜《索愛練習》（台北：爾雅出版社，2001 年）。
林婉瑜《剛剛發生的事》（台北：洪範出版社，2007 年）。
林婉瑜《可能的花蜜》（台北：馥林文化出版社，2011 年）。
林婉瑜《那些閃電指向你》（台北：洪範出版社，2014 年）。
林婉瑜《愛的 24 則運算》（台北：聯合文學出版社，2017 年）。
芭芭拉・艾倫瑞契（Barbara Ehrenreich）原著，林家瑄譯《我在底層的生活》（台北：左岸文化，2010 年）。
邱妙津《鬼的狂歡》（台北：聯合文學出版社，1991 年）。
邱妙津《寂寞的群眾》（台北：聯合文學出版社，1995 年）。
邱妙津《蒙馬特遺書》（台北：聯合文學出版社，1996 年）。
邱妙津《鱷魚手記》（台北：INK 印刻出版有限公司，2006 年）。
胡淑雯《哀艷是童年》（台北：INK 印刻文學出版公司，2006 年）。
邱妙津《邱妙津日記（上下）》（台北：INK 印刻出版有限公司，2007 年）。
徐譽誠等《97 年小說選》（台北：九歌出版社，2009 年）。
張彤禾（Leslie T Chang）原著，何佳芬譯《工廠女孩》（台北：樂果文化，2013 年）。
張楚《櫻桃記》（北京：作家出版社，2006 年）。

張楚《七根孔雀羽毛》（上海：上海文藝出版社，2012 年）。

張楚《在雲落》（臺北：人間出版社，2014 年）。

張楚《夜是怎樣黑下來的》（河北：花山文藝出版社，2014 年）。

張楚《野象小姐》（山東：山東文藝出版社，2014 年）。

梁鴻《中國在梁莊》（江蘇：人民出版社，2010 年）。

梁鴻《中國在梁莊》（香港：商務印書館，2011 年）。

梁鴻《出梁莊記》（廣州：花城出版社，2013 年）。

郭英聲原著、黃麗群採訪《寂境》（台北：遠見天下文化，2014 年）。

費茲傑羅（Francis Scott Key Fitzgerald）原著，喬志高譯《大亨小傳》（台北：探索文化，1998 年）。

黃麗群《海邊的房間》（台北：聯合文學出版，2012 年）。

黃麗群《感覺有點奢侈的事》（台北：九歌出版社，2014 年）。

楊澤《人生是不值得活的：楊澤詩選》（台北：元尊文化，1997 年）。

董啟章《安卓珍尼》（台北：聯合文學出版社，1996 年）。

董啟章《地圖集》（台北：聯合文學，1997 年）。

董啟章《衣魚簡史》（台北：聯合文學出版社，2002 年）。

董啟章《體育時期》（台北：聯合文學出版社，2002 年）。

董啟章《東京・豐饒之海・奧多摩》（台北：高談文化，2004 年）。

董啟章《天工開物・栩栩如真》（台北：麥田出版，2005 年）。

董啟章《對角藝術》（台北：台灣高談文化，2005 年）。

董啟章《時間繁史・啞瓷之》（台北：麥田出版，2007 年）。

董啟章《物種源始・貝貝重生之學習年代》（台北：麥田出版，2010 年）。
董啟章《夢華錄》（台北：聯經出版，2011 年）。
董啟章《在世界中寫作，為世界而寫》（台北：聯經出版，2011 年）。
董啟章《博物誌》（台北：聯經出版，2012 年）。
董啟章《繁勝錄》（台北：聯經出版，2012 年）。
路內《花街往事》（上海：上海文藝出版社，2013 年）。
劉梓潔《父後七日》（台北：寶瓶文化事業有限公司，2010 年）。
劉梓潔《親愛的小孩》（台北：皇冠文化出版有限公司，2013 年）。
魯迅《魯迅全集第一卷：墳》（北京：人民文學出版社，2005 年）。
賴香吟《散步到他方》（台北：聯合文學出版社，1997 年）。
賴香吟《島》（台北：聯合文學出版社，2000 年）。
賴香吟《霧中風景》（台北：INK 印刻出版有限公司，2007 年）。
賴香吟《史前生活》（台北：INK 印刻出版有限公司，2007 年）。
賴香吟《其後》（台北：INK 印刻出版有限公司，2012 年）。

二、理論與論著專書

F.R 李維斯（F. R. Leavis）原著，袁偉譯《偉大的傳統》（*The Great Tradition*）（北京：三聯書店，2009 年）。
王振寰等主編《中國大陸暨兩岸關係研究》（新北市：巨流圖書公司，2011 年）。
王曉明《潛流與漩渦——論二十世紀中國小說家的創作心理障礙》（中國社會科學出版社，1991 年）。

王曉明《太陽消失之後——王曉明書話》（杭州：浙江人民出版社，1997年）。

王曉明《王曉明自選集》（桂林：廣西師範大學出版社，1997年）。

王曉明《無法直面的人生——魯迅傳》（臺北：業強出版社，1999年）。

王曉明主編《在新意識型態的籠罩下——90年代的文化和文學分析》（南京：江蘇人民出版社，2000年）。

王曉明《半張臉：中國的新意識型態》（香港：牛津出版社，2003年）。

王曉明《橫站》（台北：人間出版社，2012年）。

以塞亞·伯林（Sir Isaiah Berlin）原著，潘榮榮，林茂譯《現實感：觀念及其歷史研究》（南京：譯林出版社，2011年）。

以賽亞·伯林（Sir Isaiah Berlin）原著，《俄國思想家》（南京：譯林出版社，2011年）。

加繆（Albert Camus）原著，柳鳴九譯《局外人》（上海：上海文藝出版社，2014年）。

列夫·托爾斯泰（Leo Nikolayevich Tolstoy）原著《列夫·托爾斯泰文集》（第十四卷：文論）（北京：人民文學出版社，2000年）。

列寧《列寧選集》（第二卷）（北京：人民出版社，1995年）。

何炳棣《黃土與中國農業的起源》（香港：香港中文大學出版社，1969年）。

呂正惠《小說與社會》（臺北：聯經出版公司，1988年）。

呂正惠《文學的後設思考》（主編）（臺北：正中，1991年）。

呂正惠《戰後臺灣文學經驗》（臺北：新地出版社，1992年）。

呂正惠《文學經典與文化認同》（臺北：九歌出版社，1995年）。

呂正惠《台灣新文學思潮史綱》（主編）（臺北：人間出版社，2002年）。

呂正惠《殖民地的傷痕——臺灣文學問題》（臺北：人間出版社，2002 年）。
呂正惠《戰後臺灣文學經驗》（大陸版）（北京：三聯書店，2010 年）。
呂正惠《抒情傳統與政治現實》（武漢：華中師範大學出版社，2011 年）。
呂正惠《台灣文學研究自省錄》（台北：學生書局，2014 年）。
李雲雷《如何講述中國的故事》（北京：作家出版社，2011 年）。
李雲雷《重申「新文學」的理想》（北京：北京大學出版社，2013 年）。
杜潤生《杜潤生自述：中國農村體制變革重大決策紀實》（北京：人民出版社，2005 年）。
洪子誠《當代中國文學的藝術問題》（北京：北京大學出版社，1986 年）。
洪子誠《中國當代文學概說》（香港：青文書屋，1997 年）。
洪子誠《1956：百花時代》（濟南：山東教育出版社，1998 年）。
洪子誠《作家的姿態與自我意識》（西安：陝西人民教育出版社，1998 年）。
洪子誠《冷漠的證詞》（北京：社會科學文獻出版社，2000 年）。
洪子誠《當代文學關鍵詞》（桂林：廣西師範大學出版社，2001 年）。
洪子誠等主編《當代文學關鍵字》（桂林：廣西師範大學出版社，2002 年）。
洪子誠《問題與方法：中國當代文學史研究講稿》（北京：三聯書店，2002 年）。
洪子誠《文學與歷史敘述》（開封：河南大學出版社，2005 年）。
洪子誠《中國當代文學史》（修訂版）（北京：北京大學出版社，2007 年）。
洪子誠《兩憶集》（北京：北京大學出版社，2009 年）。
洪子誠《我的閱讀史》（北京：北京大學出版社，2011 年）。
洪子誠《閱讀經驗》（台北：人間出版社，2015 年）。

胡鞍鋼《中國政治經濟史論》（北京：清華大學出版社，2008 年）。
唐小兵編《再解讀》（香港：牛津大學出版社，1993 年）。
夏志清《愛情・社會・小說》（台北：純文學出版社，1970 年）。
夏志清《文學的前途》（台北：純文學出版社，1974 年）。
夏志清《人的文學》（台北：純文學出版社，1977 年）。
夏志清《新文學的傳統》（台北：時報出版公司，1979 年）。
夏志清《中國現代小說史》（台北：傳紀文學出版社，1979 年）。
夏志清《夏志清文學評論集》（台北：聯合文學出版公司，1987 年）。
夏志清《談文藝、憶師友——夏志清自選集》（台北：印刻出版有限公司，2007 年）。
夏志清《雞窗集》（台北：九歌出版公司，1984 年初版，2006 重排增訂版）。
夏志清編註《張愛玲給我的信件》（台北：聯合文學出版社，2013 年）。
泰端・伊格頓（Terry Eagleton）原著，林志忠譯《文化的理念》（台北：巨流出版社，2002 年）。
烏納穆諾（Miguel de Unamuno）原著，蔡英俊譯《生命的悲劇意識》（台北：長鯨出版社，1979 年）。
康正果《交織的邊緣——政治與性別》（台北：東大圖書股份有限公司，1997 年）。
張樂天《告別理想——人民公社制度研究》（上海：上海人民出版社，2005 年）。
曹錦清《如何研究中國》（上海：上海人民出版社，2010 年）。
曹錦清《黃河邊的中國》（上、下）（上海：上海文藝出版社，2013 年）。
莫里斯・邁斯納（Maurice Jerome Meisne）原著，杜蒲譯《毛澤東的中國及其它：中國人民共和國史》（香港：中文大學出版社，2005 年）。
陳建忠、應鳳凰等合著《台灣小說史論》（台北：麥田出版，2007 年）。

陳國球《文學如何成為知識》（北京：三聯書店，2013 年）。
普列漢諾夫原著，王蔭庭譯《論個人在歷史上的作用問題》（北京：商務印書館，2010 年）。
亞羅斯拉夫・普實克（Jaroslav Průšek）原著，李歐梵編，郭建玲譯《抒情與史詩：中國現代文學論集》（上海：三聯書店，2010 年）。
費孝通《鄉土中國》（南京：江蘇文藝出版社，2007 年）。
雷蒙・威廉斯（Raymond Henry Williams）原著，王爾勃、周莉譯《馬克思主義與文學》（開封：河南大學出版社，2008 年）。
雷蒙・威廉斯（Raymond Henry Williams）原著，倪偉譯《漫長的革命》（上海：上海人民出版社，2013 年）。
赫爾曼・鮑辛格（Hermann Bausinger）等原著，吳秀杰譯《日常生活的啟蒙者》（桂林：廣西師範大學出版社，2014 年）。
趙剛《求索：陳映真的文學之路》（台北：聯經出版事業股份有限公司，2011 年）。
趙樹岡《星火與香火：大眾文化與地方歷史視野下的中共國家形構》（台北：聯經出版公司，2014 年）。
蔡翔《神聖回憶——蔡翔選集》（台北：人間出版社，2012 年）。
盧卡奇（Lukács György）《歷史與階級意識》（北京：商務印書館，2004 年）。
薩特（Jean-Paul Sartre）原著，沈志明等譯《薩特戲劇集・骯髒的手》（北京：人民文學出版社，1985 年）。
薩特（Jean-Paul Sartre）原著，施康強等譯《薩特文學論文集》（安徽：安徽文藝出版社，1998 年）。
羅崗《英雄與丑角》（台北：人間出版社，2015 年）。

三、期刊、專書論文及其它

石一楓〈我想講述的命運故事〉，《中篇小說選刊》（2014 年第 4 期）。

李雲雷博客文〈石一楓：為新一代頑主留影〉（http://blog.sina.com.cn/s/blog_4be5e0cd0100pf0r.html，2011 年 2 月 11 日）。

汪暉〈「我有自己的名字」——《中國新工人：迷失與崛起》序言〉，收入呂途《中國新工人：迷失與崛起》（北京：法律出版社，2012 年）。

柯育棻〈雷雨交加的詩意——林婉瑜詩集《那些閃電指向你》〉，《自由時報》副刊（2014 年 12 月 3 日）。

孫郁、陳思和、王德威等〈別了，夏志清〉（http://www.chinawriter.com.cn/wxpl/2014/2014-01-21/189426.html，2014 年 01 月 21 日）。

張慧瑜〈新中產與新工人的浮現及未來〉，《中國圖書評論》（2013 年 04 期）。

梁鴻〈艱難的「重返」〉，收入梁鴻《中國在梁庄》（北京：中信出版社，2014 年）。

郭春林〈什麼文化？怎樣的命運？——讀呂途《中國新工人：文化與命運》〉，《天涯》（2015 年 03 期）。

陳映真〈一個人身上「住著」兩個人——短評《雙身》〉，後收入董啟章 2010 年再版的《雙身》（台北：聯經出版事業公司，2010 年）。

陳桃霞〈單向度的敘述——論《中國在梁庄》兼及敘事倫理〉，《湖南科技學院學院》（2012 年 9 月）。

陳義芝〈香杉的告白——推介林婉瑜詩集《那些閃電指向你》〉，《文訊》（2014 年 11 月）。

黃錦樹〈散步到他方〉，收入賴香吟《霧中風景》（台北：印刻出版有限公司 2007 年）。

黃錦樹〈嗨！同代人——賴香吟《其後》讀後〉，《自由時報》副刊（2012 年 5 月 23 日）。
楊慶祥〈「辯證的抵抗」——由胡淑雯兼及一種美學反思〉，《橋》冬季號（台北：人間出版社，2014 年 12 月）。
楊慶祥〈出梁庄，見中國〉，《當代作家評論》（2014 年第 1 期）。
廖曉易〈中國現代化的環境代價〉，收入閔琦等著《轉型期的中國：社會變遷：來自大陸民間社會的報告》（台北：時報文化，1995 年）。
劉康〈中國現代文學研究在西方的轉型〉，香港《二十一世紀雙月刊》（1993 年 10 月）。

國家圖書館出版品預行編目資料

靈魂餘溫：兩岸現當代文學批評集

黃文倩著. – 初版. – 臺北市：臺灣學生，2017.08
面；公分

ISBN 978-957-15-1736-0 (平裝)

1. 中國當代文學 2. 文學評論

820.908 106013980

靈魂餘溫：兩岸現當代文學批評集
著作者：黃文倩
文字編輯：李冠緯、張宥勝、陳奕辰、黃文倩
封面設計：仲雅筠
出版者：臺灣學生書局有限公司
發行人：楊雲龍
發行所：臺灣學生書局有限公司
地址：臺北市和平東路一段 75 巷 11 號
郵政劃撥帳號：00024668
電話：(02)23928185
傳真：(02)23928105
E-mail：student.book@msa.hinet.net
http：//www.studentbook.com.tw
登記證字號：行政院新聞局局版北市業字第玖捌壹號
定價：新臺幣四〇〇元
二〇一七年八月初版

82049

ISBN 978-957-15-1736-0 (平裝)